謀略者

설계자들

金彥洙

尹嘉玄——譯

媒體書評與各方推薦

韓國作家金彥洙以一部強大、超現實的政治驚悚小說初登美國……在複雜的情節中，來生與一個完美、如ＣＥＯ般的關鍵人物漢子，演出了極具畫面感和暴力的震撼結局。最令人難忘的是小說中所傳遞出的訊息，關於在軍事獨裁和經濟成長下隱藏其後的組織。普遍腐敗的局勢充滿絕望的氛圍。這本奇特又野心勃勃的小說，同樣吸引文學小說讀者。

——《出版者週刊》

一本非常厲害的小說，充滿了憂鬱和血腥，哲學和野蠻，黑色幽默和悲哀。彷彿看到村上春樹改寫了《豺狼的日子》，又像大衛·林區重製了亞蘭·德倫主演的《午後七點零七分》，或是朴贊郁重拍了《*Suddenly*》（法蘭克·辛納屈飾演狙擊手）……作者擁有高超的推理邏輯，以及洞察人心的心理分析能力，游刃有餘地操控著筆下抓人眼球的角色們。

——《軌跡》雜誌

很難指責《謀略者》，在廣受讚譽的韓國作家金彥洙筆下，殺手與瘋子一同喧囂狂歡，跳脫格局。

——《紐約時報書評》

《謀略者》是金彥洙一本不同尋常的書：一部暴力動作驚悚片，也可以是一部寓言。一部善惡的寓言，用尖銳的線索縫合在一起。

——《華爾街日報》

一個豐富、有趣、憤世嫉俗的韓國黑色懸疑作品……非常美味的驚喜。

——《十字架報》

一個扣人心弦的殺手故事……《謀略者》不是一本了解韓國的入門書。它給讀者的是一幅抓人眼球的生動畫像——隱忍克制的主角來生。這也將使讀者失去平衡。在《謀略者》中，作者將書呆子、狂人和暗殺任務混合成了一種豐富又令人不安的產物。

——《華爾街郵報》

必須被閱讀的一流驚悚小說，尤其是其中令人難以置信的人物。

——《世界報》

韓國文壇最具影響力文學獎得主金彥洙，以《謀略者》作爲初登英文版之作，他用令人難以抗拒的社會政治寓言，描寫了黑色幽默和諷刺，讓讀者徘徊於悲喜之間。

——《書目雜誌》

令人高興的是，《謀略者》同時擁有幽默感（來生的貓名叫閱讀架和檯燈）與暴力美學，有時甚至是睿智的。

——《衛報》

《謀略者》極其有趣、令人驚喜，同時充滿了愛。在刀光劍影之中，融合了進化和心碎的時刻，作者完美地平衡了它。

——CriminalElement

《謀略者》是個超現實的故事，充滿了內心獨白、時代變遷和不可能性。像一部老派的間諜驚悚片、一場靈魂探索之旅、一堂歷史課，又或是政治教育。這是一部讓讀者能自主思考，從而漸漸推測出結論，同時幫助你看到所有可能的角度，微妙而不艱澀。《謀略者》非常値得閱讀。我必須坦言，比起以往，如今我們能從翻譯書上獲得更多收益。

——TheRoarBots

《謀略者》是一本令人驚喜的書，充滿了著迷的故事和難忘的人物……一部野蠻、精美，極富詩意的小說。

——AustCrime

這是一個有著力量和其獨特風格的故事。書中突如其現的幽默，爲故事增添色彩。你會每五分鐘大笑出聲。然後發現自己開始思考生命、死亡和欲望的意義。請確保你擁有空閒的整晚，因爲一旦開始，你就無法把這本書放下。

——《物種起源》作者 丁柚井

《謀略者》講述來生，一個疲憊不堪的殺手，他對道德標準、榮譽感、靈魂等自我意識的覺醒——雖然有點晚了。也因此他必須爲這個險惡的世界承擔責任。金彥洙是位偉大的作家，精心製作了一部機智、氣派，令人驚訝的動作驚悚小說。

——《絕地計劃》、《禁入廢墟》作者 史考特·史密斯

《追殺比爾》遇上村上春樹。扭曲和超現實，《謀略者》是本在讀完後你仍會深陷其中的書。流暢的文筆，不急不徐，卻異常深刻。它讓你深入了解這個充滿暗殺計畫的恐怖地下社會。令人不寒而慄的是，書中的暴力是精緻的，是一種血腥的藝術形式。

——D. B. John, author of *Star of the North*

一本揭發謀殺案的書，既暴力又優雅，黑暗且富有詩意。憑藉犀利的幽默和精練的文筆，金彥洙用其獨特的方式描述了一名普通殺手的非凡生活。

——韓國知名編劇、歷史推理小說家、《罪囚645號》作者 李正明

就像一個經驗豐富的殺手……快速、冷靜、毫不猶豫地，金彥洙用句子和故事刺傷讀者的肋骨，卻也讓我們不斷期待他繼續說故事。

——《地球英雄傳說》、《卡斯提拉》作者 朴玟奎

金彥洙的《謀略者》是文學作品中的佼佼者。我從未讀過一部如此奇特、引人注目、聰明、黑色幽默，高度原創和發人深省的驚悚小說。優美的文字提升角色的飽滿與豐富度。作者也提出了發人省思的疑問：如果我們只按照指令行事，如何能得到完美的生活？我喜歡這本書！

——《沼澤王的女兒》作者 凱倫・狄昂尼

《謀略者》充滿了威脅、幽默、心碎和野蠻。殺手和謀略者們在頁面中糾纏不清，從賊窩到對安穩生活絕望的場景，展現了極度黑暗的世界。結局是瘋狂、奇特，完全引人入勝。

——Jedediah Berry, author of *The Manual of Detection*

不僅是一部犯罪小說，也不只是暴力和神祕，《謀略者》還充滿了誘惑與美感。

——《美傷》作者 艾卡·庫尼亞文

想像一下，昆汀·塔倫提諾和卡繆在當代首爾的混搭，這就是《謀略者》。充滿了意想不到的幽默和精緻的戰鬥場面。

——Louisa Luna, author of *Two Girls Down*

《謀略者》顛覆了殺手小說的形象。充滿驚喜、黑色幽默、超現實，卻又有著深刻的人際關係和情感。我愛它。

——Marvel《金鋼狼之死》繪者 查爾斯·索爾

如果你把最好的韓國犯罪電影放到文字中，就會是《謀略者》。一部機智、節奏明快的驚悚小說，讓壓力持續到最後一頁。

——Brian Evenson, author of *Last Days* and *A Collapse of Horses*

在一個驚悚的、不難想像的反烏托邦首爾，爆發一場組織、謀略者和殺手爭權奪位的衝突……暴力、聰明又有趣，我喜歡它！

——M. W. Craven, author of *The Puppet Show*

1 關於款待

老人走到庭院。

來生重新調整狙擊槍瞄準鏡的焦距，把槍機往後拉，裝塡實彈的聲音震耳欲聾。來生仔細環顧周遭，只有高聳入雲的筆直杉松，四下鴉雀無聲；這是一片悄然無聲的森林，沒有鳥兒穿梭在樹林間，就連蟲鳴鳥叫聲都幾乎聽不見。「要是在如此闃寂無聲的森林裡開槍，槍聲想必會傳遍千里。萬一有人聽見，還跑來查看的話，該怎麼辦呢？」來生前後想了一會兒，發現這些擔憂全是多餘的，山裡傳出槍響其實是稀鬆平常的事情，誰會吃飽太閒，爲了確認槍響傳出的位置，而特地跑來如此隱密的深山裡，大家只會認爲是獵人在獵山豬罷了。來生望向西邊那座山，太陽已落在距離山頭差不多一個手掌的高度。他還有一些時間。

老人正提著灑水桶幫花圃澆水，有些地方澆得比較多，有些地方澆得比較少，他的動作像是在倒茶，誠意十足。他輕輕擺動肩膀和頭部，好似在跳即興舞，用手指輕觸花瓣，向花朵招手，然後開心地咯咯笑著。來生再次調整瞄準鏡，透過鏡頭，看見老人正在對盛開的花朵說話。那盆花很眼熟，好像在哪見過，但一直想不起花名。來生開始思考十月會開什麼花，波斯菊、百日菊、野菊……卻始終想不出眼前那盆花的名字。「到底為何想不起花名？」他眉頭緊皺，試圖努力回想，最後還是搖頭作罷。「算了，都到了這個節骨眼，花名還重要嗎？」

一隻體型壯碩的黑狗，緩緩從庭院一隅走了出來，用頭磨蹭著老人的大腿，那絕對是純種的英國獒犬——當年尤利烏斯．凱撒[1]帶著一同出征英國的傢伙——羅馬人要捕獲野馬或外出打獵時都會帶上的狗。老人用手摸摸牠的頭，黑狗搖著尾巴，不停在老人身邊打轉。老人撿起一顆洩了氣的足球，朝庭院角落丟去，黑狗馬上搖著尾巴奔向足球。趁黑狗暫時離開，老人再度專注澆花，一樣對花招手、打招呼、噓寒問暖。黑狗沒花多少時間就撿回了足球，老人這次把球往反方向丟得更遠了，黑狗再度奔向那顆洩氣的足球。堂堂一隻獵獅的名犬，竟成了來回撿球的蠢蛋。然而，老人與黑狗間的互動顯得十分和諧，儘管一直做著同樣的動作，卻樂此不疲。

老人澆完水，伸展了一下腰部，露出滿意微笑，然後彷彿知道來生躲在哪裡似地，轉頭望向半山腰，老人的笑臉突然映入瞄準鏡的十字線。「你知道太陽只剩一個手掌的高度就要下山了嗎？你知道自己在太陽西下前會喪命嗎？你是早已看破，所以對我微笑嗎？」也許老人的微笑不是發自內心的，因爲他永遠保持著一貫笑容，彷彿帶著河回面具[2]。有些人就是這種笑面虎，不論生氣或是難過，都保持同樣微笑，讓人摸不透其心理，喜怒不形於色。

「該扣扳機嗎？要是現在扣下扳機，午夜前應該可以回到市區，還可以在浴缸裡泡個舒服的熱水澡，配上幾罐透心涼的啤酒，喝到不省人事為止；或者把披頭四的唱片放在電唱機上，思考即將匯入的那筆錢要用來做什麼。等這件事處理完後，也許可以過過不一樣的人生，在女子高中校門口開一間披薩店，或是在公園裡賣棉花糖之類的。」來生開始想像自己把氣球和棉花糖交到小朋友手中的畫面，以及撐著厚重眼皮在豔陽底下等待客人上門的樣子，下半生會不會就過著這樣的日子呢，他突然對這樣的人生充滿憧憬。不過，這些都是要等扣下扳機後再來思考的事，眼前的老人仍舊安然無恙地站在那裡，戶頭裡也還沒匯入半毛錢。

山影逐漸低垂，得抓緊時間才行。老人已經澆完花，要是再走回屋內，麻煩可就大了。

「別想太多，現在開槍吧，處理完就可以下山了。」

老人依舊面帶微笑，黑狗咬著洩了氣的足球飛奔回來。瞄準鏡的十字線對著老人的臉

1　尤利烏斯．凱撒（Gaius Julius Caesar, 100—44 BC），羅馬共和國末期的軍事統帥、政治家，是羅馬共和國體制轉向羅馬帝國的關鍵人物，史稱凱撒大帝。與龐培、克拉蘇祕密結成前三頭同盟，隨後出任高盧總督，用了八年時間征服高盧全境（現法國）、日耳曼（現德國）、不列顛（現英國），最遠曾至日斯巴尼亞（現西班牙）和上埃及。

2　韓國傳統面具，又稱「假面」（탈）。應用在多種場合，如戰爭嚇唬敵軍、提升士氣，或用於宗教器具驅逐鬼怪等。韓國慶上北道河回村，便是以假面聞名。

部，他的額頭上有著三條深而明顯的皺紋，右眉上方有一顆雞眼，左臉頰則有一塊黑斑。來生用瞄準鏡對準老人的心臟，那是即將要被子彈貫穿的部位。老人身穿白色毛衣，看起來大概是某人親手織給他的，不像是工廠量產的。「那件白色毛衣即將被鮮血染紅。只要我輕輕扣下扳機，七．六二毫米口徑的子彈就會射向老人的心臟，彈殼裡的火藥會瞬間爆炸，彈丸則會在膛線的作用下旋轉，朝心臟方向飛去。七．六二毫米彈丸的行徑速度快、破壞力強，五臟六腑應該會和子彈翻攪在一起，從腹部後方噴出。」來生一想到那個畫面，全身汗毛直豎。每當一個人的生死掌握在自己的指尖時，他都會有一種難以言喻的複雜情緒湧上心頭。「就是現在，是時候該扣下扳機了。」不過，不知為何，來生不僅沒朝老人開槍，還索性把槍放在地上。

「不是現在。」來生低喃。

爲什麼不是現在，他不得而知。他只知道凡事都有所謂的絕佳時機，就好比有吃冰、接吻的絕佳時機一樣，雖然聽來可笑，但扣扳機、子彈貫穿心臟也有它們的絕佳時機。怎麼會沒有呢？要是幸運碰上那個時機，射出去的子彈就會不偏不倚地朝老人的心臟飛去，便是再完美不過的事。當然，來生並非在等待絕佳時機出現，因爲很可能永遠都等不到那麼幸運的一刻，就算被他等到，也可能渾然不知；來生只是單純不想在剛剛那一刻扣扳機罷了。雖然也不清楚原因，但總歸一句話：感覺不對。來生點了一根菸，山影已經遮蓋到老人的房屋。

夜幕漸漸低垂，周遭的景色逐漸昏暗，老人帶著黑狗回屋。屋內一片漆黑，似乎是因爲沒有電的關係，客廳裡只點著一根蠟燭。來生的望遠鏡根本看不見裡面動靜。不久，老人與黑狗的影子倒映在紅色磚牆上，隨即又消失不見。除非老人拿著蠟燭站在窗邊，不然以來生埋伏的位置，幾乎已錯失暗殺良機。

當太陽完全西下，整座森林被黑暗籠罩，皎潔的明月也被雲層遮擋，以致能見度變得更差。老人的屋裡僅一盞小燭燈亮著，森林裡的黑暗密度極高，空氣中的溼氣凝重。在四下無人、一片漆黑當中的來生，思索著自己爲何如此猶豫不決。「還是等天亮了再說吧，等天亮後，像以前那樣把他當槍靶，只要開一槍，就能收拾回家了。」來生把菸蒂收進衣服口袋，躲回帳篷內。除了等待時間流逝，已無事可做。他從口袋裡掏出一塊餅乾，吃完後便鑽進睡袋裡休息。

約莫兩小時後，來生被一陣腳步聲吵醒，聽起來像是有三、四隻腳不規律地踩著草地，還有身體和樹葉摩擦的聲音，正一步一步朝他逼近。來生完全摸不著頭緒，不曉得對方是誰，也有可能是山豬或小斑虎貓。來生立刻拉開槍的保險，槍口對著黑暗中聲音的來處。還不是扣扳機的時候，過去有許多隱身埋伏的傭兵，會因恐懼而在未確認對方的情況下就朝一片漆黑開槍，最後發現原來是野鹿或偵查犬，甚至是因爲迷路而在山裡徘徊的戰友。多的是身上刺龍刺鳳、體格彪悍的傭兵，看著戰友枉死在自己槍下而哭得泣不成聲像個孩子，回去再向大頭辯解，「當下眞的沒辦法，只能選擇開槍。」也許是眞的沒辦法，因爲他們從未在黑暗中確認過移動的物體，所以那些人能做的也只有開槍。來生選擇冷靜等待，直到親眼確認對方爲止。沒想到從一片漆黑中現身的竟然是老人與黑狗。

「你在這裡做什麼？」老人開口問道。

情況頓時變得有點滑稽。彷彿槍靶自己走來面前，質問來生爲何還不開槍一樣。

「我才想問您在這裡做什麼？害我差點就開槍了。」來生的語氣顯得有些激動。

「差點開槍？呵呵，眞是做賊的人喊抓賊。這裡是我的私有地；也就是說，是你擅自闖入我的地盤，還在這裡過夜。」老人從容不迫、面帶笑意地說著。

明明這種情況並不尋常，老人的反應卻異常淡定，倒是來生顯得有些驚愕。

「我以爲有猛獸靠近，才會如此驚訝。」

「你是來打獵的？」老人看著來生的槍問道。

「是。」

「舊款德拉古諾夫狙擊步槍……我以爲這玩意兒早放到博物館裡展示了，現在的獵人都用越戰時期的步槍打獵嗎？」

「只要能打到獵物不就好了，跟用什麼槍有關係嗎？」來生語帶不耐地回答。

「也是，不管用什麼槍，只要能打到獵物就好了。用牙籤、竹筷也行。」老人笑著附和。黑狗乖巧地站在老人身旁，站姿英挺，比用望遠鏡看時身材更爲健壯，和白天追球的憨樣截然不同。

「是條好狗呢。」來生轉移話題。老人低頭看向黑狗，用手摸摸牠的頭。

「是啊，也是牠發現你在這裡的，但牠現在有點老了。」

黑狗的眼睛一直凝視著來生，沒有發出低沉的警戒聲，也沒有釋出任何善意。老人輕拍黑狗的頭。

「要是今晚打算睡在這裡，不如來我家裡休息，別在這裡淋著冰涼溼冷的露珠，太辛苦了。」

「謝謝您的好意，但我不想給您添麻煩。」

「沒事，不麻煩。」

對話結束後，老人快步走下山，黑狗走在老人後頭。明明沒有手電筒，老人卻能身手矯健地行走在能見度極低的山路中，來生對於當下的情況感到有些混亂。子彈已經裝填在步槍裡，暗殺目標就在前方五公尺內，來生看著黑暗中離去的老人背影，急忙背起步槍，跟著走下山。

老人的家十分溫暖，室內是用紅磚堆砌而成，一旁的壁爐裡正燃著熊熊烈火，放眼望去，幾乎不見任何家具或擺飾，僅壁爐前放著一張脫了線的地毯及一張小茶几。壁爐上擺有幾張照片，照片裡的老人或坐或站，總在人群正中央，身旁一起合影的人，彷彿覺得能和老人一起拍照是份極大的殊榮，展現生硬的笑容。在這麼多張照片當中，唯獨未見老人的全家福。

「您已經開始在用壁爐了嗎？」

「年紀大了，怕冷。今年覺得特別冷。」

老人拿起幾塊乾掉的木柴放進壁爐裡，火焰因新添的薪柴而搖曳。來生把肩上的槍放下，靠在門邊。老人瞄了那把槍一眼。

「話說回來，現在是十月分呢，不是禁止打獵的月分嗎？」

老人的語氣中挾帶著些許淘氣，他從一開始就對來生用半語說話，彷彿認識已久，親和力十足，來生對此也未感不悅。

「要是每一條法律都遵守，那我們現在早餓死了。」來生說道。

「的確不需要遵守每一條法律，那是傻子才會做的事。」老人低聲說著，像是在喃喃自語。他用樹枝翻動壁爐裡的木柴，火勢瞬間變大，新添的木柴頓時被熊熊烈火包圍，但依舊沒怎麼被點燃。

「我這裡有酒有茶，你想喝什麼？」老人問。

「喝茶好了。」

「我看你應該凍壞了，還是喝點酒，暖個身吧！」

「我出來打獵不喝酒，更何況在山裡喝酒，睡著也滿危險的。」

「那今天可以喝啊，反正在我家也不會凍死。」老人笑著對來生說。

老人走進廚房，拿出兩個馬口鐵杯和一瓶威士忌，小心翼翼地用夾子夾出壁爐裡的開水壺，緩緩將熱水注入杯中。他的動作不疾不徐、絲毫不馬虎。他將沏好的紅茶遞給來生，又沏了杯給自己，裡面還加了一點威士忌。

「要是覺得身體不夠暖和的話，可以加點威士忌試試，反正也得等天亮才能打獵，不是嗎？」

「紅茶可以加威士忌？」

「想加就加啊，有什麼不可以的？」老人調皮地對來生眨了眨眼。他的五官深邃立體，神情很柔和，應該是拜經歷過風霜的歲月所賜，打磨掉許多尖銳犀利的感覺，不難想像，老人年輕時應該是名相當英俊的大帥哥。老人在來生的杯裡倒了點威士忌，溫熱的紅茶伴隨著威士忌的酒香陣陣飄出，香氣四溢。這時，原坐在角落的黑狗走到來生的大腿旁，席地而臥。

「看來你是個好人。」

「什麼？」

「Santa喜歡你啊，通常老狗都能一眼分辨出誰是好人，或是壞人。」老人用眼神瞥向黑狗說道。

近距離看才發現，原來黑狗有雙和身型格格不入、異常溫馴的眼睛。

「會不會是因爲狗比較笨的關係？」

「怎麼會呢。」

老人對著來生輕輕挑眉。他開始喝起摻了威士忌的紅茶，來生也順勢喝了一口。

「味道不錯。」

「沒想到吧？加點在咖啡裡也不錯，但加在紅茶裡最好喝，暖胃又暖心，就像擁著名曼妙女子在懷裡一樣。」

「最好是，怎麼能這麼比喻呢，曼妙女子當然比這茶好多了。」

「也是。的確，這茶哪比得上曼妙女子呢。」老人點頭贊同。

「但我想這會是永遠難忘的滋味。」

「紅茶裡其實蘊含著帝國主義氣息，所以才會如此香甜甘潤，而香甜甘潤的東西，背後也往往隱藏著諸多殺戮。」

「這論點滿有意思。」

「需要來點馬鈴薯和豬肉嗎？」

「好。」

老人走到戶外，拿了一些烤到焦黑的肉塊和馬鈴薯走回屋內。肉塊上還殘留些許豬毛，積了些灰塵，看上去不是很衛生，甚至飄著陣陣惡臭。老人把那些肉丟進壁爐裡，沾了一堆灰燼後，再用鐵籤串起，懸掛在火焰上。用樹枝翻動底部木柴，再把馬鈴薯鋪在灰燼下。

「看起來並不是多美味的料理方式。」來生說道。

「我之前在祕魯住過一段時間，是那裡的印地安人教我的，雖然看起來不是很衛生，但味道還不錯。」

「確實不怎麼樣，但既然是印地安人的料理方式，應該不致於太差。」

老人給了來生一抹微笑。

「幾天前，我發現自己和印地安人有一個共同點。」

「什麼共同點？」

「我們都沒有冰箱。」

老人把肉翻到另一面，火光映照出的面孔顯得有些嚴肅。他邊用長長的鐵籤戳著馬鈴薯確認是否熟透，一邊喃喃自語，「家有稀客，一定要好好招待才行。」等待肉塊熟透的時間，他喝光杯裡的紅茶，又替自己倒了一杯威士忌，還詢問來生要不要也來一杯。來生遞出杯子，喝下老人倒給他的酒，順著喉嚨而下的烈酒，從空腹裡回升出一股溫柔清香，酒氣愉悅地蔓延至全身，瞬間令來生感覺好不眞實——暗殺目標和狙擊手竟然在同一個屋簷下、同一面壁爐前，看似關係友好地話家常。老人每翻動一次鐵籤，壁爐裡就會飄出令人垂涎的香氣，黑狗想要走向壁爐嗅嗅氣味，但不知是因爲怕火還是怎樣，遲遲不敢向前靠近。

老人搔搔黑狗的下巴對牠說：「Santa乖，放心，這裡也有你的份。」

「牠的名字是Santa嗎？」

「是啊，第一次見到牠的時候剛好是在耶誕節，那天這傢伙失去了主人，我則是失去了一條腿。」

老人撩起左邊的褲管，裡面是義肢。

「我的命是被牠救回來的，因爲牠在雪地裡拖著我走了五公里。」

「好特殊的緣分。」

「牠是我人生中最棒的耶誕節禮物。」

老人摸了摸黑狗的頭。

「牠還滿乖的。」

「也不一定，之前只要看到人就會撲上去，所以都得綁著牠，現在應該是年紀大了，變得很溫馴。我對這樣的牠其實感到很陌生，只要是和人類相處久的動物，都會變得陌生。」

壁爐裡飄著肉的焦香，老人用鐵籤仔細戳著，確定全熟後才取下，再用帶有鋸齒的刀子把肉分切成厚片。他遞給來生一片，留一塊給自己，分一塊給Santa。來生抖掉肉塊上的灰燼，放進嘴裡咬一口。

「味道滿特別的耶，不太像豬肉。」

「不錯吧？」

「嗯，有鹽巴嗎？」

「哎呀，抱歉，我家沒有鹽。」

「您竟然可以過著沒冰箱、沒鹽巴的生活，太厲害了。所以是祕魯的印地安人都不用鹽嗎？」

「不，呵呵，我家本來有鹽，只是前段時間剛用完。」老人解釋。

「您也有在打獵嗎？」

「之前有，只是現在不打了。一個月前吧，發現一頭山豬受困在獵人設的捕獸夾裡奄奄一息，我看著牠想了很久，究竟該殺掉牠，還是等牠自己斷氣？要是等牠斷氣，那就是獵人害死牠的，不關我的事；要是殺了牠，就變成是我爲了得到豬肉而殺死一條無辜生命。如果是你，會怎麼做？」老人擠出一抹意味深遠的微笑。

來生轉動手中的杯子，喝了一口威士忌說：「誰殺死那頭山豬不重要吧？」

老人聽完來生的回答，陷入沉思，過一會兒才開口：「你說的沒錯，現在想想，是誰殺死的確實一點也不重要，反正我們現在正在用印地安人的料理方式，享用著這頭美味的山豬，對吧？」

老人說完便放聲大笑，來生也跟著笑了。明明不是什麼好笑的事，老人卻笑個不停，害得來生也跟著笑了好一會兒。

老人似乎心情很好，他再度爲來生的杯子斟滿威士忌，也將自己的杯子倒滿酒，兩人互敬乾杯，一飲而盡。老人拿起鐵籤，把木柴堆底下的馬鈴薯戳出來，吃了一口道：

「嗯，熟得剛剛好。」他另外拿了一顆馬鈴薯給來生。來生拍掉灰燼，也咬下一口說：

「嗯，有熟。」

「每到冬天我都會吃馬鈴薯，沒有什麼東西比它更好吃的了。」

「每次看到馬鈴薯，都會讓我想起一個人。」

來生被壁爐裡的熱氣映得滿臉通紅，突然主動提起了關於馬鈴薯的陳年往事。

「不用聽也知道，一定是個可憐人。」

「確實是個可憐人。」

「還活著嗎？還是已經死了？」

「死了。當時是在非洲，半夜突然發生緊急狀況，我們搭乘卡車抵達時，發現有名叛軍越獄，挾持著一位老奶奶當人質。他看上去很年輕，根本是個孩子，頂多十四、五歲。他當時情緒激動、面露驚恐，但情況並未到岌岌可危的地步。老奶奶不停對著少年說話，少年則是一手用ＡＫ槍指著老奶奶的頭，另一手猛抓馬鈴薯往嘴裡塞，但我們都看得出來，情況並不危急。就在那時，對講機那頭傳來開槍的指令，不久後，便有人開了一槍。我們趕緊衝上前去，只見少年的頭顱有一半已噴飛四散，而他嘴裡還含著一口來不及吞嚥的馬鈴薯。」

「哎呀，看來他應該是餓壞了。」

「當時我的心情五味雜陳，看著那名非洲少年嘴裡含著的馬鈴薯，心想：『要是再多給他十秒，至少能吞完那口馬鈴薯再斷氣？』」

「吞不吞完對他來說又有什麼差別呢？」

「當然，雖說還是難逃一死，但是那口沒吞下去的馬鈴薯，仍不免令人鼻酸。」來生感性地說著。

老人喝掉剩餘的威士忌，拿起鐵籤朝柴火翻戳，查看底下有沒有遺漏的馬鈴薯。他在角落找到一顆，遞給來生。來生望著那顆馬鈴薯，揮揮手婉拒了他的好意。老人看著馬鈴薯不知如何是好，只好重新把它扔回壁爐裡。

「我還有一瓶威士忌，要喝嗎？」老人問道。

來生思考了一會兒，回答：「好吧。」

老人從廚房裡拿出威士忌，爲來生斟滿。兩人不發一語，各自喝著杯裡的酒，目不轉睛地看著壁爐裡熊熊柴火，酒意甚濃。

「好美的火。」來生讚嘆。

「看久了，會發現其實灰燼更美。」

老人的目光停留在壁爐裡的柴火上，緩緩轉動著手中的馬口鐵杯說道。接著，他彷彿想起了某件有趣的事，對來生挑眉。

「對了，我爺爺是捕鯨人，當年還沒有什麼捕鯨禁令，儘管他是咸鏡道內陸出身，從未接觸過大海，仍南下長生浦，成爲全國第一位捕鯨人。聽說有一次，爺爺爲了捕鯨，被龐大的鯨魚拖進深海裡，當時他把魚叉霸氣地插在抹香鯨身上，卻不愼被魚叉上的繩子給絆住，才會意外跌落水中。其實在殖民時期，抹香鯨的體型龐大，單靠一艘捕鯨船和用手丟擲出去的魚叉，根本不可能捕獲，公的抹香鯨甚至可長達十八公尺、重六十噸。你想想看，六十噸等於是十五隻非洲成象的體重，要把那麼重的東西一口氣放在秤上，如果是我看見那種龐然大物，就算他是用橡膠吹出來的氣球，我也不想靠近或碰觸。不過呢，我的爺爺竟然在那麼可怕的生物身上徒手插了一支魚叉，你說厲不厲害？」

「後來呢？」來生問道。

「當然是嚇壞所有人啦！他從船頭掉進海裡時，因爲衝擊太大，瞬間失去知覺，遊走在夢境、出神、恍惚之間，任由暴怒的抹香鯨以猛烈的速度拖往深不見底的海中。聽說當爺爺好不容易醒過來時，眼前看到的是抹香鯨的背鰭正發著藍光，他看到忘我，早忘記自己身處險境。爺爺說他看著一頭長達十八公尺的巨型抹香鯨，擺動著散發藍光的背鰭在海底優游，那幅光景簡直美得不可思議。爺爺回想這段記憶時，情緒非常激動，眼角還有些溼潤。但我還是委婉告訴他，鯨魚並非會發光的生物，所以背鰭不可能發光，沒想到一個尿盆就硬生生朝我頭上砸來。呵呵，爺爺是個性情火爆的人。後來，爺爺每次只要見人，就會分享這段故事，還被我嘲諷：『都是因爲那狗屁會發光的背鰭，導致很多人認爲你說的故事根本不可信。』當時爺爺對我說：『大家口中那些關於鯨魚的事情都是假的，都是從書裡讀來的，但是鯨魚住海裡，又不是住在書裡。』總之，爺爺就是被抹香鯨拖進海裡，然後失去了意識。」

老人爲自己倒了半杯威士忌，淺淺啜了一口。

「爺爺說他甦醒時，月亮高掛在夜空中，耳朵旁傳來陣陣海浪拍打聲。爺爺以爲自己很幸運，被海浪推上了岸邊，可能躺在某個暗礁上，但後來發現那不是暗礁，而是抹香鯨的頭頂，是不是很不可思議？爺爺側身斜躺著，放眼望去是海面上的浮標、被鮮血染成一片紅的海水、插在鯨魚背上的魚叉，以及用頭頂撐著爺爺的那頭抹香鯨。想想看那個畫面，是不是很讓人匪夷所思。雖然我聽說過，鯨魚會把受傷的同伴或剛出生的鯨魚寶寶抬上水面讓牠們呼吸，但爺爺既不是牠的同伴，更不是鯨魚寶寶，甚至就連海狗或企鵝都不是，而且還在牠背上插了一根魚叉，抹香鯨到底爲什麼要把爺爺頂出水面，實在是百思不得其解。」

「是呢，的確滿離奇的，正常來說應該早把爺爺咬到粉身碎骨了。」來生喝著威士忌說道。

「回過神後，爺爺依躺然在抹香鯨的頭頂上，雖然有些尷尬，但在抹香鯨頭上還能做什麼呢？一名處境窘迫的人類，只能看著滿月映照在夜晚海面上，不停拍打上岸的海浪，以及一隻背上插著魚叉、流超過十盆鮮血的抹香鯨。聽說爺爺當時看著被皎潔月光映照出的那片鮮血，頓時對抹香鯨充滿愧疚。其實何止愧疚，他甚至想幫抹香鯨拔出魚叉，但沒有想像中容易。就好比錯誤的人生一樣，把魚叉插進鯨魚背部時很容易，要拔出來卻很難。最後爺爺用綑在腰間上的短刀切斷了魚叉繩。他切斷那條繩子後，那頭鯨魚潛回水中，又浮出水面，游向抓著浮標不停掙扎的爺爺，用牠那黑到發亮的圓滾滾大眼，看著被自己擲出的魚叉繩絆住、倉皇掙脫的可憐傢伙。爺爺說那隻鯨魚當時貼得很近，一直注視著他，雪亮的眼神充滿童真好奇，彷彿在想著：『這麼小的傢伙，看起來膽小如鼠，竟敢在我背上插魚叉，眞是勇氣可嘉。』後來，鯨魚用鼻頭輕輕推了爺爺一下，像是在和他嬉鬧玩耍，順便告誡他，『喂，小傢伙，你對我開的玩笑太過囉！這樣很危險，以後不可以喔！』儘管海面上盡是牠的鮮血，但牠似乎早已原諒我爺爺。每當爺爺講起這段往事，他都會拍著膝蓋大聲地說：『果然！牠的肚量和體型一樣，有容乃大，與我們這種小鼻子小眼睛的人根本不同檔次。』就這樣，爺爺和那隻抹香鯨在水面上載浮載沉了一整晚，直到捕鯨船透過浮標追蹤，發現有模糊的動態物體爲止，抹香鯨一直在旁陪伴著爺爺。當捕鯨船從遠處漸漸靠近時，抹香鯨便向爺爺道別似地，繞著他游了一圈，然後悠悠地游回了深無止境的大海裡，背上還插著刻有我爺爺名字的魚叉。是不是很神奇？」

「嗯，的確。」來生應和。

「在大海劫後餘生、歷劫歸來的爺爺，不曉得是不是對捕鯨人的人生開始感到懷疑，據說他回家後，告訴奶奶不想再當捕鯨人，善解人意的奶奶於是給了爺爺一個擁抱，告訴他如果不想再捕鯨了也沒關係。爺爺像個孩子似地躲在奶奶懷裡邊哭邊說：『好可怕，眞的嚇死我了。』此後，爺爺有段時期沒再出海捕鯨，但是事隔不久，就因爲生活陷入困境，周遭更是充斥著流言蜚語，加上捕鯨是他僅有的謀生技能，若不靠此維生，實在沒有其他方法能夠養家餬口，只得再度出海捕鯨。直到七十歲退休前，爺爺都在東海靠著魚叉捕鯨。有趣的是，一九五九年出海捕鯨的爺爺，竟然再度遇見之前那隻抹香鯨，那年是他奇蹟似從大海死裡逃生屆滿三十年之際，那隻抹香鯨的背上仍插著當年那支魚叉，但牠依舊一副老神在在地恣意優游，彷彿生鏽的魚叉已是身體的一部分。其實被魚叉刺中的鯨魚可以存活那麼久，在捕鯨史上十分罕見，不過也有人曾在十九世紀捕獲一隻插著十八世紀魚叉的鯨魚。總而言之，那隻抹香鯨當時看見爺爺的捕鯨船，竟然沒有逃走，反把背上魚叉露出水面，緊貼在爺爺的船隻旁徘徊，緩緩在周圍繞了一圈，大概是在對爺爺說：『喂，好久不見啊老朋友！眞高興見到你。不過這是什麼？你怎麼還在捕鯨呢？太過分了吧！』哈哈哈。」

「爺爺當下一定很尷尬吧？」來生問道。

「豈止尷尬，聽其他船友們說，我爺爺突然腳軟，跌坐在甲板上號啕大哭了起來。哭了許久後，朝那隻抹香鯨大喊：『對不起！眞的很抱歉！你的背一定很疼吧？當初和你道別後，也想過不再幹這行了，但你住在海裡可能不知道，住在陸地上的我們生活得好苦啊。我到現在還在租房子，而孩子們的食量又驚人，開銷很大呢。總之，是因爲日子實在過不下去，才又回來捕鯨的。下次見面來好好喝一杯吧！我帶酒，你帶一隻大王烏賊來就好，光是一隻大王烏賊，應該就能喝下十箱燒酒。對不起啊，當初在你背上插了那支魚叉，實在抱歉，嗚嗚，我實在太沒用了，眞的很對不起，嗚嗚……』」

「他眞的對著鯨魚這樣說？」

「對啊。」

「爺爺還眞有趣。」

「的確是。總之從那天起，爺爺就不再當捕鯨人了，他離開了長生浦，北上首爾，整天酗酒。我想他當時應該很鬱悶，不僅不能出海，三八線[3]上還豎起了鐵柵，害他無法返鄉。每次喝醉，逢人必講抹香鯨的故事。身邊的人都聽膩了，耳朵不想再被荼毒，爺爺卻還是不停重複說著。他說自己其實不是爲了炫耀當年有多英勇，而是認爲人類應該要效法鯨魚，因爲現代人多的是鼠輩小卒，怯弱無能，早找不到那種優游自若、碩大美麗的身影，整個世界缺乏所謂的『巨人』。」

3 緯度三十八度的南北韓分割線。一九四五年盟軍託管朝鮮時期，蘇聯和美國從日本手中收復朝鮮半島，沿北緯三十八度線在地圖上劃定的一條受降分界線。

老人再度拿起鐵杯，喝下幾口威士忌。來生也順便在自己的空杯裡倒了些酒，淺淺喝了一口。

「爺爺晚年被醫生宣判肝癌末期，其實他從十六歲出海捕鯨起到八十二歲，每天與酒爲伴，這樣的結果並不意外。那天他自醫院返家，又開始喝起酒來，一副無所謂的樣子，然後把子女們統統叫了過去，告訴他們，『我不會再去醫院，因爲鯨魚也是時間到了自然就會離開人間。』直到臨終前，他再也沒踏進過醫院半步。約莫一個月後，爺爺一身盛裝，重返長生浦。後來聽其他出海的漁民說，爺爺在那裡租了一艘小船，載滿十箱燒酒，努力划著船槳，直到船隻越過地平線、看不見蹤影爲止，自此後就再也沒有回來。爺爺的屍骨始終沒找到，我猜他一定是去找那隻抹香鯨了，要是眞讓他遇見，應該會急著對抹香鯨述說過去深埋心底、未能說出口的那些話吧，然後一口氣把十箱燒酒喝個精光；要是沒被他遇見，可能也是漂泊在汪洋大海中，獨自喝著那些酒，直到生命結束。嗯，想也知道他一定會這麼做。」

「好悲壯的結局。」

「算是死得其所。我認爲凡是男人，都要能決定自己人生的最後一刻是悲壯地死去，而且唯有此生認眞活過的人，才有辦法決定那樣的結局。可惜我不是那種人，一生都像個鼻涕蟲般苟且偷生，所以沒資格擁有那種莊嚴的死亡。」

老人苦笑著。來生不知道該說什麼才好，所以選擇沉默不語。雖然他非常想對慨嘆惆悵的老人送上一句安慰的話語，卻想不到該說些什麼。老人在他的馬口鐵杯裡倒滿了酒，一口氣全部喝下。兩人保持緘默，自顧自地喝著杯裡的酒。每當火勢將滅之際，來生就會替壁爐添加幾根木柴，那些被點燃的新木柴，會吱吱作響，火勢瞬間變得猛烈，燒得通紅，最後變成灰燼。老人和來生一邊默默觀賞著爐裡柴火燃燒的過程，一邊喝著杯子裡的威士忌。

「抱歉，今天我不小心話說太多。人家都說上了年紀要把嘴巴閉緊、錢包打開才對，呵呵。」

「不，今天的對話很有趣。」

老人拿起威士忌酒瓶搖晃了一下，只剩下一杯的分量，他看了看瓶裡的酒說：「剩下這些可以讓給我嗎？」

「當然。」來生回答。

老人把剩餘的酒全部倒進杯裡，一飲而盡。

「今天就到這裡吧，你應該也累了，趕緊休息，我抓著你說太多話了。」

「不，多虧您的故事，讓今晚變得很有意思。」

老人先在壁爐的右側躺下，Santa緩緩走到老人身旁，席地而臥；來生則選擇躺在壁爐的另一側。紅色磚牆上映著兩名男子與一隻老狗的黑影，交錯重疊。來生注視著放在門邊的步槍。

「明早吃完早餐再走吧，空腹打獵很辛苦的。」

老人側躺著說道。來生猶豫了一會兒才回應：「好的，沒問題。」

木柴燃燒和老狗打鼾的聲音格外響亮，老人不再說話。來生聽著老人和老狗的喘息聲許久，好不容易才睡去。那晚，他睡得十分香甜。

早上起床時，老人正在準備早餐。他用馬鈴薯煮了一鍋大醬湯，配上一小碟辣蘿蔔泡菜，以及兩碗白飯，僅此而已。老人沒說什麼，兩人不發一語地吃著。早餐結束後，來生匆忙起身，出門時老人還用布袋裝了六顆馬鈴薯，叫他隨身帶著充飢。來生向老人道別致謝，收下那袋還溫熱的馬鈴薯。

來生重返帳篷時，老人正在庭院裡用灑水桶澆花。爲花澆水的模樣依舊像倒茶般誠意十足，一如既往地對著花草樹木說話、揮手。來生微調了瞄準鏡裡的十字線，似曾相識的花朵在來生的瞄準鏡裡忽明忽暗，失去焦距。他依然想不起那盆花的名字，要是昨晚有問老人就好了。

那是一個很棒的庭院，兩棵柿子樹互不相識似地各自聳立，角落的花圃裡有著靜靜等待屬於自己季節的花朵。老狗Santa走到老人身旁，用頭不停摩擦著老人。老人摸摸牠的頭，看上去十分和諧。老人把洩了氣的足球丟向庭院一隅，Santa飛也似地跑去撿球，老人則是趁牠離去之際，繼續幫花兒們澆水。他究竟在對那些花說什麼呢？仔細看的話會發現老人的左腿眞的在微微顫抖，昨晚喝酒時應該多聽他說說左腿的故事才對。但是來生心想，就算沒聽到那些故事也無所謂了。老狗咬著足球跑回來，老人這次把球丟得更遠。老狗今天心情似乎特別好，還在原地跳了跳，才跑去撿球。老人放下灑水桶，看來已經澆完水了，露出滿意的燦爛笑容。「那會是發自內心的笑嗎？宛如河回面具般的那張笑臉，究竟是真笑，還是假笑？」

來生把瞄準鏡上的十字線對準老人胸口，然後扣下了扳機。

砰！

2 阿基里斯的後腳跟

來生不是在垃圾桶裡被人發現，就是在垃圾桶裡出生。

過去二十七年作爲來生養父的狸貓大爺，每次只要幾杯黃湯下肚，就喜歡調侃來生的出生背景，「你小時候呢，是在修女院門口的垃圾桶裡被人發現的，如果不是，那麼，那個垃圾桶就是你的親生母親，雖然這兩種結論好像都差不多。你要慶幸那是修女使用的垃圾桶，至少比其他地方的乾淨多了。」面對狸貓大爺的冷嘲熱諷，來生總是不爲所動、毫不在乎，因爲被把孩子丟進垃圾桶裡的那種垃圾父母生出來，還不如出生在乾淨的垃圾桶裡要好些。

來生在修女院附設孤兒院裡一直待到四歲，之後便由狸貓大爺領養帶回，讓他寄宿在自己經營的圖書館裡。要是當初來生一直待在那間孤兒院，接受神的恩典及修女們的悉心照料，人生也許就會徹底不同，可惜來生是在龍蛇混雜、聚集各路殺手、委託殺人的承包商及獵人的狸貓大爺圖書館裡成長。就像植物落地生根般，世上所有悲劇都起源於兒時自己踏上的那片土地，更何況來生當時年紀甚小，要離開那片土地也著實不易。

來生九歲生日那天，躲在狸貓大爺的藤搖椅上，埋首閱讀著《荷馬史詩》。正當讀到特洛伊王子——帕里斯，準備把箭射向來生心愛的英雄——阿基里斯——的後腳跟時，因爲是最精采的橋段，所以他完全沒有察覺狸貓大爺早在他身後觀察許久，並且滿臉不悅。

「誰教你認字的？」

狸貓大爺從沒讓他上學，來生曾經問過：「爲什麼我不用像其他小朋友一樣去學校上學？」狸貓大爺一臉不屑地回答：「因爲人生根本就不需要有『學校』這種東西。」他說的沒錯，儘管來生從沒上過學，但在他三十二年的人生中卻從未感受過任何不便。總之，狸貓大爺似乎對來生識字，還會閱讀感到十分錯愕，說得更精準些，應該是感受到一股強烈的背叛。來生沒有回答狸貓大爺的問題，只是目不轉睛地盯著他看，於是狸貓大爺用他特有低沉冷酷的嗓音，緩緩地，語帶威脅地又問一遍。

「我在問你，到底，是誰，教你，認字的？」

狸貓大爺的語氣令人不寒而慄，彷彿要把那名教來生認字的人抓來痛扁一頓。來生用顫抖的嗓音小聲回答：「沒人教我。」狸貓大爺依舊用肅殺的眼神緊盯著他，顯然不相信這樣的答案。來生只得解釋，自己是看繪本書自學的。接著，一記響亮的耳光打在來生的臉上。

來生好不容易強忍住瀕臨潰堤的淚水，委屈地向狸貓大爺保證，自己眞的是透過繪本學習認字。這是千眞萬確的事實，來生在多達二十萬本藏書、昏暗又老舊的圖書館內，好不容易找到適合自己閱讀的書籍（講述美國黑奴的改編漫畫書、廉價的成人雜誌、畫有長頸鹿或犀牛等動物的粗糙繪本），並搭配插圖自行悟出文字的原理。來生用手指向堆積在書房角落的那些書，那都是他平日蒐集的繪本。狸貓大爺是個瘸子，他一跛一跛走向書堆，一一拿起確認，甚至露出了不可置信的表情，彷彿在暗想：「我的圖書館裡怎麼會有這種爛書。」狸貓大爺一跛一跛走了回來，依舊滿臉狐疑地觀察著來生的表情，然後一把奪走他手中的《荷馬史詩》精裝本，不停來回看著那本書和來生的臉，最後終於說道：

「看書會使你人生倍感羞愧、充滿恐懼，你還要看嗎？」

來生不明白狸貓大爺的意思，一臉茫然，他能做的也僅此而已，畢竟一個才九歲大的男孩，怎可能理解「羞愧恐懼的人生」是什麼，他能想到的人生頂多是在一桌美食前鬧脾氣，或者像三明治裡掉出來的洋蔥，老是有些莫名其妙的事情會發生。因此，狸貓大爺對來生說的那番話，在他聽來並不像選擇題，反倒是一種威脅，抑或是某種詛咒，宛如神在對亞當和夏娃說：「要是吃掉這顆善惡果，就會被逐出天國，你們還要吃嗎？」是一樣的道理。來生心生恐懼，他完全不瞭解這項選擇的背後意謂著什麼，但狸貓大爺似乎在等他回答，目不轉睛地盯著他看。究竟該不該吃那顆蘋果？

最後，來生雙手握拳，抬起頭，用冷靜、堅定的表情對狸貓大爺說：「要，請把我的書還給我。」狸貓大爺咬牙凝視著好不容易強忍住淚水的九歲男孩，好一會兒才把那本《荷馬史詩》還給了來生。

當時來生之所以敢那麼大膽請狸貓大爺把書還給他，其實並不是基於對閱讀的熱愛，也並非要和狸貓大爺賭氣，而是他對狸貓大爺所說羞愧恐懼的人生毫無概念的緣故。

直到狸貓大爺離開後，來生才終於潸然淚下。他用手背默默拭去眼淚，把身體蜷成圓形，窩在藤搖椅上。年僅九歲的來生望著圖書館裡一排又一排宛如迷宮的書架，那些書被以既複雜又難理解的方式分類堆疊，上面布滿灰塵；接著，來生望向狸貓大爺的簡陋書房，由於整間圖書館僅西北邊開有一扇窗，所以書房總是陰暗無光。來生思考著閱讀這件事爲何會讓狸貓大爺如此震怒，明明他自己大半的人生都是坐在圖書館角落裡讀書，就好比一名口袋裝滿糖果的人，卻連別人嘴巴裡僅剩的那顆糖也要搶去占爲己有一樣，極其卑鄙。事隔多年，來生已經三十二歲，仍想不透當年大爺怒從何來。

「貪得無厭的糟老頭，我詛咒你拉肚子拉到脫肛！」

九歲的來生一邊咒罵著狸貓大爺，一邊用手背擦去眼淚，然後重新翻開手中的書。從那時起，對來生來說，閱讀已經不再只是單純喜好，那可是挨著耳光、承受即將迎接羞愧與恐懼人生的詛咒、費盡千辛萬苦才獲得至高無上的權力。來生閱讀著帕里斯拉弓的橋段，箭從弦上離開，朝他心目中的英雄——阿基里斯直直射去，而那支該死的箭正好不偏不倚射穿了阿基里斯的後腳跟。

原以為阿基里斯會把腳跟上的箭輕鬆拔下，並立刻奔向帕里斯，用矛朝對方的心臟刺去，孰料他竟就這樣荒謬地死在希沙利克山丘上。來生讀到這段時，身體不停顫抖，最終還是發生了不該發生的事情，這到底是怎麼回事，神的兒子怎麼能就這樣死掉。明明是刀槍不入、水火不侵、不死之身的英雄，竟會被一個帕里斯這樣的蠢蛋，而且還是因為自己沒把那極小部分的弱點掩蓋而不幸身亡。來生不斷反覆閱讀阿基里斯身亡的那段文字，始終沒找到任何一句有關祂起死回生的內容。

「我的天啊，阿基里斯竟然會死在蠢蛋帕里斯的手下！」

來生呆坐在藤搖椅上，直到狸貓大爺的書房暗不見光為止。他不能大叫，只能一動不動地坐著。藤搖椅不時發著嘎嘎聲響。書架上的書已被黑暗籠罩，書架則如枯葉般窸窣。雖然電燈開關就在伸手可及處，但是來生沒想過要開燈。他就像個被困在滿是蛆蟲洞窟裡的孩子，於黑暗中不停顫抖。那是個極其荒謬的結局，阿基里斯應該在祂唯一致命的弱點——左腳跟上穿一件刀槍不入的鎧甲才對，真是個笨蛋，就連九歲男孩都能想到的事，祂竟然會想不到。來生對於阿基里斯沒能保護好祂那微小弱點的事，感到激動憤慨，完全無法原諒心中的英雄死得如此荒謬。

來生在黑暗中淚流不止，他意識到這間圖書館裡的每一本書——不論是自己想讀或將來可能會讀到的書籍——每一頁都有人活著，從英雄、惹人愛的美麗女孩，到突破困境、完成人生目標的無數角色，他們都有可能因為沒守護好自己唯一的小弱點，而被蠢蛋的箭射中身亡。來生對於如此荒謬的人生感到錯愕，不論自己爬到多麼高的位子、擁有不死之身、掌控至高無上的權力，也會因一時的失誤而毀於一旦。

就在那時，對人生的不信任感衝破了來生的身體，闖入他的內心。「總有一天，我也會掉進四面埋伏的陷阱裡。那些足以顛覆人生的倒楣事，以及不論多麼拚命掙扎也擺脫不了的恐懼，將徹底吞噬我這軟弱無力的人生。」來生陷入一種奇妙又怪異的狀態中，彷彿自己努力緊握的一切都可能突然不翼而飛，那是一種空虛、寂寞又無奈的感覺。那晚，來生在狸貓大爺的圖書館裡待了好長一段時間，最後是在狸貓大爺的藤搖椅上含淚睡去。

3 大鬍子的寵物火葬場

「唉，最近生意實在太差，都快吃土了，所以才會每天在這裡火化小狗。」大鬍子把菸扔在地上。他體重破百，蹲坐在地上，感覺褲子的臀線隨時都有可能裂開，來生沒有搭理他，默默從口袋掏出棉手套戴上。大鬍子拍了拍屁股，拖著臃腫的身軀站起來。

「欸，最近竟還有那種腦袋破洞的殺手，想把屍體埋在山裡毀屍滅跡，不覺得這很過分嗎？既然殺了人，好歹也要幫忙收拾善後吧？都已經什麼年代了，現在就連寵物狗也不埋在山上，難怪每次怪手隨便一挖就會挖到屍體。我說這社會還真沒道義，殺了人棄屍，這和街上的小混混有什麼分別，哪是什麼職業殺手。更何況現在要在山上埋屍也不容易，上次就有幾個從仁川來的，拖著黑色行李箱上山，結果全被抓包。」

「被警察逮到？」

「可不是嘛！你想想看，大半夜的，三名壯漢人手一支鏟子，還拖著那麼大的行李箱上山，不引人注意都難。誰會覺得他們只是要翻過山去旅行，是吧？眞不知道在想什麼。所以我才說，既然都要埋在山上，不如找我們大鬍子火葬場幫忙處理，既安全俐落，又乾淨環保，不是嗎？生意都已經夠慘的了，眞是……」

大鬍子邊戴手套邊碎唸著，他總是抱怨個沒完。雖然體型如大猩猩般壯碩，發起牢騷來卻顯得有些淘氣，像極了小熊維尼。也或許是因爲他長得的確和小熊維尼有幾分相似，若不是的話，那應該是小熊維尼像他吧。大鬍子是經營非法火葬屍體的殯葬業者，當然，名義上是合法的寵物火葬業者，協助民眾火化自家愛貓愛犬，順便非法幫人火化屍體罷了。來生不解，爲何一個從事焚燒屍體行業的人，會長得如此可愛。

「前段時間有件事才叫扯，有對年輕夫妻帶著一隻蜥蜴跑來我這裡，還取名叫什麼安德魯或安德烈的，你聽聽這名字瞎不瞎，幫蜥蜴取什麼狗屁安德魯，叫個小古怪、波比什麼的，都比安德魯好不是嗎？眞是令人無言。不過是死了隻蜥蜴罷了，他們倆竟然在那裡抱頭痛哭，還邊哭邊喊：『安德魯！對不起！是我們不好，沒有按時給你飯吃，眞的對不起啊！』我在一旁看傻眼。」

大鬍子劈里啪啦講個沒完，來生左耳進右耳出，心不在焉地打開倉庫大門。

「要用哪一部？」來生問道。

大鬍子用目光掃射了倉庫內部一圈，指向位在角落的一輛推車。

「這部嗎？」來生向大鬍子確認。

大鬍子再用眼睛丈量一番，點頭同意。

「那部應該就夠了，反正又不是要搬一頭牛寶寶。你車停哪裡？」

「火葬場後面。」

「停那麼遠幹嘛，要把屍體搬過來很累耶。」

大鬍子拉著推車，啪噠啪噠地趿拉著鞋往火葬場後方走去。來生其實一直都很羨慕大鬍子的腳步聲，總是可以那麼悠哉，不帶絲毫企圖心。大鬍子從不貪心，就算有大案子找上門，也不會因此而加快腳步。他以這間不起眼的寵物火葬場，一筆一筆、腳踏實地賺他該賺的錢，靠著火化屍體把兩個女兒拉拔長大，大女兒最近剛上大學。「量力而爲才能永續經營啊，爲了兩個女兒，我還得多撐幾年才行。」大鬍子不禁喟然長嘆。他也不會因爲手頭比較緊，就拿些不該拿的東西——這是他之所以能在這平均壽命不長的圈子裡撐這麼久的原因。

來生打開後車廂，裡面有兩具用黑色屍袋裝裹的屍體。大鬍子見狀歪了歪頭，滿臉疑惑。

「爲什麼有兩袋？狸貓大爺跟我說一袋的啊！」

「一袋是人，一袋是狗。」來生回答。

「這是狗？」

大鬍子指著比較小的那袋問。

「那是人，大的那袋才是狗。」

「怎麼狗比人還大。」

大鬍子不可置信地打開屍袋，裡面裝著老狗Santa，從拉鍊縫隙間隱約可見Santa的舌頭垂落在外。

「他奶奶的，現在連這玩意兒都拿來給我啊，幹嘛連狗也殺呢，牠有咬你蛋蛋嗎？」

「我只是看牠年紀大了，應該也不太能適應新主人。」來生淡定地回答。

「你也替牠想太多，先想好自己吧，我看我倆現在的處境都不適合為一隻狗著想。」大鬍子挖苦著自己和來生。

來生重新把屍袋拉鍊拉上，卻突然停下動作，思考著自己究竟為何連一隻狗也不放過。當時黑狗只是靜靜站在老人身旁，豔陽高掛來生身後，牠與來生四目相交，深褐色瞳孔已經混濁不清，陽光這時正好灑進牠的眼眸。老狗沒有對來生發出任何低鳴以示警戒，單純訝異主人為何會躺在地上一動也不動。晚秋的陽光灑落在他們頭頂，來生看著年事已高的老狗，「從今以後，這座森林裡不會再有人給你餵食，你必須自己在山裡奔走覓食，但偏偏又上了年紀⋯⋯你明白我的意思嗎？」老狗用牠那雙混濁又哀戚的眼，無助地望著來生。來生摸摸牠的頭，然後朝牠的頭部扣下扳機。

「這老頭還真重。」

大鬍子抓著屍袋的一角抱怨。

「都跟你說這袋是狗了，那袋才是老頭！」來生語帶不耐。

大鬍子彷彿還沒弄清楚，一臉不解。

「啊，這隻畜生真他媽的有夠重！」

兩具屍體都放進推車後，大鬍子按慣例環顧四周一圈。凌晨兩點的寵物火葬場格外安靜，不過這也是理所當然之事，不會有人在這時間跑來火化寵物。

大鬍子點燃瓦斯，開始幫焚化爐點火，火勢蔓延至整座焚化爐內部時，黑色屍袋瞬間像蟒蛇脫皮般退去，老人與黑狗的身影慢慢顯現。老人仰躺著，黑狗的頭靠在老人腹部，隨著爐內溫度逐漸升高，老人的屍體因爲肌腱拉扯而開始抽動，彷彿這輩子還有沒交代完的事情似的，令人鼻酸。「他還能做什麼呢，一切都已結束，再過兩小時就會變成灰燼，什麼也做不了了。」

來生目不轉睛地望著老人的屍體逐漸蜷曲變形。他年輕時是一名將軍，在權力的背後暗中規畫暗殺名單，因爲那個年代，出身北韓的軍人想要在軍隊裡嶄露頭角可謂是相當困難，要在情報局裡坐穩位子更是難上加難，但他還是咬牙撐了過來，在另一起軍事政變後，順利捱過了爲期十年的新軍權時期。就這樣，他好不容易在各種政治抹黑及對脫北者出身軍人的不信任中熬出頭來，成了一名將軍。只要有人忤逆獨裁者的意思，帽子上別有星星的這位將軍就會來到狸貓大爺的圖書館，遞出列入暗殺目標的名單，厚顏無恥地用國民繳納的稅金來結清款項。

如今換他被放到了名單上。這個圈子的遊戲規則本就如此，輝煌年代總有結束的一天。失勢的掌權者往往會爲了保住自己小命而忙著將過去做過的那些骯髒事收拾善後、殺人滅口，因爲時間經常是在兜了一大圈後，回過頭來反撲自己。

來生十二歲那年，老人穿著軍服來到圖書館，那身軍裝英俊瀟灑。老人靠近來生向他搭話。

「你在看什麼書呢？」

「索福克勒斯[1]的書。」

「好看嗎？」

「我沒有爸爸，所以看不太懂。」

「那你爸爸在哪裡呢？」

「在修女院前的垃圾桶裡。」

帽上別著兩顆星星的將軍莞爾一笑，摸了摸來生的頭。這已是二十多年前的事了，那一幕來生一直沒有忘記，但老人應該是記不得了。

來生取了根菸叼在嘴上，大鬍子幫他點燃，自己也順勢拿了一根來抽。兩人吞雲吐霧，大鬍子還吹著口哨模仿鳥叫，不疾不徐地走出火化場，再次確認是否四下無人。來生繼續望著老人與黑狗的屍體，在焚化爐裡逐漸燒成密不可分的形狀。

許多蠢蛋誤以爲，只要自行焚屍就能達到完美犯罪，於是他們往往是提著一桶汽油，到無人的空曠草地上試圖燒燬屍體，但其實人類並沒有想像中那麼容易被毀屍滅跡。通常在屍體上點火，只會得到一具燒得面目全非、發著惡臭的大型焦屍。法醫可以從焦屍推斷死者年齡、性別、身高、容貌、身型、牙齒排列等，還原死者生前的樣貌，並查出死者身分。若要做到徹底焚屍，就要把屍體送進密封爐中，以超過一千三百度的高溫，連續悶燒兩小時以上才行。除了焚化爐、窯烤爐、木炭窯或冶煉廠裡的高爐外，很難再找到其他能夠達到如此高溫的地方，這也是爲什麼大鬍子的火葬場能夠存活至今的原因。除此之外，粉碎骨骸也很重要，因爲法醫光靠骨盆處的三根骨頭就可查出死者年齡、性別、身高及死因；骨灰和牙齒也要另外保留，因爲骨灰裡依舊存在許多有助於偵辦的線索，牙齒則是在火災或極端條件下仍能維持原貌，所以最後一定要用槌子敲碎，將骨灰撒在安全無虞處，才能達到天衣無縫、乾淨無痕的完美犯罪。

來生換了一根菸抽，他看著手錶，凌晨兩點十分，看來要等天亮才有辦法回家了。這時突然有一股強烈的疲憊感爬上頸肩處，他已經連續三晚外宿，第一天睡在山路邊，第二天睡在老人家，第三天在大鬍子的火葬場處理老人和老狗的屍體。「貓飼料應該都吃完了……」來生惦記著家裡養的兩隻邋遢貓，估計現在應該在黑暗的房間裡挨餓。來生爲那兩隻貓分別取名爲「閱讀架」和「檯燈」，有趣的是，都說人如其名，這兩隻貓也越來越像牠們的名字——閱讀架喜歡把身子縮成土司形狀，凝視著掉在地上的衛生紙屑；檯燈則喜歡伸長脖子，欣賞窗外景色。

大鬍子裝了幾顆煮熟的馬鈴薯在盆子裡，遞了一顆給他。又是馬鈴薯。老人早上送的六顆馬鈴薯還在車內，來生雖然有點餓，還是搖頭婉拒。「幹嘛不吃？這可是江原道的馬鈴薯耶，超級好吃！」大鬍子對此表示不解，順手拿起一顆塞入口中，再抓起燒酒直接對嘴灌，一口氣就喝下半瓶。

1　索福克勒斯（Sophocles），古希臘劇作家，古希臘悲劇的代表人物之一，和埃斯庫羅斯、歐里庇得斯並稱古希臘三大悲劇詩人。著名作品有《伊底帕斯王》、《安提戈涅》。

「金社長前段時間才送來這裡火化。」他邊說邊用手背擦去嘴角上的燒酒。
「人肉市場的金社長？」
「嗯。」
「誰幹的？」
「我猜是隨扈帶著越南人幹的。最近越南人很夯，因爲便宜，而且不只越南，中國、特種部隊出身的脫北者，和菲律賓人等都很搶手，甚至有開價五十萬韓圜殺一個人。最近殺手界也出現削價競爭，殺手們的行情已經低到不能再低。金社長那麼愛出鋒頭，早就料到他應該活不久了。」
來生吐了一口長煙，其實殺手的價碼根本不關大鬍子的事情，也不需要特別感慨，因爲不論是請越南殺手或菲律賓殺手辦案，只要死的人越多，大鬍子的生意就會越好，所以這番話是爲了迎合來生才說的吧。大鬍子又咬了一口馬鈴薯，配著燒酒。
「不過，有件事很離奇，我把金社長的屍體火化完之後，竟然看到有閃亮的圓球，靠近仔細一看，發現竟然是舍利，豆子般大小，總共有十三顆呢！」
「怎麼可能，金社長的身體裡怎麼會出現舍利。」來生覺得荒謬至極。
「眞的啦！你要看嗎？」大鬍子喊冤。
「算了。」來生一臉不耐地揮了揮手。
「我眞沒騙你！我自己也不敢相信這是眞的。但你記不記得金社長生前的綽號叫ＯＫ社長。就是因爲他什麼都拿，來者不拒啊。拿了人家那麼多東西，又愛到處招惹人，難怪會落得那樣的下場。這種人的身體裡竟然會出現舍利，還眞荒謬……而且不只一顆，是十三顆！在我看來，舍利和修行、禁欲、節制什麼的一點關係都沒有，那只是像中樂透般隨機出現的玩意兒。」

「眞的是舍利？」來生的口氣依舊充滿狐疑。

「都跟你說是眞的了！」大鬍子抖了下肩膀，語氣激動地配上誇張的肢體動作。「我有拿給月淨庵的慧超法師看過，他當下後退了幾步，雙眼一直像這樣緊盯著，看了好久。最後才慢慢回過神來，叫我把這東西賣給他。」

「慧超法師要金社長的舍利幹嘛？」

「你想想看，他這人吃喝嫖賭樣樣來，就是個貪得無厭的傢伙，自然會擔心要是死後進行茶毘式[2]時沒出現舍利怎麼辦，到時一定會落人口舌，所以要是能拿到金社長的舍利，死前就可以先把它們呑下肚，死後燒成灰，至少還能確保會出現十三顆舍利吧！」

來生不以爲意地冷笑一聲，大鬍子又拿了一顆馬鈴薯放入口中，喝了一小口燒酒。大鬍子似乎不太好意思只有他一個人吃，試著再給來生一次。來生看見馬鈴薯放在大鬍子那雙厚實的手掌上時，想起了對著花兒、老狗、爐火上的豬肉、木柴底下的馬鈴薯一一搭話的老人，「家裡來了稀客，希望要好吃才行啊。」老人低語著。來生努力告訴自己，應該

2　佛教僧人死後所進行的火葬儀式。

是他一個人太寂寞，才會那般熱情。大鬍子的手還伸著，來生耐不住飢餓，只好接過那顆馬鈴薯，放進嘴巴裡咬了一口，他邊吃邊凝視著焚化爐裡的熊熊烈火，裡面的屍體已經分不清哪個是老人、哪個是老狗，全被濃煙烈火包覆。

「好吃吧？」大鬍子問道。

「好吃。」來生邊吃邊回答。

「不過話說回來，大學註冊費怎麼那麼貴啊？我大女兒剛上大學，我看至少要燒五個人才有辦法付得出註冊費和住宿費，但這年頭有誰會送我五具屍體呢，眞不曉得是景氣太差，還是這社會變得太好，跟以前實在差太多，叫我們幹這行的人怎麼討生活嘛！」

大鬍子一臉忍無可忍的表情。

「爲了你那兩個寶貝女兒，以後還是腳踏實地生活吧，做火化寵物的生意就好。」

「那也要能賺錢才行啊，我們通常是稱重計費的，但最近大家養的寵物一個比一個迷你。唉，別提了，再扣掉瓦斯費、電費、稅啊什麼的，我還能剩多少？要是大家開始流行養長頸鹿或大象這種動物該有多好，那我應該就能躺著賺了。」

大鬍子搖晃著燒酒瓶，把最後剩餘的一點酒倒入口中，一臉厭世地伸了個大懶腰。

「還是乾脆賣了？」大鬍子沒頭沒尾地問道。

「什麼？」

「我說金社長的舍利啦。」

「賣啊，你拿著它能幹嘛。」來生不耐煩地說。

「那傢伙跟我說他願意花三十萬買，但我總覺得便宜他了，雖然那些是從人渣金社長身體裡燒出來的東西，但好歹也是貨眞價實的舍利啊。」

「最好是什麼狗屁舍利。」來生調侃著。

「還是多喊個二十萬，叫他付五十萬成交？」

來生不再理會大鬍子，他渾身疲憊，實在沒什麼閒情逸致和大鬍子鬥嘴。來生不發一語地看著焚化爐，大鬍子也突然意識到氣氛好像有些尷尬，於是搖了搖空到見底的燒酒瓶，準備起身再去拿一瓶。

焚化爐的煙囪冒出了白煙，每次只要來這裡火化屍體，來生就會想像死者的冤魂從那根煙囪冒出去，許多殺手的屍體也都是在這個焚化爐裡處理掉的。這裡是那些慘遭淘汰的殺手墳墓，不論是犯下失誤的殺手，還是被警察通緝的殺手，或不知爲何被列在死亡名單上的殺手，以及年事已高不再堪用的殺手，都被送進這裡的焚化爐火化。

對於謀略者來說，傭兵與殺手都只是乾電池般的存在，屬於用完即丟的消耗品，他們根本不需要陳腐過時的老殺手，因爲那些老殺手往往有著一堆不必要的情報與證據，宛如惱人的水泡，只會礙事。其實想想也是，世上不會有人將一顆電力耗盡的乾電池視爲珍寶。

來生曾在這座火葬場送走自己的老友「秋」，雖然秋比來生大八歲，但是兩人間毫無代溝，相處融洽。自從秋離開人世後，來生的人生就出現了一些變化：對原本習以爲常的事突然感到陌生，不論是家裡的桌子、花瓶，還是車子、僞造駕照等，都顯得格外生疏，那種疏離感又充滿著巧合。有一次來生實際去找了他那張僞造駕照的眞實主人，他是一名父親，有三個孩子，周遭人士都誇讚他是名有能力、勤勉誠實的焊接工，可惜八年前離奇失蹤，可能是因爲某些原因，被列入謀略者的暗殺名單，最終這名焊接工的屍體不是被埋在山上，就是被放進鐵桶沉入海底，抑或是在大鬍子的火葬場被燒掉了。雖然已經失蹤八年，但他的家人依舊引頸期盼著那位慈祥的父親可以早日歸來。來生當時一路開著車回來，邊自我調侃，「所以我的車一直都是由一個死者在開的囉。」活得像一具屍體、硬是成了殭屍的人生，的確讓人感覺陌生。

秋是在兩年前死的，他和來生一樣都是殺手，不隸屬任何單位，只要有案子委託就接。黑手黨有句格言：「瘋子（pazzo）是最危險的敵人。」那些自認已經生無可戀、無可失去、對人不抱期待、行爲不受控、單純靠著桀驁不馴的堅持與原則默默活著的人，即使面對龐大的惡勢力，一樣有恃無恐——秋就是這種人。

誠如黑手黨的至理名言，一開始就不該和瘋子展開對決，因爲面對一名無可失去的人，往往讓人摸不著頭緒；反之，與那些努力守護一切的人較量，倒是顯得容易許多——這種人恰好是謀略者最喜歡的獵物。他們會去的地方就是固定那幾個點，直到死前最後一刻都不願承認自己無法擁有那些東西，因此讓自己陷入絕境。秋不一樣，秋一直想證明一件事，當自己凡事皆無所求時，即便是這個圈子有多殘暴猖狂，也奈何不了他。

秋是個難搞的人，但他在執行任務時，總是可以做到滴水不漏、不著痕跡，所以狸貓大爺經常會把棘手的案子交由他處理。當年，狸貓大爺一直想把他納到自己旗下，甚至語帶暗示地對他說：「就算是萬獸之王獅子，只要脫離獅群，就會變成野狗們的獵物。」秋嗤之以鼻，回嗆：「反正我也沒打算和您一樣活得那般苟且。」秋就是這種人。

秋沒有隸屬任何單位，卻能夠在這行打滾二十年。這二十年間，秋幹盡了各種喪盡天良的壞事，不論是國家機構、私人企業或人肉市場裡的三流承包商委託的案子，他都來者不拒，以殺手來說，在這行算是撐了滿久的。

但是四年前的某天，秋的自動發條突然停止了，沒人知道原因。他告訴來生，他也不明白爲什麼會這樣，明明二十年來從未停過的發條，怎麼會突然停止不走，實在難以理解。秋放走了一名暗殺名單上的女子，她只是個二十一歲的高級應召女郎，不久後，一名涉嫌各方委託、收賄、性騷擾女國中生的K姓議員，從自家頂樓陽台墜樓身亡，這則消息躍上了媒體版面。然而，熱愛與女國中生從事性交易的他，多年前就已臭名昭彰，根本不是個會爲了捍衛自身聲譽選擇自殺的人。也許新聞一出，所有謀略者都會不約而同地想到秋，但秋並未就此善罷甘休，他甚至還想把委託其殺掉應召女郎的謀略者找出來一併處理，但他最終沒能找到——儘管是高級殺手秋也不容易辦到。那段時期，秋儼然成了自身難保的殺手。比起策畫暗殺行動，謀略者往往花更多心思在隱藏自己，並讓自己能在風口浪尖上全身而退。

謀略者的世界是龐大的利益壟斷集團，他們之所以要對秋趕盡殺絕，並不是爲了捍衛他們的自尊，畢竟要在這圈子混就沒什麼自尊心可言，他們是爲了日後上門的客戶。就和其他行業一樣，謀略者的圈子也有一套自己嚴格的秩序與規範，根據那些秩序與規範形成市場，並吸引顧客上門。一旦秩序瓦解，市場就會面臨倒閉，不再有客人光顧——這道理秋也懂。在他決定要放生目標後，基本上就等於是在自絕活路，但秋還是決定爲了那名應召女郎賠上自己的性命。

不到兩個月時間，人肉市場裡的追蹤者就找到那名應召女郎，女子當時躲在一個不起眼的港口城裡，原本只有在高級飯店裡招待ＶＩＰ貴賓的妓女，竟淪落到在碼頭對面臭氣熏天的賓館賣淫。她要是沒去紅燈區，默默藏身在某個小工廠，也許就能躲過追蹤者的追逐，多活幾天，但她最後還是回到那個又臭又髒的地方。可能因爲她當時身無分文，離開首爾展開逃亡時，情急之下沒帶什麼衣物，再加上當時仍是寒冷冬季，人類只要飽受飢餓與嚴寒所苦，就會對於抽象的恐懼麻痺無感，所以會認爲既然橫豎都是死，乾脆豁出去了。不曉得該說她傻，還是少根筋，這女孩應該也不會喜歡在那窄仄的港口城裡當個廉價妓女，含著那些酒醉船員的性器。但她別無選擇，因爲光從那雙細嫩的小手就能看出，那是一雙彷彿從未想像過這世上有苦工的手，例如在輸送帶前站十小時轉螺絲，或是在冬天的大海裡撈海帶和生蠔。她要是出身豪門，那雙手肯定會是一雙鋼琴家的手，可惜女孩沒投胎到好人家，十五歲就開始下海賣淫。

其實她也知道，一旦踏入紅燈區，很快就會被人發現，但還是選擇回到那熟悉的地方。我們總是厭倦自己身處的世界，卻始終沒辦法離開腳踩的那片土地，沒錢就沒活路是原因之一，不過這並不是全部。我們之所以選擇重返自己厭惡的世界，是因爲已經習慣那份厭惡感，與其重新適應新環境，還得耐得住身處異地的恐懼和像恐懼般深不見底的孤獨，我們更願意耐受那份熟悉的厭惡。

當謀略者將文件送達圖書館時，狸貓大爺把來生叫了過來，來生走進圖書館裡的書房，狸貓大爺正坐在書桌前翻閱那些文件，上頭想必是女子的照片、地址、動線、興趣、體重、周遭相關人士等各種所需資料，也會有暗殺方式，以及該如何處置屍體等相關內容。

「她只有三十八公斤，我看就直接折斷她的頭吧，應該和踩死一隻青蛙一樣容易才對。這種案子竟然也敢叫暗殺計畫，還浪費那麼多錢，眞是可笑。」

狸貓大爺說話時並沒有看著來生，說完後丟了一包信封袋給他。「踩死一隻青蛙很容易嗎？」來生歪頭想了想。每當狸貓大爺用這種譏諷的語氣說話時，表示他其實想要隱藏內心的羞愧，這是他的慣用伎倆。只是究竟為何感到羞愧？是因為要殺一名年僅二十一歲、三十八公斤的瘦弱女子，所以感到羞愧；還是因為圖書館的生意大不如前，不得不做這種賺不了幾毛錢的生意，感覺顏面盡失、有損自尊，所以羞愧？他不得而知。

來生隨意翻了翻資料，照片中的女子就像日本偶像團體成員那樣美麗動人，雖然二十一歲了，看上去卻像只有十五歲。來生從未殺過女人，不是因為有什麼不殺老弱婦孺的原則，而是單純沒被指派而已。來生是個沒原則的人，沒原則就是他唯一原則。

「屍體要怎麼處理？」來生問狸貓大爺。

「當然是拿去大鬍子那燒掉啊！難道要掛在光化門[3]上嗎？」狸貓大爺不耐地回答。

「可是從M城到大鬍子火化場滿遠的，裝在後車廂裡，中途遇到警察攔檢的話……」來生喃喃自語著。

「你以為警察是吃飽太閒沒事幹嗎？你就別喝酒，像隻貓一樣慢慢開不就好了？沒事幹嘛要攔檢你。」

狸貓大爺的語氣十分冰冷。冷酷是狸貓大爺想隱藏內心憤怒時喚醒的替代情緒。來生呆呆地杵在原地，狸貓大爺對他揮了揮手，示意他可以滾了。然後他起身從書架上取了《布羅克豪斯百科全書》第一版的其中一本放在書桌上，彷彿已經把站在面前的來生當空氣。狸貓大爺翻開百科全書，開始唸起書裡的文字，一時間，書房裡繚繞著不是很標準的德文發音，那是因為他的德文是自學而成的。來生走出書房，還一邊低聲嘲諷，「德國人一定聽不懂他在說什麼。」

狸貓大爺的書櫃上除了百科全書外，沒有放其他類型的書籍。根據來生的記憶，這十年來狸貓大爺只閱讀百科全書，從不看其他書籍，「百科全書是很好的東西，不感傷，不抱怨，不充滿教條；最重要的是，可以不用看那些作者高高在上的嘴臉。」這就是狸貓大爺只讀百科全書的原因。

＊

女子藏身的那座港口城，宛如一隻病雞，窮困潦倒。事實上，這裡在殖民時期是專爲軍人調撥物資、熱鬧繁榮的港口城，如今早已由盛轉衰，沒有任何力量能阻止這場悲劇。來生下了客運後，隨即朝車站停車場走去，找到一輛停放在停車場最角落的老舊款雙龍Musso，車牌號碼爲二八四七。他從口袋裡掏出鑰匙開門上車，成功發動後卻發現，油表燈顯示油箱已見底。

「這蠢蛋又沒幫我加滿油！」

來生苦笑，對一個根本不知長相、身處何處的白癡謀略者發牢騷。

來生把車開到了賓館地下室停車場裡停好，謀略者指示的停車點原本是位在逃生梯正前方的第三格停車位，但那裡已經停著一輛三千毫升的高級轎車。來生看了看手錶，時間是下午一點二十分。高級轎車的車主不曉得是昨晚入住還沒退房，還是剛吃完午餐就馬上到這裡偷腥，來生不得已，只好將車停在靠牆的位置。他下車後抬頭張望停車場天花板和牆面，確認沒有任何監視器設備後，打開後車廂，取出超大型黑色行李袋和防水膠帶。

賓館櫃檯無人接應，正如文件上的資料敘述。牆壁上的時鐘指向下午一點二十八分，來生從鑰匙箱裡取出三〇三號房的鑰匙，自行上樓。他站在三〇三號房門前，戴上皮手

3 光化門（광화문）是朝鮮王朝正宮景福宮的南門，也是其正門與最大的城門，位於今韓國首都首爾鐘路區，世宗大路與光化門廣場的北端。

套，走進房間。

那是間破舊不堪的賓館，床上放著看起來很久沒洗過的寢具組，牆架上有一卷用掉一半的衛生紙、鐵製的菸灰缸及八角形火柴盒。壁紙已經斑駁泛黃到看不出原來的顏色，裝在窗戶上的冷氣，外型宛如德國牌眞空電子管收音機，至少有三十年以上的歷史，感覺一打開就會有可怕的東西竄出來。床墊與床架間還夾著用過的保險套，上面有一根看不出是男生還是女生的陰毛，陰毛上還沾有乾掉的精液。燈管上積滿黑色灰塵和死很久的小蟲，導致燈光昏暗，房間內的景象不堪入目，令人聯想到三〇年代黑白電影裡的某個場景。

「好恐怖的房間。」

來生把黑色行李袋和一只從首爾帶來的嶄新公事包放在房間角落，然後選擇在床尾坐下——那是張或許有一億萬隻細菌瞬間騰空歡呼、極其骯髒的床組。來生掏出一根菸叼在嘴邊，從八角形火柴盒裡拿了根火柴點燃嘴上的菸。「這年頭竟然還在出這款火柴盒。」來生滿臉疑惑地看著八角形火柴盒。

當手錶顯示兩點整時，來生按照文件上提供的電話號碼撥了過去。

「我進到三〇三號房了。」

電話另一頭毫無動靜，沉默了三秒，傳出令人不悅的喘息聲，然後「啪」的一聲掛斷電話。來生一臉莫名地看著話筒，「他媽的，擺什麼臭架子。」他打開窗戶，看著車站後方雜亂狹隘的小巷，再點了一根菸來抽。下午兩點，商店林立的紅燈區顯得格外安靜。女子是在兩個小時後出現的，她打開房門，心不在焉地瞄了來生一眼，簡短說了聲「嗨」，那是知道自己外貌不錯的女子常有的傲慢與驕縱，並非發自內心的問好。她的長相非常稚嫩，貌似連十五歲都不到，一百六十公分左右的嬌小身軀，是那種走在街上會被男人回頭多看一眼的長相，還有那楚楚可憐、抑鬱憂愁的表情，給人一言難盡的感覺，不禁會聯想到月曆上常有的銀杏樹葉散落滿地的照片。

「脫掉衣服吧。」女子說道。

話一說完，女子便脫去了身上的衣物。她本來就只有穿一件洋裝、內衣、內褲，所以從她開始脫到全身赤裸地站在來生面前，總共花不到五秒鐘。來生依舊默默坐在床角，雙眼注視著女子，她的胸部特別圓潤，放在那纖細的身體上，很像日本成人漫畫裡的美少女。儘管她已經當應召女郎滿長一段時間，卻仍有著像嬰兒般白嫩細緻的肌膚。

來生並不清楚她當初在K姓國會議員的房間內到底發生了什麼事，但不論如何，那和她又有什麼關係？假如她有罪，那罪名也只是擁有夢幻少女般的巨乳，認眞吸著那些垂頭喪氣的性器罷了。更何況女子也沒賺幾毛錢，那些糟老頭可能花了不少錢跟女子上床，但大部分都進了掮客口袋，女子只是當時運氣不好罷了，不過那些衰事終究也是她人生中的一部分。

「不脫嗎？」女子看著來生。

來生不發一語，依舊凝視著女子。女子看來生一動也不動地盯著赤裸的自己，嗤笑了聲，不耐地說：「快點吧，我很忙呢。」

女子催促著來生，一臉鄙夷。來生目不轉睛地盯著她，緩緩把手伸進了皮衣外套內。

槍和刀子，該掏出哪一個才不會讓女子受到驚嚇，或害她驚慌失措地尖叫呢？根據統計結果顯示，比起槍枝，人們對於刀子更容易感到恐懼，這是一件很奇怪的事情，恐懼往往是非理性的。來生決定掏槍，但是在還沒掏出任何東西前，女子就已經用驚恐僵硬的表情看著來生。

「我可以重新把衣服穿上嗎？」女子用顫抖的聲音問道。

「什麼意思？」

「我不想光著身體死掉。」

女子的表情不帶有一絲憤怒與憎恨，眼神中透露著在這極短時間內已經察覺到不妙，且早已厭倦躲藏的日子，那是一雙被恐懼折磨到無望的空洞眼神。

「我不會讓妳光著身體死掉的。」來生回答。

女子依舊光溜溜地站在來生面前，一動也不敢動。

「先穿上衣服吧。」

來生改以禮貌的口吻說道。

女子這才一件一件撿起散落在地的衣物。她拿起印有米老鼠圖案的內褲時，那隻手明顯在顫抖，等她穿好衣服後，來生起身，按著女子的肩膀，讓她坐在床上，然後悄悄把房門鎖上。女子從她的手提包裡拿出一包維珍妮涼菸，叼了一根在嘴邊，準備用打火機點燃，但是礙於手抖得實在太厲害，打火機一直點不起來。來生從口袋裡掏出Zippo打火機，為她點菸。女子向來生微微點頭致謝，深吸了一口菸，嘆氣似地，朝空中吐出長長的煙，柔弱的肩膀一直不自覺地顫抖。

「可以幫個忙嗎？我不喜歡身上有傷。」

她沒有乞求來生饒她一命，只是拜託不要讓她身體帶有傷口地死去。來生突然想起秋。「究竟是哪一點讓秋的發條停止？難道是因為女子纖細瘦弱的身軀引發秋的同情？還是因為她的美色會令人聯想到日本成人影片？抑或是女子臉上瀰漫著一股不明原因的哀傷，害他心生罪惡？應該都不是，要是真因為這些原因放走她，那就太好笑了。秋一點都不是那種會為了小情小愛而打亂正事的人。」

「不喜歡身上有傷是吧……」

來生重複了女子說過的話，那一刻，女子的瞳孔正惴惴不安地抖動著，彷彿是在告訴來生，與其身體有傷，還不如死掉。實在令人不敢置信。來生凝視了房間地板一會兒，然後緩緩抬起頭。

「我可以讓妳死得沒有傷口。」來生盡量保持語調和緩。

女子滿臉驚恐，因爲她終於察覺到房間角落那只黑色行李袋的眞正用途。也許是想到那個行李袋之後會被如何使用，女子發抖得更厲害。

「所以我死了以後，會被裝在那個行李袋裡嗎？」

她雖然講話沒有結巴，但聲音明顯充滿恐懼。來生點頭。

「那我會被送到哪裡呢？我的屍體會被丟在垃圾掩埋場或深山裡嗎？」

「該告訴她嗎？」來生想了一會兒，其實不一定要告訴她，但是說與不說，結果都不會有任何改變。

「不會丟在那種地方，到時候會拿去火葬場燒掉，當然，不會是走合法途徑。」

「那應該不會有人知道我死掉，也不會有任何告別式，對嗎？」

來生點頭，女子強忍的淚水終於潰堤，都要死的人了，怎麼會如此在乎自己的屍體。比起死亡，女子更擔心自己死後的模樣。一個年僅二十一歲的女子，到底爲何要如此在意這些死後問題？她緊咬牙關，用手掌擦去斗大的淚珠，用一種「再也不想讓你這種人看我流淚，也不會向你乞求生路」的表情，堅定地看著來生。

「所以你現在打算怎麼殺我？」

來生當了十幾年的殺手，卻是第一次被問這種問題，令他有些錯愕。

「妳是在問我問題嗎？」

「對啊。」

謀略者當初下的指令是扭斷女子的脖子，要扭斷體重只有三十八公斤的女子脖子輕而易舉，只要她不要有太大的肢體掙扎或反抗，就能無聲無息地快速解決，也沒想像中那麼痛苦；但要是女子極力反抗，扭斷的頸骨就很有可能會刺穿肌膚，有時甚至會發生脖子已經被扭斷，意識卻仍然清醒的悲劇，到窒息斷氣前，還要在痛苦中掙扎個幾分鐘，才會身亡。

「妳想怎麼死？」來生用不帶任何情緒的語調詢問。

問完這句話的來生突然感到尷尬，「竟然會問她想怎麼死，現在又不是在餐廳裡幫客人點牛排，詢問要幾分熟，這究竟是什麼荒謬的對話。」女子低頭思考了一會兒，但她看來也沒特別認眞在思考這個問題，反倒像在回想很久以前就已經下定決心的事。

「我這裡有藥。」女子開口說道。

「我這裡有藥。」來生在心中複誦一遍女子的話，似乎還沒意識到背後含義。女子早就想要自殺，並且選擇以藥物結束生命，這樣的決定並不意外，因爲根據自殺統計資料顯示：男性傾向持槍自轟或跳樓自殺，女性則是多以服用毒藥或上吊自殺。大部分的女性不喜歡採用會讓身體留下傷口的方式結束生命，但其實一般人容易取得的農藥或鹽酸等毒藥，並沒有想像中死得那麼乾脆，反而需要花很長一段時間，在生不如死中掙扎，也有很高的機率被重新救回來。

「我就只有這一個心願，能幫個忙嗎？」女子眼神誠懇地詢問來生。

來生巧妙地迴避了女子的眼神，他必須扭斷她的脖子，放進黑色行李袋裡，拿去大鬍子火化場燒掉。謀略者非常忌諱殺手擅自更改他們擬好的暗殺計畫，因爲一旦臨時更改暗殺計畫，那些在各個地點等待接應的人員，他們的時間點就需要跟著更動，所有動線會變得一團亂，若因動線混亂而留下了痕跡，或者導致事情沒能順利解決，很可能要殺害更多人來掩蓋這一切。當然，沒能順利履行計畫的殺手也將難逃死劫。所以要更改謀略者下令的暗殺計畫不只是麻煩，更是件危險的事情。

來生抬頭望向女子，女子依舊用懇切的眼神看著他，彷彿在說：「又不是求你放我一條生路，連這麼小的心願都不能幫嗎？」「是不是可以幫幫她呢？該幫她嗎？」來生皺了下眉頭。

服毒身亡的屍體，火化後還是能從骨灰裡檢驗出有毒的成分，車輛或衣角也能採集到DNA，那便會是判定他殺案強而有力的證據。然而，宛如電影情節般的橋段，在現實生活中從未上演，謀略者之所以要計畫得天衣無縫，並不是爲了追求完美，是爲了要酷，因爲不論是扭斷脖子，還是服藥自盡，其實結果都是一樣的，反正女子最終都會被火化，骨灰只要撒在河裡，靜靜沉入河底就沒事。

「妳有什麼藥？」來生問道。

女子從她的手提包裡拿出一包藥。來生向她伸出手，女子略顯猶豫，想了一會兒才把那包藥放在來生手上。來生搖了搖那包裝有藥物的塑膠袋，拿起來對著窗戶檢視，塑膠袋裡的白色粉末似乎是氰化鉀。

「是氰化鉀？」

女子兩眼緊盯來生，點了點頭。

「妳對這藥有多少瞭解？」

女子似乎沒聽懂來生的意思。

「我只要知道吃了它會死不就好了？」

女子的語氣明顯不耐，還帶有一點傲氣。

「妳在哪裡買的？」

「有個認識的姊姊原本想吃這個自殺，我把她偷來的。」

來生冷笑了一聲，雖然這笑聲在女子耳裡聽起來很像譏諷，但其實更貼近憐憫。來生每次只要不曉得該說什麼，就會習慣性揚起一邊嘴角。

「要是那名姊姊是在網路上或向販毒集團購買的，那這包藥很可能是假的，妳吃下去就會惹出很多麻煩。就算這藥真的是氰化鉀，那它也不像妳想像中那麼美好，可以浪漫地在短短幾秒內斷氣。我看妳想要的藥應該是像間諜吃掉立刻暴斃的那種自殺用膠囊，那是液體氰化氫，不是這種固體狀。」

來生用扔掉菸蒂的手勢，將那包塑膠袋丟到地上。女子急忙上前撿起，彷彿寶物被人扔掉一樣慌張，然後她一臉不可置信地望向來生。

「所以吃這個死不了嗎？」

「通常要吃下兩百五十毫克才會死，但過程還滿痛苦的，妳的肌肉會先麻痺，再來換內臟溶解，喉嚨、舌頭也會灼傷，從窒息到真正斷氣會耗上數十分鐘，長的話數小時，因人而異，有些人需要花上更長時間才會斷氣，有些人甚至最後被救活，還有一點就是死後的樣子也不怎麼好看。」

女子肩膀無力地垂落，臉上滿是絕望。她把頭望向窗戶，沒有流淚，也停止顫抖，只是一直用失了焦的眼神望向窗外天空。來生看了看手錶，已經是下午四點三十分，得趁天黑前趕緊離開賓館才行。天一黑，這條紅燈區就會有許多剛化好妝準備上工的小姐，以及沉迷在酒精與情欲間的嫖客。

「我這裡有個藥適合妳。」

來生用眼神指向了那只放在地上的公事包，女子順著來生眼神所指的方向瞥了一眼。

「它會讓妳像睡著一樣舒服地死去，不像氰化鉀或老鼠藥那麼痛苦，身體也不會出現可怕的變化，能讓妳保持漂亮完整的身軀，它叫作巴比妥酸鹽，是阿道夫．馮．拜爾在十九世紀中葉研發鎮定劑與安眠藥時發現的，後來是取朋友芭芭拉的名字當作這款藥物的名稱。實際上，這款藥物現在仍被當作鎮定劑使用，因爲有催眠、鎮定的效果，也會產生一些幻覺，可謂是戊巴比妥[4]或魯米那[5]等安眠藥之母，也是世界各國進行安樂死時經常使用的藥物。」

面對來生一長串的說明，女子露出了微妙的表情，點了點頭。

「妳只要回答我一個問題，我就把藥拿給妳，這樣妳也可以如願以償地漂亮死去。」

女子抬頭望向來生，一臉煩躁，像是在說「有什麼事情你就趕快問吧」。

「妳還記得之前有個要殺妳的高個兒嗎？一個男的。」

女子點頭。

「他最後爲什麼放妳走？」

女子坐在床上輕輕搖晃身體，然後把手放在額頭上，彷彿在回想那天和秋在一起的情景，眼神中透露著訝異與驚恐，仍心有餘悸的模樣。

「不知道耶，他只是默默看了我三十分鐘就走了。」

「沒做任何事情？」

「對，就只是靜靜地坐著，一直注視著我。」

「也沒說任何話？」

「他只有對我說：『只要是妳知道的地方都別去，幸運的話，說不定能活下來。』」

來生點頭表示瞭解。

「他死了嗎？」女子問道。

「還活著，但應該撐不了多久，一旦上了名單就難逃死劫。」

「他是被我害的嗎？」

「可能吧，但也不全然因爲妳。」

來生看了看手錶，對女子使了個眼色，表示時間已到。女子沒有任何反應，來生打開他的公事包，從裡面取出一罐藥瓶，順便拿了一瓶傑克丹尼出來。女子靜靜看著來生的一舉一動，開口說道。

「要是把我的屍體拿去燒掉，就不會有人知道我已經死了，對吧？那我媽應該也會一直等著我……」

來生停下了拿藥瓶的動作，女子這時終於忍不住情緒崩潰，持續了一段無聲的哭泣。來生慶幸女子沒有號啕大哭，他呆呆地站在角落，等待女子哭完。秋的自動發條難道是因

4 是一種在一九二八年被合成出來的短效巴比妥類藥物。早期當作安眠藥使用，因為副作用過大已遭禁用，現多用於安樂死。

5 是一種巴比妥類的鎮靜劑及安眠藥。有時會被用於治療失眠症、焦慮症、藥物戒斷症。

那無聲的哭泣所以停止？他依舊不明白究竟是什麼原因讓秋停止了暗殺行動。五分鐘後，來生把手輕放在女子肩上，暗示著自己已經沒有多餘時間可以耗在這裡，女子粗魯地拍掉了他的手，彷彿是在表示「不用你說我也知道」。

「可以讓我寫封信給我媽嗎？」

來生一臉困惑。

「不幫我轉交也無所謂。」

淚水依舊在女子的眼眶裡打轉，來生再次確認時間，點頭同意。女子從手提包裡拿出紙筆，開始寫信。

媽，對不起。

還有在天上的老爸，對不起。

原本想要存點錢，好好讀書結婚的，結果沒能如願完成，我要先走一步了，真的很抱歉。

別擔心，我這樣離開沒什麼不好，反正我也已經受夠了這噁爛的世界。

女子斗大的淚珠剛好落在「天」這個字上，墨水瞬間暈染開來。她從筆記本上撕下這張紙，交給了來生。

「字寫得不錯。」來生看著紙張上的字跡說道。

來生自己也不清楚怎麼會脫口而出這句話。女子把筆記本收回包包裡，原以爲她要拿出手帕擦拭眼淚，沒想到她竟然拿出化妝品補妝。女子用「能否再給我一點時間」的眼神望向來生，來生微微抬起手，默許她這麼做。她花了十多分鐘補妝，而來生只有乖乖站在一旁觀看的份。「這到底是哪一種虛榮心作祟？」來生歪頭思索著。女子補完妝後，把化妝品統統收進包裡，喀啦一聲關上手提包，聲音聽起來格外響亮。

「可以陪在我身邊，直到斷氣爲止嗎？我有點害怕。」女子強顏歡笑地說著。

來生點頭答應，並把藥給了她。女子凝視著來生手掌上的藥丸三秒，然後自己用手指捏起來放入口中，一口氣喝了半杯來生替她倒的威士忌。

來生想讓她躺在床上，女子卻推開了來生的手，自行仰躺在床。

她的手乖巧地交疊胸前，雙眼直愣愣地看著天花板。兩分鐘過後，她開始產生幻覺。

「我看到紅紅的風、藍藍的獅子，旁邊還有彩紅色的可愛北極熊，那裡就是天國了嗎？」

「對，那裡就是，妳現在正通往天國。」

「謝謝你這麼說，你一定會下地獄的。」

「那我們應該再也不會碰面了，妳一定會在天上，我會在地獄裡的。」

女子對來生莞爾一笑，她的眼睛也笑著，眼角卻落下了一行淚水。

＊

女子死後，秋撐了兩年，四處逃亡，沒被人除掉。

不愧是有實力的殺手，也不愧是過去行事囂張的瘋子，秋努力躲過了瘋狂又執著的追擊。一些被懸賞金迷惑而去追殺秋的追蹤者和殺手，最後都被秋擺了一道，這樣的傳聞屢聞不鮮，甚至誇大扭曲，有段時間更是在人肉市場傳得沸沸揚揚。然而，這些傳聞聽在來生耳裡都不足為奇，因為打從一開始，秋就不是人肉市場裡那些三流殺手和追殺妓女的老追蹤者能贏得過的角色。人肉市場裡的每一項傳聞究竟是真是假已不可考，但在這圈子，不論是追蹤者或殺手的死亡，基本上都不會被搬上檯面。姑且先不論傳聞的真偽，結果就是秋始終沒被他們逮到。

秋被追殺了一年，後來他改變了作戰策略，轉守為攻，主動找上幾位謀略者、承包商及仲介，統統趕盡殺絕。甚至有一次，秋悠悠地走進人肉市場，把一間暗殺承包商的辦公室砸得稀巴爛。但秋殺死的那些謀略者，都與應召女郎事件無關，更何況那些人也根本稱不上專業的謀略者，比較像承包商臨時僱用的新手。雖然沒人知道秋到底在打什麼如意算盤，但若說真正在追殺秋的人是一些足以撼動謀略界的核心人物，那麼秋其實是連那些人的衣角都未觸及到。

秋砸爛人肉市場裡的一間辦公室、拿回一本對他毫無用處的帳本後，狸貓大爺的圖書館突然聚集了幾名業者要求一起開會；其中一名叫「漢子」的男子，名義上是保全公司的老闆，實際上卻是在經營企業型暗殺承包公司，不只賺各種機構與企業的錢，就連黑市裡的金流也想盡辦法吸收。平時只把人肉市場裡的承包商當一般小區混混看待，他竟然願意出席這場會議，可見秋眞的惹毛不少謀略者。漢子倚靠在沙發上，板著一張像是吃了屎的臭臉。

狸貓大爺甫坐下，人肉市場的業者們便開始你一言、我一語地抱怨。

「我眞他媽的快瘋掉，秋那傢伙到底想幹嘛？好歹也要先知道他的目的，才能決定要用哄的，還是用騙的吧，眞是……」

「就是說啊！這傢伙爲什麼都不說話？難道是啞巴嗎？不論是要錢，還是哪裡惹他不高興，至少要說出來我們才知道嘛，不能每次都突然闖進來殺人鬧事，再一聲也不吭地拍拍屁股走人吧！」

「我被他搞得損失慘重呢，底下已經有三個人被他活活砍死，你以爲只有這樣嗎？爲了幫那三個人處理後事，又花了我一大筆錢。幹，我看只有大鬍子一個人的生意好到樂歪了。那小子幹嘛一直針對我啊？這裡明明有的是比我更欠扁的。」

「你怎麼不回家照照鏡子，這裡就只有你最欠扁！」

「你該不會之前都是開支票給秋吧？要給他現金啊，現金！他最痛恨收到支票了。」

狸貓大爺坐在正中央，一臉看好戲的樣子，聽得津津有味。到底是多有趣，竟然能讓他露出那種表情，尤其是在這節骨眼上，秋說不定還會突然出現在圖書館裡，朝狸貓大爺走去，捅他肚子一刀。

「朝鮮時代，儒生間相傳一句話，『興宣和青蛙，沒人知道牠們會跳去哪裡。』根本就是我們的寫照啊。」狸貓大爺依舊笑呵呵地說著。

「那麼大爺，在您看來，秋到底想要什麼？」

帶一群偷渡客朝鮮族做低價暗殺承包案的肉攤崔老闆，詢問狸貓大爺。

「誰會曉得一個瘋子在想什麼，可能想要我的命，也可能想要你們的命吧。」

「還是乾脆提高懸賞金，然後讓提供關鍵情報的人也可以領懸賞金，這樣應該會有很多人願意動起來了，包括刑警也是，或許就能抓到他了吧。」默默坐在角落的漢子終於開口說話。

「那懸賞金的錢誰出？我們幾個均分嗎？」崔老闆問道。

「怎麼可能，我們的事業規模完全不一樣，我的辦公室還被他砸爛，損失已經夠慘重了。」被秋砸爛辦公室的米拿里朴[6]一邊偷瞄漢子、一邊抱怨。

「錢的部分就由我出吧。」

其實漢子並不是想要刻意炫耀財力或強出鋒頭，只是想快點結束這場無聊又愚蠢的會議。雖然其他業者因漢子擺出一副傲慢的態度而感到不悅，但大夥兒內心似乎也因他要出錢而鬆一口氣。

「都說米倉裡出人情[7]，不愧是漢子啊！」狸貓大爺看著漢子，語帶嘲諷地說道。

「畢竟我們不像您一樣挑案子接，反正客戶有什麼需求，就按照客戶吩咐，腳踏實地、默默地認眞做事。」漢子對狸貓大爺微笑。

諷刺的是，隨著獨裁與軍事政權時代結束，暗殺事業反而大幅成長，因爲軍事政權時代的暗殺事業，都是由極少數的謀略者、在軍隊與機構接受專業訓練養成的殺手，以及經驗豐富又値得信賴的承包商祕密進行，在當時還不足以稱之爲是一種「事業」，瞭解這行或與這行有關的人也占極少數，沒有太多案子要執行，大部分軍人都對謀略者不太感興趣，因爲要是有眼中釘出現，直接在他家人面前把人押走，載上吉普車，囚禁在南山地下室裡，毆打到半身不遂再丟回家中即可。而且就算這麼做，也沒人敢吭一聲，就是個無知又任性的年代，軍人根本不需要高級謀略者。

但是自從新政權出現後，他們爲了把政府包裝得人性化一些，進而加速了暗殺產業的蓬勃。可能他們認爲要把「各位請放心，我們不是軍人」的標語貼在額頭上，才能夠騙得了人民。但不論他們佯裝成什麼樣子，權力的本質終究還是一樣的，如果按照鄧小平式的說法，那便是「不論黑貓白貓，只要會捉老鼠的就是好貓」。這些經過道德包裝的權力所面臨到的一項問題是，再也沒辦法像過去那樣，把說實話的討厭鬼統統抓起來關在南山地下室裡毒打一頓；因此，他們爲了躲避人民與輿論的壓力、國家機構的複雜任命系統與執

6　姓朴，綽號米拿里（音譯），米拿里在韓文意指「水芹」。

7　韓國諺語，比喻人要有能力（財富）才有辦法幫助別人。

行紀錄，以及日後很可能要面臨的刑責問題，進而開始委託暗殺承包商進行，暗殺外包的時代正式來臨。這比由國家機構親自執行來得便宜又輕鬆，最重要的是無後顧之憂，就算走漏了什麼風聲也無傷大雅，還是能全身而退。承包商被關進監獄的期間，政府只要在簇擁而上的媒體攝影機前擺出一副吃驚錯愕的表情，再補上一句：「怎麼會有這種事……實在令人痛心，非常遺憾。」糊弄帶過即可。

隨著民間企業也跟著效法政府外包暗殺之後，這項事業開始有了爆炸性的成長。企業發包的案件遠超越政府，承包商的主要顧客也從政府機構轉向了民間企業。隨著案件數量暴增，開始有小型承包商自立門戶，退休殺手、小流氓、退役軍人，以及領著微薄俸祿、日子過得苦不堪言的刑警，紛紛投身人肉市場。漢子像隻鱷魚般潛浮水中，默默觀察著這個行業的轉變，並留意市場、靜待佳機；過去十幾年間，在狸貓大爺完全沒有掌握時代動向、事業由盛轉衰的期間，這位擁有史丹佛經營學碩士學位、人人口中的紳士，早已在合法成立的保全公司裡，偷偷培養傭兵與謀略者。

漢子發現，這個圈子的運作模式其實一直沒有改變，從市場剛形成到現在都一樣，只要能用更便宜的價格提供更優質的服務就是王道。正當狸貓大爺整日躲在圖書館內埋首閱讀百科全書、回味著躲在獨裁庇護下被動等待就有案子自動送上門的年代，以及人肉市場裡的三流承包商被金錢所迷惑、做事不夠乾淨俐落而被逮補關監獄時，漢子已經在和商界與政界的人士進行交流、拓展人脈，拉攏各領域專家，把那些高級謀略者吸收到自己旗下，也把原本凌亂不堪、毫無章法的謀略圈徹底改頭換面，整頓得井然有序、宛如大型超市般企業化經營，彷彿會有個曼妙女子親切地走出來接待客人，笑道：「歡迎光臨，請問想要委託哪一種殺人方式呢？」總之，不論人肉市場的承包業者怎麼說，如今早已是漢子的時代。

這場沉悶的會議持續進行中，除了提高懸賞金，大夥兒也提不出什麼有效對策，與其說那是一場會議，不如說是針對秋的抱怨大會。來生起身走出書房，點了根菸，深吸一口，漢子也跟著走了出來。

來生拿了一根菸給他。

「我戒菸了，已經不喜歡那些發臭的東西。」

來生覺得他說的這番話頗有意思。漢子從西裝口袋裡拿出金箔名片盒，遞了一張名片給來生。

「記得聯絡，改天一起吃頓飯吧，你我不是兄弟嘛！」

來生看著漢子白皙修長的手指，好一會兒才緩緩接過名片。漢子沒有回去開會，而是直接離開。來生不明白為什麼漢子要對毫無血緣關係的他稱兄道弟，如果說漢子與來生之間真有什麼連結，那也只是兩人從小都在狸貓大爺的圖書館裡長大，但他們並未一起相處過，因為來生剛進這間圖書館時，他已經在美國就讀大學。

就算提高了懸賞金，也還是一樣抓不到秋。毫無根據的傳聞甚囂塵上，就像飄盪在空中的落葉，飄呀飄，最後不翼而飛。狸貓大爺沒有參與任何追殺秋的行動，只是成天躲在書房裡讀他的百科全書，正因如此，所以也沒來生什麼事。來生對此感到慶幸，要和秋這種人展開對決，光憑想像就已經是件很可怕的事。那段期間，來生經常作夢夢到自己在一條小巷裡與秋狹路相逢。夢裡的來生全身發抖，那是條死巷，感覺不管怎麼樣都逃不出那條巷子，而且秋就站在巷底。不論是夢境還是現實，來生都心知肚明，自己根本不是秋的對手，如果要讓來生去殺死秋，就只能像帕里斯王子那樣，偷偷躲在別人身後丟擲標槍。

那年夏天，陰雨綿綿，大家都在調侃著梅雨鋒面應該是打算停在韓半島腰間上準備開喝、死賴著不走了，來生一早就開始喝罐裝啤酒，如以往沒事做時那樣聽著音樂，呆望窗外，陪他那兩隻貓閱讀架和檯燈玩耍。兩隻貓依偎在一起睡著後，來生回到床上開始閱讀，都是些關於羅馬帝國興亡盛衰，還有成吉思汗後裔的故事——在草原上四處遊牧、逐水草而居時叱吒風雲，一回到城裡突然就變得低賤卑微；除此之外，還有些講述咖啡、梅毒、打字機歷史的書籍。他翻閱著那些受潮書頁，突然感覺一陣煩悶，於是隨手把書往床角一扔，喝下幾口啤酒，沉沉睡去。

九月的最後一天，秋找上了來生，他敲著來生家的門，當時正下著梅雨。

來生打開門，發現門外站的是秋，全身被雨淋溼。秋的身高差不多有一百九十公分，經由帽簷落到地面的雨水顯得格外耗時，彷彿慢動作處理，在空中停留很長時間。秋當時背著一個八十公升的後背包，上面還掛有睡袋，一手拎著裝滿酒的塑膠袋。

「我想說死前一定要來找你喝一杯。」秋開口說道。

「進來吧。」來生回應。

渾身溼答答的秋一走進房間，閱讀架和檯燈便嚇得四處奔逃，急忙爬到貓跳台最上層，縮著身體。秋當時身型削弱，他原就不是肌肉型，比較偏骨架寬大的瘦高型。

來生遞了兩條乾毛巾給他。秋脫掉帽子，把背包放在地上，用來生給他的毛巾擦拭臉部與頭髮，再用手拍掉皮衣外套上的水珠。

「沒錢買傘嗎？」來生問道。

「我忘在地鐵上了，再買一把新的又覺得浪費。」秋回答。

「不是都快死了？幹嘛還想著省這點錢呢？」

「是啊，明明都快死的人，竟然還想省雨傘錢。」秋淡淡地笑著。

「需要換一套衣服嗎？」

「沒關係，等等就會乾了，而且我穿你的衣服也不合身，你不是手長腿短嗎？」

「拜託，我這是正常人的比例，你才是特別高又手長腳長。」

來生把電暖爐移到秋面前，按下咖啡機。秋打開了電暖爐，兩隻手在暖爐前不停搓揉取暖。充滿好奇心的兩隻貓走下了貓跳台，偷偷觀察著秋。秋對牠們勾了勾手指，貓咪雖然對他的手指頗感興趣，卻始終沒有走向他。

「牠們都不來我這裡。」秋很是失望。

「因爲我有教牠們不要靠近壞人。」來生打趣他。

來生將咖啡遞給秋，秋接過一飲而盡。接著，他把溼毛巾放在地上，微微抖了下身體。來生又倒了一杯給他。

「我的懸賞金是多少啊？」秋問道。

「一張大的。」

「那應該可以買輛賓士了。我就送你一輛賓士吧！」

來生噗哧一笑。

「眞是我的榮幸，殺了你不僅可以拿到現鈔，還能獲得榮耀，因爲是殺了圈內最厲害的殺手。」

「榮耀有屁用，現鈔才最重要。」

「其實你也可以選擇自己結束生命，不是嗎？」

秋探進塑膠袋中拿酒的手，因爲這句話暫停了幾秒。

「幹嘛呢，反正這筆錢都還沒主人，不如讓你拿去，畢竟過去也沒怎麼照顧你。」

「這倒是，你還眞沒怎麼照顧我。」來生笑話他。

「但我應該有請你吃過滿多次飯才對！」秋的表情略顯不甘。

「是嗎？爲什麼在我的記憶裡好像沒被你請過？」

「這眞是太冤了。」

來生從廚房裡拿了冰塊、威士忌酒杯和肉乾。秋把酒統統拿出來擺在桌上，總共有兩打六罐裝的海尼根、兩瓶傑克丹尼、七百五十毫升的約翰走路藍牌及五瓶燒酒。

「這組合也太奇怪，你打算把這些全部喝光？」來生問。

「因爲我在過去這段期間一滴酒也沒喝。」

秋把桌上的酒整齊排列。

「如果我是你，應該會天天喝到爛醉，反正躲著生活應該也沒什麼事情可做。」

秋沒說話，只是微笑。秋在自己的酒杯裡倒滿傑克丹尼，一飲而盡。他一口一口嚥下威士忌，突出的喉結也跟著上下明顯移動。

「好酒，太好了。」

秋咂了咂嘴，彷彿見到分手已久的前女友一樣欣喜若狂。這次，他在酒杯裡放了兩塊冰塊，倒了半杯傑克丹尼，然後拿起酒杯，看著浮在酒上的冰塊好一陣子，莫名地笑了。

「因爲太害怕所以沒喝。」

秋回答了剛才來生問他的問題，濃眉微微抽動了一下。

「原來像你這樣的人也會感到害怕。」來生說，拉開一罐海尼根。

「在沒有可靠朋友的地方喝醉是滿危險的事情。」秋喃喃自語。

秋一口喝完杯裡的酒，連冰塊也咬碎吞下。他的口中不停發出咬冰塊的聲音，感覺有些奇妙。秋把空杯遞給來生，來生不得已，只好放下手上的海尼根，接過酒杯。秋拿起酒瓶，倒了三分之二杯的傑克丹尼，直接用手抓了兩塊冰塊丟入杯中。杯裡的酒因丟進的冰塊而猛烈搖晃。

「喝吧，傑克丹尼才是眞男人喝的酒。」

秋看著來生說道。不知爲何，秋說這句話時的口吻帶有一絲諷刺，不論是眞男人，還是眞男人喝的酒，來生都不怎麼想認同。

「什麼眞男人喝的酒，這種話都是酒商爲了賣給你這種假男人所想的標語。」

來生開玩笑地說著，但秋還是不爲所動，目不轉睛地用極其嚴肅、令人頗有壓力的表情盯著來生，一副希望他可以一口乾下。來生看著他手裡的酒杯，那是不太適合一口氣全部喝下的量，來生用手把浮在酒上的冰塊撈出來，丟在托盤上，然後一飲而盡。

來生喝下那杯酒後，秋才露出了滿意的表情。他起身環顧室內，走到貓跳台旁去賞貓。膽小的檯燈躲在角落一動也不動，好奇心比較重的閱讀架則緩緩走向秋。秋伸出手，閱讀架用鼻子聞了聞秋的味道，秋摸摸牠的頭，或許是摸到牠舒服的位置，閱讀架慢慢把頭放低，發出了呼嚕呼嚕的聲音。

和貓玩了好一會兒的秋回到桌前，拿起酒杯，走到來生的床尾坐下。他隨手翻了翻散落在床上的書，四處張望。

「你知道嗎？我一開始非常討厭你，每次只要去狸貓大爺的圖書館那裡，就會看見你在讀書，那樣子實在很討人厭，但其實我是打從心底羨慕你的，總覺得你和我們這種人不太一樣。」

「我平常不看書，只有在你來的時候才會裝模作樣讀一下，爲了讓自己看起來和你不一樣。」

「你也確實和我們不一樣，怎麼說呢，有點傻里傻氣的。」

「既然你那麼認眞進出圖書館，怎麼不也讀點書？」

「因爲我天生就和書這種東西八字不合，但這幾本書應該連我這種人也能讀。」

秋拿起放在床上的《梅毒的歷史》。

「那個……不是你想的那種書。」

秋翻了幾頁《梅毒的歷史》，不禁笑了出來，然後點點頭說：「是耶，果然不是我能讀的書，連一張圖都沒有。」秋把《梅毒的歷史》隨手往旁邊一扔，又拿起另一本書，叫作《蒼狼》。

「狼？你是想要等退休後經營一間野狼農場嗎？」

來生被逗笑。

「那是在講成吉思汗的八名戰士，裡面有很多和你一樣勇猛的野獸，那些蒼狼花了十年征服世界上最廣闊的土地。」

「所以蒼狼的結局是？」

「進到城裡變成了狗。」

秋似乎對這本書頗感興趣，繼續翻了幾頁。秋一直努力想理解自己閱讀的文字，但沒過多久便失去耐性，把書扔到了《梅毒的歷史》上。

「對了，我聽人說你殺了一個女的是嗎？」秋假裝隨口問問。來生的耳朵瞬間漲紅，他未回答，而是拿起威士忌酒，倒了三分之一杯。秋坐在床尾，仔細端詳來生的一舉一動和眉目神情。來生望著酒杯好一段時間才喝掉杯裡的酒。有別於秋倒給他的第一杯酒，這杯顯得滋味甘甜。

「你從哪裡聽說的？」來生語調平穩。

「就……到處聽來的啊。」秋心不在焉地回答。

「如果連四處逃亡的你都知道，那我看這圈子裡應該沒人不知道這件事了。」

「這圈子本來就很八卦嘛。」

秋歪了歪頭，擺出一副「從哪裡聽來有什麼關係」的表情。

「是大鬍子跟你說的？」來生看著秋問。

「欸，你別看大鬍子長那樣，其實他口風滿緊的。」

秋很明顯是在袒護大鬍子，但他越是這樣，來生就越覺得可疑。

除了大鬍子以外，其實也沒什麼人會說，大鬍子沒必要爲了來生守口如瓶而惹禍上身。在這圈子裡，沒人敢在秋面前耍性子、頑強抵抗或貿然打賭，更何況大鬍子還有兩個沒母親照顧的寶貝女兒，可以理解他當下的爲難；假如對方是刑警，相信大鬍子一定會誓死保密，但就算沒有利害關係，來生還是對大鬍子洩密這件事感到有些失望。因爲一旦消息傳出，再經過層層口舌，就很可能引來殺身之禍，變成謀略者的暗殺對象。

「你該不會肖想自己能夠救得了她吧？」來生問得單刀直入。

「完全沒有，像我這種人怎麼可能救誰，連自己的小命都不保了。」秋自嘲。

「那看來不是我奇怪，是你奇怪了。」

「當然是我奇怪，你只是做了你該做的事。」

你只是做了你該做的事……最後這句話讓來生安心不少，卻同時也感覺遭受羞辱。秋從床上移到地板，坐在桌前，爲自己斟酒。傑克丹尼早已見底，秋喝完杯裡的酒，又開了一瓶新的，倒滿一杯，直接灌完。

「我一直很想問你，你後來有再回去找那女的嗎？」

「沒有。」

「那當初幹嘛放了她？你以爲回來後謀略者會拍拍你的肩膀，安慰著說：『沒關係，人總有疏忽的時候。』是這樣嗎？」

「坦白講我自己也搞不清楚。」

秋再度把杯子倒滿，一口喝下，已經兩年滴酒未沾的他，花不到二十分鐘就喝光了一瓶傑克丹尼，臉上開始泛著酒意。他該不會認為這裡很安全吧？

「你有見過那些對你下指導棋的謀略者嗎？」秋突然問來生。

「我在這行幹了這麼多年，一次都沒見過。」

「所以你從來不會好奇是誰在指使你行動，誰決定你何時要打燈、踩煞車、踩油門、左轉、右轉、閉上嘴巴、開口說話？」

「爲什麼突然好奇這件事？」

「因爲我當時看那女的骨瘦如柴，眞的是用兩根手指頭就能輕鬆掐死，她嚇得花容失色，身體不停顫抖，站在原地一動也不敢動，於是突然很想知道，到底是哪個傢伙坐在書桌前轉著筆桿、敲打鍵盤，想出這起暗殺計畫的。」

「我還眞不曉得原來你有如此浪漫的好奇心。」來生調侃著。

「那和浪漫或好奇心無關，我只是當下意識到，原來自己這麼多年來，一直都是任人擺布的傻子。」

「他們其實也和我們一樣，只是聽命行事而已。有人委託，他們就會擬定計畫，所以在那上頭還有指示這些謀略者的主謀，主謀的上面一定也有更大的主謀，追到最後會出現誰呢？我跟你說，答案是：沒有人。最上面只會有一張空椅子，你找不到那個人的。」來生說道。

「那張椅子也一定是有主人的。」

「不，不會有主人，我這樣說吧，那就只是一張椅子，任何人都可以去坐的椅子，也正是由那張任誰都能坐的椅子決定了一切。」

「我不懂你在說什麼。」

「這就是這個體系的全貌。你可能以爲只要拿著刀子追到最上層，找出那個人，捅他一刀，所有事情就能迎刃而解，但其實追到最上層你會發現根本沒有人，只有一張空椅子而已。」

「我在這圈子裡打滾了二十年，殺過無數名前輩、朋友、後輩，甚至是曾經出席過他女兒滿週宴，還送了一件衣服的後輩。如果按照你說的，我等於是一直都在聽從一張椅子的命令活到今天，而你則是聽了一張椅子的指示，把一個瘦到只剩骨頭的女子活活折斷脖子殺死！」

秋情緒激動地喝下了整杯威士忌，來生也爲了讓自己喘口氣，默默在酒杯裡倒了些威士忌。但是來生沒有喝，反而拿起海尼根，喝了一口。他原本想要向秋解釋，自己並沒有折斷女子的脖子，話到嘴邊，又順勢和啤酒一起吞了下去。

「不能因爲馬桶髒，就把屎拉在褲子裡。」來生冷靜地說道。

秋嗤之以鼻。

「你怎麼說話越來越像狸貓大爺了，這樣不好欸，只會說風涼話的人，總有一天會被人暗算的。」

「你現在的行爲就像個在耍賴的孩子，你覺得這樣很帥嗎？別忘了，不論你怎麼做，這個圈子都不會有所改變，就如同最終你也無法爲那女的做任何事一樣。」

秋不以爲然地笑著，那個笑容看來確實像在嘲諷來生。秋把身上的皮衣拉鍊稍微往下拉，露出腋下間用皮革槍套改成的刀套，他從中取出一把刀放在桌上，一連串的動作不疾不徐，不帶有任何殺傷力與威脅。

「我可以用這把刀把你殺得痛不欲生，讓你想斷氣也辦不到，只能捱著劇烈疼痛，看著自己的血液四處噴濺，刀子劃到骨頭時你還會聽見沙沙聲，從體內流淌出來的臟器也會散落一地，到時候，你還能跟我說那些狗屁空椅子的鬼話嗎？還能說什麼『不論我怎麼做，這個圈子都不會有所改變』嗎？這些都只是一堆屁話！是你們這些自以爲安全的人說的風涼話！」

來生看著桌上的刀子，那是一般家用的德國雙人牌廚刀，刀柄前端綁著手帕——只要是秋的刀子都會綁手帕。刀鋒看上去十分銳利，像剛磨過的一樣。秋一直以來都是用這個牌子的廚刀，因爲它堅固耐用、不易生鏽，又很容易取得，其他殺手之所以不用這把刀，是對它有著女性廚用刀的偏見，但實際上它眞的是把好刀，不像刺身刀那般容易變鈍或斷裂。

來生把目光轉移到秋的臉上，他正在氣頭上，但瞳孔裡沒有那股他特有如毒蛇般的殺氣，反而因爲酒喝得太急，導致眼神有點渙散。來生想著放在抽屜裡的那把刀，回憶自己最後一次用刀殺人，是約莫六、七年前？他已記不得確切時間。「我能從抽屜裡拿出我的刀子嗎？我現在稍微動一下，秋都可能會拿起桌上那把刀，就算成功從抽屜裡取出刀子，我贏得了秋嗎？我有勝算嗎？」

答案是：沒有。來生從菸盒裡取出一根菸點燃，秋伸出手，表示他也想來一根，來生又取出一根，點燃後遞給他。秋深吸一口菸，頭後仰望向天花板，他維持這個姿勢好長一段時間，像是在暗示來生想殺他就趁現在。

來生的菸抽到只剩下半根時，秋把頭回正，看向來生。

「你不覺得這一切很荒謬嗎？一群爲了領懸賞金的小毛頭都跑來要殺我，我卻不曉得到底該殺誰、該怎麼做。其實我對最上層的人一點也不感興趣，不論它是否像你說的，只是一張空椅子，還是那張椅子上其實坐著一個白癡，和我這種死腦筋的人一點關係都沒有，因爲這輩子我都無法理解那麼複雜的體系。」

「你有打算去找漢子嗎？」

「應該吧。」

「我看還是別去了。」

「那我應該要去哪裡？」

「躲去國外吧，墨西哥、美國、法國……能去的地方很多，去那邊加入傭兵公司，應該能找到一份工作，那份工作也會把你隱藏得很好。」

聽完來生這番話，秋露出了一抹淺淺微笑。

「怎麼和我當初對那女子說的話一樣，我該道謝嗎？」

秋拿起酒杯，一口氣全部喝下，再斟滿，喝光，最後把剩下的酒統統倒進杯裡，約莫三分之二杯，這是他喝光的第二瓶傑克丹尼。

「要不要陪我一起喝？自己喝好孤單。」秋說道。

他不是在開玩笑，坐在桌前的模樣確實顯得有些孤單。來生把自己那杯傑克丹尼喝光，秋又開了一瓶約翰走路替來生斟酒。他舉起酒杯，示意來生乾杯，來生也隨即舉起酒杯，碰了下秋的。

「比起只有眞男人才會喝的狗屁傑克丹尼，我更喜歡這款。」來生喝光杯子裡的酒，讚不絕口。

秋笑了，單純覺得這句話很好笑。直到七百五十毫升的約翰走路見底爲止，秋都沒說話，來生也沒什麼話想說，繼續保持沉默。兩人默默地喝著酒，秋喝得比來生多，喝光約翰走路後，他拖著踉蹌的步伐走進廁所，先是傳來小便的聲音，然後是嘔吐聲，接下來是馬桶沖水聲，過了二十分鐘，秋沒出來，只是一直傳出流水聲。來生坐在原地，呆呆地望著桌上那把刀。

三十分鐘後，秋依舊沒有任何動靜，來生敲了敲門，門已經上鎖，裡面沒有任何回應。來生拿了一把螺絲起子撬開廁所門。浴缸裡的水已經溢出來了，水龍頭的水還在不停流著。秋坐在馬桶上，像隻年邁的老熊，縮著身體睡得不省人事。來生關掉水龍頭，攙扶秋到床上躺好。

秋成大字型癱在床上，還邊打鼾，彷彿這輩子從來沒睡得這麼舒服過。他的鼾聲十分響亮，震耳欲聾，閱讀架還特地從貓跳台上探出頭來，走到床邊，用鼻子不停聞著秋的臉龐和頭髮；膽小如鼠的檯燈也跳下來，小心翼翼地聞著秋身上的氣味。來生坐在沙發上，開了幾罐海尼根來喝，閱讀架和檯燈彷彿多了個有趣的大玩偶，一下子戲弄秋的頭髮，一下在秋的肚子上翻滾跳躍，來生看著看著，漸漸進入夢鄉。

隔天一早來生醒來時，秋已不知去向，那個大背包也不見蹤影，只剩桌上那柄綁著手帕的廚刀，像是送給來生的禮物一樣。

大鬍子的火化場接獲秋的屍體，是在一個星期後。

狸貓大爺和來生一起抵達大鬍子的火化場，和秋那天找來生一樣，下著滂沱大雨，來生爲走下車的狸貓大爺撐傘。

「燒了嗎？」狸貓大爺問。

「還沒。」大鬍子用怎麼可能的表情說著。

秋的屍體被暫放在倉庫裡，雖然大鬍子也有存放屍體的冷藏室，但那是專門用來放貓狗的，秋的身高有一百九十公分，大鬍子根本沒有能容得下這種大型屍體的冰櫃。狸貓大爺拉開屍袋拉鍊，閉著眼睛的秋就躺在裡面。

「他竟然被砍了二十七刀。」大鬍子邊說邊打著哆嗦。

狸貓大爺解開秋的破舊襯衫，用手確認了幾處刀傷。除了從胸口刺進肺部的致命傷，其他傷口都是無傷大雅的。這就像小獅子在玩弄受傷的松鼠，明明可以讓他一刀斃命，卻偏要折磨，一點一點地凌虐致死。秋的右手肘已經明顯斷掉，骨頭穿出皮膚，裸露在外，左手依舊緊抓著刀子不放，那把刀和留在來生家裡沒拿的那把一模一樣。來生試圖要拔下秋手中的廚刀。

「我也試過，但怎麼拔都拔不掉。」大鬍子說道。

狸貓大爺不發一語地望著秋的屍體，然後輕輕揮手，示意可以將屍袋拉上。狸貓大爺的手微微顫抖著，大鬍子急忙上前拉起拉鍊。

「聽說漢子僱用了很厲害的傢伙，叫作理髮師，你們知道這號人物嗎？」大鬍子問。

「只有耳聞過。」狸貓大爺嗓音沉痛。

「聽說他是名清潔工，殺人不眨眼！專門殺我們這種人，好可怕，有必要砍到二十七刀這麼多嗎？就連天不怕地不怕的秋也死得如此難堪，那我們應該……」大鬍子越說情緒越激動。

「眞是謝謝你啊，幫忙清理我們這種垃圾。」狸貓大爺用他特有的冰冷語氣打斷大鬍子的話。

大鬍子把秋裝進推車，推到焚化爐前。來生和大鬍子一同將秋的屍體抬進焚化爐裡的不鏽鋼托盤上。秋的長腿露在外面，大鬍子試了好幾回想把他的腿擺好，但由於屍體已經僵硬，要喬好姿勢並不容易。

「幹，這傢伙的腿怎麼這麼長，累死人了。」

大鬍子突然一屁股坐在地上，泣不成聲。來生緊扶大鬍子的肩膀，帶他走出來。狸貓大爺面無表情、不發一語地凝視著躺在焚化爐裡的秋。大鬍子關上焚化爐的門，眼睛布滿血絲，打開開關。

秋的屍體快要燒完時，漢子來了，黑色四門轎車裡，除了漢子外，還有司機和一名身型高大的男子。來生目不轉睛地盯著那人，他感覺不太像綽號理髮師的殺手，看上去十分青澀，不如傳聞中那麼凶殘可怕。「也是，那個名叫理髮師的傢伙根本沒必要來這裡。」

漢子下車後走向狸貓大爺，鄭重地鞠躬問好，狸貓大爺只微微點頭接受。即便是在凌晨兩點鐘來到這偏遠冷清的山中，漢子還是西裝筆挺，鬍子刮得一乾二淨。

漢子環顧四周，隨意走動，最後腳步停在蹲坐焚化爐前抽菸的來生身側，濃烈的古龍水味隨風飄散。

「我來晚了，偉大的戰士離開人間，怎麼能不來送他一程。」漢子說道。

來生抬頭望向漢子，漢子對他眨眼，表示自己只是在說玩笑話。

「秋來找我之前，好像先去了你家是嗎？」漢子問。

「所以？」來生用低沉的嗓音反問。

「我以爲你至少會打一通電話給我。」

來生深吸了一口菸，沒有做出任何回答。漢子從口袋掏出一罐清菸潤嗓的銀丹，倒了幾顆放入口中。

「要是你有事先打給我，我可以幫你準備好懸賞金的。難道我當初沒告訴過你，提供關鍵資訊的人也能領到獎金嗎？」漢子表情油滑。

「喔，因爲我當時想不起你的電話號碼。」來生把菸往地上一摁，熄滅菸頭。

漢子從金箔名片盒裡掏出一張名片，彎腰放進來生的口袋裡。

「下次記得事先打給我，我們要互利共生啊，不是嗎？」

漢子說完話便轉身去找大鬍子，他從西裝外套口袋裡拿出一包厚厚的信封袋交給大鬍子。大鬍子對漢子行九十度鞠躬禮，接過那包信封袋。只要漢子開口說話，大鬍子就會頻頻點頭，說著「當然，是、是……」之類的話。和大鬍子談完公事的漢子，轉頭瞥了焚化爐三秒鐘，再次對狸貓大爺鞠躬行禮，坐上車揚長而去。

來生又點了一根菸，「我們要互利共生啊，不是嗎？」漢子說的這句話一直在來生腦海裡盤旋，也許他說的沒錯，像我們這種人，要懂得互利共生才行。然而，有別於他們，眞正的男子漢，要能空腹喝下傑克丹尼，在馬桶上像隻貓一樣飲泣吞聲，最後手握廚刀離開人世。

＊

焚化爐裡的火已關閉。

大鬍子打開焚化爐的門，等待熱氣消散。隨著爐裡的煙霧逐漸散去，老人與老狗的白骨也越漸清晰，兩具屍體宛如倒臥在沙漠中風化已久的駱駝，看上去十分哀戚。

大鬍子把叼在嘴邊的菸蒂隨手往地上一扔，準備開工。他在地上鋪了一張涼蓆，再放一張小桌子，一一擺上蠟燭、香爐、一瓶清酒和酒杯。大鬍子檢查桌面，確認沒有東西遺漏，回頭看向來生，眼神像是在說：「要不要一起來拜？」來生揮手婉拒。

「你自己去多尋求些原諒吧，死後說不定還能前往極樂世界。我下我的地獄就好，沒有關係。」

大鬍子自己一個人捻香斟酒，放在桌上，朝焚化爐裡的白骨行兩次跪拜禮，閉上眼睛五分鐘，口中唸唸有詞，也不曉得是咒語還是禱告。他暗自嘀咕，把手指放進酒杯裡，朝焚化爐前與桌子周遭均勻沾灑清酒。來生不禁納悶，大鬍子究竟是從哪裡學來的這套祭祀方法。直到大鬍子進行完儀式、收起涼蓆，來生一直坐在角落抽菸。吸進體內的煙，讓他覺得有點火燒心。

大鬍子用長長的鐵鉤拉出焚化爐軌道上的不鏽鋼托盤，老人與老狗的白骨依舊冒著白煙，回想幾小時前，他們的軀體還在聊天歡笑、在庭院裡奔跑，眼前這些白骨就更顯淒涼。大鬍子戴上新取出的白色手套，拿起夾子，小心翼翼地撿著老人的白骨。

「狗的骨頭要怎麼處理？」大鬍子邊撿骨邊問。

「混在一起吧。」

「蛤？怎麼能把人骨和狗骨……」大鬍子突然停止動作，轉頭看來生。

「你該不會……違背了指令？」

面對大鬍子的提問，來生不發一語。

「你到底在想什麼？明知道那些謀略者都小鼻子小眼睛，他們最忌諱這種事了。」

「有誰會在乎這些骨灰呢？反正到時候都會被不留痕跡地撒入河裡……」

「幹，不會最後要我幫你背黑鍋吧？」

來生搖搖頭，一副「你未免想太多」的表情。

「這隻狗對老人來說是一份禮物，讓他們倆在一起，是在做善事，你會有善報的。」

大鬍子思考了一會兒，把老狗的骨頭也放進盒子裡。

「當年這老頭還是將軍時，偶爾會來我這裡，但他每次來都沒穿軍服，是個非常英俊的男人……」大鬍子喃喃自語。

大鬍子仔細檢查是否還有剩餘的白骨，然後用掃把將周遭的灰燼清掃乾淨。

「要是哪天我死了，也要在這裡被火化，像我們這種人，怎麼能和一般人一樣處理後事。」大鬍子的語氣有些感性。

「要是能被送來這裡還算幸運。」來生說道。

「是啊。」

「不過要是大叔你死掉了，誰會爲你火化呢？」

大鬍子聽到來生這麼一說，露出了難爲情的神色。

「也是，我都沒想到這點。」

大鬍子把幾塊白骨放入鐵臼，開始搗成骨灰。爲了不讓骨灰粉噴得到處都是，他處理得格外小心，額頭結滿汗珠，仔細搓揉看起來搗得差不多的骨灰，只要發現有一點點顆粒碎塊，就會再多搗幾下。

二十多分鐘後，大鬍子才終於停止動作。他把骨灰放進楓樹原木盒裡，再用布巾包裹，交給來生。明明老人與老狗的骨灰都已經裝進盒裡，卻依舊可以感受到骨灰被高溫燒過的熱氣。來生把骨灰盒放在副駕駛座，從口袋掏出信封袋，遞給大鬍子。大鬍子從信封袋裡取出鈔票，仔細地數了兩遍。

「應該不需要收據和稅單吧？」大鬍子笑著問來生。

「好難笑的笑話。」

「要常來啊，最近都快窮死啦。」

大鬍子對來生哭窮。來生擠出一抹無奈的微笑。

來生上車後發動引擎，太陽高掛在綿延不絕的山巒上。當太陽映照到他臉龐時，緊張感頓時全消，身體自然放鬆，甚至有點暈眩。來生抬手撫額，暫時將頭靠在窗邊。車子遲遲沒有出發，大鬍子趕緊跑來敲車窗查看。

「還好嗎？」

被敲打聲嚇到的來生，雙眼無神地看著大鬍子。

「你累的話就在我這裡先睡一下。」

大鬍子滿臉擔心地看著他。來生搖搖頭。

「該走了。」

來生對大鬍子再次點頭示意，要他放心，然後鬆開煞車、踩下油門。他爲了開上高速公路返回首爾，先沿著蜿蜒山路下山。後照鏡裡依舊可見大鬍子在向他揮手道別。

4 狗兒們的圖書館

當然，這間圖書館裡連一根狗毛都找不到。

狸貓大爺絕對不是會在藏書地養狗的偉人，他之所以將圖書館取名為「狗兒們的圖書館」，無非是在譏諷那些經常進出圖書館，卻對書一點也不感興趣的暗殺界人士，不然就是藉此暗嘲堅守這棟乏人問津的圖書館六十年之久的自己。狸貓大爺還在入口處掛了塊大匾額，以陰雕法刻出「狗兒們的圖書館」的字樣，多數人首度到訪，都會停留在這塊匾額前歪頭思索、暗自竊笑、覺得荒謬，甚至有些不悅。

「你看這上面寫著什麼，也太荒謬了吧！」

到底是什麼樣的心態，會促使一個人想在自己的圖書館門口掛上這種匾額？來生認為，把自己囚禁在被書本環繞的房間裡，也許是比較老古板、自我意識強烈的讀書人常有的老派自嘲，也或許是狸貓大爺對這圈子的一種揶揄，用以展現儘管自己因先天性小兒麻痺成了瘸子，也能成為過去數十年來謀略者們的仲介。但不論背後原因為何，在圖書館門口高掛「狗兒們的圖書館」，依舊是個天大的笑話。

「真是幼稚，如果我是圖書館館長，絕對不會在圖書館門口掛這種匾額。」來生一直抱有這樣的念頭。但誰曉得呢，要是因為一些骯髒齷齪的條件與精密巧妙的恐嚇，讓他不得不掛上那塊匾額（天啊！到底有誰會做出這種無聊的恐嚇），來生可能會選擇在圖書館裡養幾隻狗。當然，也會網羅世界各地有關狗的書籍，將它們統統收藏館內。

要是一名年輕學者歪頭不解地問來生。

「來生先生，請問這間圖書館到底為什麼要掛這樣的招牌？狗兒們的圖書館，難道是要汙辱讀書人嗎？」

來生可能會沉穩又有格調地微笑回答。

「不是的，絲毫沒有這個意思，也根本沒這個必要。我看倒是您可能需要先拋下不能把人和狗相提並論的偏見。」

然後來生會指著那些悠悠漫步在圖書館裡的狗兒繼續補充。

「請看那些穿梭在密密麻麻書架間的狗兒，不覺得這畫面很美麗嗎？再麻煩您到這裡來，從D11到D43都是關於狗的書籍，不妨參閱一下。這間圖書館藏有世界最多關於狗的書籍，從吉娃娃、可麗牧羊犬、德國牧羊犬、格雷伊獵犬、聖伯納犬到黃金獵犬等，全世界所有犬種相關的書籍都在這裡。此外，這間圖書館還有狗的飲食文化及狗的繁衍史、品種史、種族鬥爭史等書籍，因此，這裡也可以稱作是全世界所有犬種的知識心臟或狗兒們的梵蒂岡。」

年輕學者聽完來生的這番話後，恍然大悟。

「哈哈！原來如此，這的確非常有說服力，狗兒們的知識心臟、狗兒們的梵蒂岡……嗯，實在很了不起！」

「這的確是件滿令我感到自豪的事。」

狗兒們的梵蒂岡，不覺得很酷嗎？相信不論是對狗，還是對書來說，都會是既快樂又高貴的事情。但是狸貓大爺並未使用這種策略——事實上，這間圖書館是在一九二〇年殖民地警察統治時期結束、文化統治剛開始時創立的，承載著韓國現代史中各種重要的暗殺事件，有著極其骯髒齷齪、飽受恥辱的歷史。狸貓大爺爲了表達自己過去數十年間如何寄生在權力的陰影下，以及對於自己活在充滿恥辱的歷史裡種種不悅，進而用狗來隱喻這些心境。然而，是他本人選擇要過那種人生，不能因爲對自己感到不悅，就拿無辜的狗來出氣，而且講白了，狗又有什麼罪呢？

＊

上午十點鐘，來生推開圖書館大門。

圖書館一如往常地空蕩，只有一名鬥雞眼女館員，用不曉得在看何處的眼神，對著來生問好。

「歡迎光臨！」

她的開朗嗓音在圖書館穹頂迴盪繚繞，如雲雀般清脆高亢。來生每次只要走進圖書館，就會對這高亢的嗓音感到十分困惑，這和殖民時期由知名日本匠人蓋建的這座圖書館一點也不搭——雖然在過去一個世紀，這座圖書館也逐漸衰老凋敗。來生對她微微點頭示意，便朝狸貓大爺的書房走去。

「目前書房裡有客人。」鬥雞眼女館員從座位上起身告知。

來生停下腳步，「是誰一大早十點鐘來談事情？」

「客人？誰？」來生問道。

「就是那個很高、穩重，看起來博學多聞的人啊。」

很高、穩重、看起來博學多聞？擁有這些條件的人根本沒理由走進這間圖書館。看來生一臉摸不著頭緒，鬥雞眼女館員納悶地繼續補充。

「就是每次都西裝筆挺、說話也非常斯文的那位啊。」

來生嗤之以鼻，原來是漢子。在鬥雞眼女館員心目中，漢子是一名穩重、博學多聞、斯文的人，而且還是「非常」斯文！她怎麼會有如此不切實際的想法，但也許來生才是錯的，畢竟漢子畢業於史丹佛大學，還是個有錢人、正派的保全公司經營者，不論走到哪，都會擺出一副紳士的模樣，雖然那張臉實在稱不上帥氣，但高人一等的身高仍讓他成爲焦點。來生隨意點點頭，準備走進狸貓大爺的書房，這時女館員急忙彎腰，一把抓住了他的手臂。

「他們有交代，就只有今天，不能讓任何人進去。」

彷彿今天是什麼特殊的日子，女子在「就只有今天」加重語氣。她緊抓來生不放的那雙手，不僅意志堅定，還帶有一點急迫。來生目光在她的手和臉間來回來了幾次，女子才緩緩將手鬆開。

「是誰交代不能讓任何人進去的？大爺，還是漢子？」

女子含糊其詞。「是漢子……但大爺也在旁邊。」

來生望向狸貓大爺的書房，房門緊閉，漢子竟然一大早就跑來找大爺，看來應該是因爲這次的暗殺出包而大動肝火。來生把裝有老人和老狗骨灰的楓樹原木盒放在鬥雞眼女館員座位前的圓桌上，拉出椅子坐下，然後掏出菸盒，點了一根菸。來生點菸時，女館員明顯不悅。

女館員似乎是覺得自己的任務已經完成，便坐回座位，開始打毛線。那是一團紅色毛線，織好的量不多，還看不出是要打毛衣，或是圍巾。來生從沒看過她讀書，至少在他的記憶裡，這名女子是從不看書的，就連報章雜誌都沒閱讀過，她只會在這無人借書、看書、還書的空蕩蕩圖書館內，以每一季爲單位，進行不一樣的興趣——有時是整日窩在位子上打毛線；有時是沉迷於指甲彩繪，把自己的指甲塗得五顏六色；有時則是繡十字繡。

「那是什麼？日本和菓子嗎？」女子毛線打到一半突然問。

來生轉頭望向桌上的骨灰盒，用楓樹原木製成的骨灰盒被白色布巾包裹著，任誰看應該都知道那是骨灰盒。來生百思不得其解，究竟是怎麼把它看成和菓子的。

「嗯，是日本和菓子，但不是要給妳的，妳還是忙妳的吧。」來生決定將錯就錯。

鬥雞眼女子噘著嘴，那是張擦著鮮紅色口紅的厚唇，彷彿在不停抱怨著自己應該長在瑪麗蓮夢露的臉上，而非這名鬥雞眼女子的臉上。厚唇的上方有一顆小痣，眼周擦著紅色眼影，眉毛則是全部剃掉重新紋上去的，這讓她整張臉看起來詭異又白癡。但其實除了鬥雞眼的問題外，整體而言這算是張漂亮的臉蛋。

鬥雞眼女館員開始專注打毛線，而且越打越快，彷彿早已忘記來生坐在那裡。她打出來的毛線有點鬆散，也許是因爲盯著鉤針的那雙眼睛無法聚焦所致。

「去做個手術吧。」來生突然說。

鬥雞眼女館員一臉莫名地抬頭看他。

「我說妳可以去做個手術。」來生重複了一遍。

「什麼手術？」

「眼睛啊，矯正鬥雞眼的手術，聽說不貴，現在已經是很簡單的小手術了。」

女子聽完更覺得不可思議，擺出「你都自顧不暇了，管我幹嘛？」又或者「人家鬥雞眼哪裡礙著你了？關你屁事！」的表情。

「我不喜歡別人知道我在看哪裡。」女子沒好氣地回答。

女子給了來生好長一段時間的臭臉，那表情彷彿是在宣示「我已經警告過你囉，你的白目發言讓我非常不爽，我已經怒火中燒，最好給我小心一點。」女子一臉嚴肅，但她一隻眼睛望著天花板，另一隻看向左邊的書架，導致她的警告一點也不具威脅性，還多了分喜感。來生並非沒把女子放在眼裡，只是因爲沒有直視對方雙眼，很難營造出危機感。

「抱歉，我不是那個意思。」來生向她道歉。

女子依舊板著臉，沒對來生的道歉做出回應，繼續低頭打她的毛線，口中還唸唸有詞。來生猜想，她大概是在罵髒話。

狸貓大爺經常更換圖書館館員，大部分是因為一些荒謬的理由解僱員工，諸如沒把書擺在對的類別、超過二十年的書籍封面出現了一點裂痕但放置一個月都沒修補、超過九百個書架中有一個書架積了太多灰塵，甚至還有過員工把咖啡杯放在書上而遭解僱。當然，自願離開圖書館的館員更不計其數，有些是因為實在太無聊，有些受不了太沉悶的氣氛，有些覺得待在這裡很可怕、宛如成為恐怖電影裡的主角，也有人自從進到這間圖書館後，就再也讀不進書上的文字，便自願申請離職。

其實不管是短暫停留，還是長期服務的員工，來生都滿喜歡的。對於來生來說，他們是這個圈子裡唯一能聊書的朋友，來生透過他們，可以交換自己從書裡獲得的情感與想法，雖然不曉得原因為何，但每次只要和圖書館館員們聊書，就會覺得自己和他們是同一掛的，有種踏實感。

大部分館員只要工作一段時間，就會對這間不太妙的圖書館感到好奇，想知道它的真面目。他們會趁狸貓大爺不在時，小心翼翼地向來生打探，包括圖書館是隸屬於哪個單位、基於什麼目的而營運，不論是誰，只要在這詭異的環境裡和古怪的狸貓大爺共事一個月，必定會滿腹疑問。來生被問到這類型的提問時，就會以這間圖書館是專門供政府高官使用的會員制圖書館來做說明。

「但為何從來沒看過有哪個高官來借書或看書？」

圖書館館員都對此百思不得其解，來生這時就會順水推舟：「是啊，所以我們國家才會是這副德性啊。」

那名鬥雞眼女館員卻打從進圖書館工作第一天起，就從沒好奇過任何事情，她不會詢問來生關於圖書館的背景，甚至連自己的辦公環境、負責業務、廁所位置、掃把在哪裡等，也從沒問過，彷彿除了十字繡、指甲彩繪、打毛線外，對世上任何事情都不感興趣，也不會感到不便。狸貓大爺如果吩咐她做事，她就會用失了焦的眼神專心聆聽，然後獨自埋首工作。

凡事不聞不問的鬥雞眼女館員，竟已經在這間圖書館裡工作了五年，她應該是在性情古怪又善變的狸貓大爺底下做最久的員工。她對於這間經年乏人問津的圖書館究竟是做什麼的、偶爾進出的飆漢男子又是誰，毫無興趣。她總是一大早就抵達圖書館，把每個角落打掃乾淨，每週五會把九百多個書架全部巡完一輪，用抹布將書架擦拭乾淨，書上的灰塵也統統拍掉，再利用剩餘時間打毛線或繡十字繡。最令人驚訝的是，女子可以準確分類、完美管理所有書籍，就連難搞的狸貓大爺都挑不出任何毛病。來生有些不敢相信，這位從來不看書的女子，竟能把書管理得如此周到。

的確，這名女館員是他見過最奇怪的一位，來生偶爾與她分享自己讀書時的心得，她會托著腮聽完，然後簡短扼要地告訴來生：「C54書架上有好幾本類似的書，你可以去看看。」來生只好自討沒趣地走向那排書架。

狗兒們的圖書館永遠都把藏書控制在二十萬本左右，狸貓大爺會定期進新書，也會定期燒燬一些舊書。他之所以這麼做，是因爲圖書館裡已沒有足夠的書架存放。但其實還有容納幾萬本書的空間，銷燬書籍的眞正原因是，一旦書變多，就要增設書架，那麼過去狸貓大爺嘔心瀝血安排的排列方式就要改變，而這正是他最不樂見的。在來生的記憶裡，過去二十年，圖書館的書架排列從未更改過，狸貓大爺不想改變自己訂定的書籍分類方式，也不打算爲那些隨時代進步而出現的主題開闢新分類，因此，就算是新書，只要進不了狸貓大爺的圖書分類項目，也會馬上被放進燒燬清單裡。

時機成熟，狸貓大爺就會在要淘汰的書籍書背貼上黑色緞帶，那是他對書特有的審判，也是送行儀式，表示這本書的陽壽已盡，如同時間一到，就會把那些年紀較大的殺手放上暗殺名單，僱用清潔工將他們清除掉一樣。當然，書的壽命完全取決於狸貓大爺的主觀論定，究竟爲什麼會被丟棄，圖書館館員和來生都不得而知。

書背上貼有黑色緞帶的書籍，會由員工整理好堆放在庭院，狸貓大爺會趁員工不上班的週日下午，將那些書全數燒燬。明明都是些可以賣給舊書店或廢紙回收的書籍，狸貓大爺卻仍堅持親自焚燒。

來生很喜歡那些被狸貓大爺淘汰掉的書，他也說不出個原因，但是那些書正好都有資格被來生寵愛。從圖書館裡借來看的書最終都還是得歸還，但是被狸貓大爺淘汰的書，可以帶回家收藏，這也是爲什麼來生會喜歡那些書的原因之一。週日上午準備開始燒書前，來生會提著一桶汽油放在庭院，然後從堆積如山的書堆中翻出自己喜歡的。他撿起想要的書轉身離去後，那些被淘汰又沒被來生選中的書，就會像在刑場等待伏法的俘虜，顯得既絕望又令人惋惜。

「其實沒必要非得燒燬啊，還可以拿去舊書店賣呢。」

來生曾經這樣提議，遭狸貓大爺反駁：「每本書都有它自己的命運。」

所以說，存放在這間門可羅雀的搞笑圖書館裡（如前所述，在這該死的圖書館裡就連員工都不看書）的書籍，都有著他們各自的命運——恰似從未被國王寵幸過、一輩子獨守空閨的宮女，孤老終生，然後被逐出宮外，一生慘澹哀戚。

因此來生深信「只要有人類在的一天，圖書館就會永遠存在」，這是因爲有書架或圖書館，而非因爲有書。能夠讓這間圖書館存活至今，也多虧了這些高級春陽木製成的書架（朝鮮時代蓋宮殿用的木材），而非架上的書籍。那些粗重的書架從未被替換過（由殖民時期知名木匠盡心打造而成，就算經歷了九十年歲月，仍不見一絲問題），架上的書籍卻是一而再、再而三地不斷汰舊換新。

鬥雞眼女館員已經打了三十分鐘的毛線。只要來生重新點燃一根菸，她都會抬頭用她那特有的不悅表情瞪過來。來生無動於衷、自顧自地抽菸，反正要討她歡心也爲時已晚，女子打從心底認爲漢子是個斯文的紳士，來生則是個沒屁用的蠢貨。

「漢子幾點來的？」來生問道。

「九點半。」

女子頭也不抬。

「那妳是幾點來的？」

「八點。」

「來得真早。明明圖書館九點才開門，她竟然提前一小時抵達，到底是為什麼？更何況工作內容也只有打掃而已。實在是個令人摸不著頭緒的女子。」來生再次望向狸貓大爺的書房，大門依舊緊閉。「漢子九點半來的，那就表示他們已經談了一小時，到底是什麼事情要談到一小時？」

每次漢子與幕後黑手或政府高官見面時，都會搬出狸貓大爺，說他是如父親般的存在，有時甚至還會把「如……般」省去，直接說成是他的父親。漢子之所以要到處宣稱狸貓大爺與他關係如父子，是因爲狗兒們的圖書館在過去九十年的輝煌歷史還是很値錢，對才剛在暗殺市場裡小有成就的漢子來說，能夠增加一種傳統感與權威感。膽小多疑的幕後黑手仍然相信狸貓大爺乾淨俐落的處事風格。來生聽聞漢子又在沾狸貓大爺的光時，都會覺得漢子或許眞的是狸貓大爺的親生兒子，畢竟要能生出這種怪物，也得先有個像狸貓大爺一樣的怪物父親才行。

來生再次點菸，這時書房裡突然傳出狸貓大爺的咆哮聲，外頭的兩人同時望向書房，裡面仍不停傳出激烈的怒吼聲——那是狸貓大爺的聲音。鬥雞眼女館員一臉茫然地轉向來生，彷彿在問他發生什麼事。這時，漢子氣沖沖地奪門而出。他氣得面紅耳赤，沒刮鬍子，也沒梳頭髮，一定是在得知暗殺計畫出了差錯後便匆匆趕來這裡。這是來生第一次看見漢子如此激動、沉不住氣，其實狸貓大爺也是第一次發這麼大脾氣，甚至對人咆哮，他最擅長的是冷嘲熱諷，絕非如此。

漢子大步走了出來，看見來生隨即停下腳步，一臉無言，目光在來生和桌上的骨灰盒之間移轉。

「這是什麼？」漢子的口氣明顯不悅。

「日本和菓子。」來生回答。

漢子盯著來生的眼睛，虎視眈眈，緊咬下唇，感覺下一秒就要出拳狠揍來生，但最終他收回所有表情，對來生冷笑一聲。

他本想對來生開口，卻突然轉向鬥雞眼女館員。

「那個……不好意思，我需要和這個人談點事情，能否請妳暫時離開一下？」漢子客氣地提出請求。

鬥雞眼女館員兩眼發愣地望著漢子，漢子則是把頭往側邊抬了一下，示意她離開。女子才終於意會到他的意思，於是用她那黃鸝般高亢清亮的嗓音回答：「啊，好的！沒問題，您慢聊！」接著急忙起身。她把手上的毛線材料隨意推到桌子旁，離開了座位，但是因爲一時間不曉得該去哪裡，在原地來回踱步了一陣，最後尷尬地對漢子傻笑，朝庭院方向快步走去。直到聽見門「砰」一聲關上，漢子才拉開椅子與來生面對面坐下。

「也給我一根菸吧。」

漢子用眼神指向桌上的香菸和打火機。

「不是說已經不喜歡有臭味的東西了嗎？」

聞言，漢子眉頭緊皺了一下，一臉「老子今天沒心情和你耍嘴皮子」。不曉得是不是昨晚沒睡好，他的臉色明顯憔悴。來生把放在自己面前的香菸和打火機推向他，漢子取出其中一根菸叼在嘴邊，點燃。他深吸了一口菸，朝空中長長吐出。

「很久沒抽菸了，突然抽，頭好暈。」

也許是頭暈目眩，又或是香菸的煙霧熏得眼睛不舒服，漢子揉了揉布滿血絲的眼睛，想再繼續抽，但還是停住了，他把菸往菸灰缸裡摁熄，凝視著桌上的骨灰盒好些時間。

「我要的是權將軍的屍體，你們卻把他弄成了灰，用這盒骨灰能幹什麼呢？」漢子像是在自言自語。

來生沒做任何回應。

「到底爲什麼要把這麼簡單的事情搞成這樣？」

漢子放輕聲調，彷彿在安撫來生。這話其實是想試探來生，究竟爲什麼狸貓大爺要違背謀略者的指示。

「我只是個殺手，辦完事就領錢，像我們這種最底層的手下，自然是按照上頭的吩咐做事，所以誰曉得究竟是怎麼一回事。」

來生終止了這個話題，暗示漢子這招沒用，不可能從自己這邊要到答案的。

「什麼也不知道是吧……」

漢子用手指輕敲桌面，來生伸長手拿回漢子面前的香菸和打火機，取出一根，點上。

「你一天抽多少菸？」漢子問道。

「兩盒。」

「你難道都沒聽過那些新聞嗎？癌症死亡率第一名是肺癌，而且吸菸罹患肺癌的機率是一般人的十五倍，像你這樣抽，保證會得肺癌。」

「但我不覺得我可以活到罹患肺癌的那一天。」

漢子聽了，冷笑一聲。

「我每次都覺得你這人很有趣，該怎麼說呢，就是個摸不透的角色，還有點可愛，所以我滿欣賞你的。」

來生把抽不到一半的菸往菸灰缸一摁，熄滅菸頭，再取出一根新的菸點燃。「還有點可愛，所以我滿欣賞你的。」來生當時實在很想往漢子那張臭嘴一拳狠狠揍過去。

「那可是數十億的超級大案，是你這種領工錢的小流氓作夢都不敢想的，但竟然還沒開始就被狸貓大爺搞砸了。」漢子怒道。

「好可惜，數十億就這樣不翼而飛了，害我也有點抱歉。」

「事情出包只要趕緊收拾就好，這是我的專長，但是因爲這件事情而毀掉的信譽該向誰求償？找那臭老頭嗎？還是找你這小流氓？」

從漢子口中吐出的信譽兩個字，聽得來生心裡很不是滋味。

「你怎麼會認爲像你這種人的信譽，比一屆將軍的信譽還要偉大？」

「一具屍體有什麼信譽可言？不就是個埋在土裡會自然腐爛的東西。」

「等你哪天在大鬍子那裡準備被火化的時候，我一定會對著你的屍體說同樣的話。」

「嗯，拜託你一定要對我說，我敢保證，我的屍體也會和現在的我說同樣的話。我們是承包商，在數十億交易往來的節骨眼上，哪有理由做這種白癡事。當初要是你有把屍體好好交給人家，現在應該早就被包裝成可以販售的商品。他們打算拿這東西在政治圈或媒體上開什麼玩笑，可就不關我們的事了。」

「他是狸貓大爺唯一的朋友，像你這種被人排擠又自尊心強的人，應該到死都無法理解。」來生不自覺提高音量。

漢子笑了，一副看好戲的模樣，因爲來生終於說出了眞心話，足夠他得到想要知道的答案。

「看吧，這就是爲什麼我欣賞你的原因。」漢子說道。

漢子當初想讓這起暗殺事件透過電視台晚間九點整新聞播出，他要的是每家報社都能以「北韓出身前將軍暨中央情報局時期核心幹部之死」爲標題，將這起暗殺事件刊登在頭版頭條，並揭露屍體中發現了俄羅斯製ＡＫ步槍所使用的七．六二口徑子彈，這種子彈在國內幾乎無人使用的事實；這會是一起充滿懸疑的槍擊案。在屍體被發現的隔天，房屋周遭就會被拉上黃色封鎖線，愛湊熱鬧的電視台記者、報社記者及其實不曉得該做什麼事的警察，全都會聚集到原本無人探訪的森林裡，整座森林頓時變得紛擾嘈雜。電視台也開始播出證物搜查隊站成一列，從中彈地點開始，以每一公分爲間距翻找森林的作秀畫面，藉此展現專案小組正透過科學搜查來找尋現場遺留的線索，最後就會有個足以塞滿整個電視畫面的大臉專家，神情凝重地接受訪問。大臉專家會把證物搜查隊找到的彈殼、口香糖包裝紙、壓縮餅乾包裝紙、糞便等證物，分別用一、二、三、四號來舉例說明國際情勢的轉變與北韓軍隊的動向等一些毫無根據的謬論。接下來的幾天，電視台新聞都會充斥著關於口香糖包裝紙、壓縮餅乾包裝紙、糞便等內容。

他們究竟在密謀著什麼計畫？難到想在這二十一世紀已經可以搭乘小型太空船飛到外太空去觀賞地球的年代，讓媒體報導如此老掉牙的間諜事件嗎？這起事件的出發點是什麼，這項暗殺計畫的終極目標又是什麼，無人知曉，包括漢子也不太清楚細節。在謀略者的圈子裡，每個人都不會想要知道太多非必要的資訊，因爲知道的越多，越容易成爲眼中釘，如果想要在這個圈子裡活得久一點，就必須保持無知——不是裝傻，是要眞的不知道——只要聽從指示把對方除掉即可。因此，所有人都只會在自己的小圍籬裡小心翼翼地行動，而這些小圍籬聚集起來，就會形成一個龐大又複雜的網絡，並誕生出帶有層層利害關係的暗殺計畫。也許他們原本想要藉由將軍之死，製造出某件頭條新聞，但最後竟成了因爲預算案喬不攏而被暗殺的過氣退役將軍事件。

總之，計畫已經出了差錯，老人的屍體早燒成灰，就像漢子說的，用骨灰是無法作秀的。

漢子看了看錶，一副該說的話都已說完，準備起身離開。

「我該走了，這件事情已經被你給搞砸，而我呢，現在要去想辦法收拾善後。」

「被我？」

來生瞪大眼睛看著他。

「既然發現計畫生變，就應該先知會我一聲才對，幹嘛擅自爬進不屬於你的領域，把整件事情搞成這樣。」漢子語帶無奈地說道。

現在的漢子已經比剛才從狸貓大爺書房裡奪門而出時心情平靜許多，也多了分從容。漢子的確是個不折不扣的現實主義者，懂得盡快修正問題，在他的腦海裡或許早已想到適合做這場秀的人。

「我怕你誤會，所以特別提醒你，別把自己想得太偉大，你什麼咖都不是。人啊，所站的位子就是那個人的一切，當你沒了這裡的時候，就只是個被人肉市場淘汰的殺手，和那些用完即丟的走路工沒兩樣。好好照顧身子吧，記得菸少抽一點！也不想想到時候要怎麼用那顆爛掉的肺逃亡？」

漢子擠出一抹他獨有的傲慢笑容，讓人恨得牙癢癢。他整了整身上的衣服，準備離開圖書館。

「對了！我有給你我的名片嗎？」

漢子用誇張的肢體動作，展現自己不小心忘了這件重要事情，來生不發一語地看著他從金箔名片盒裡取出一張名片，放在來生面前。

「你遲早會需要用到這張名片，因爲這間圖書館很快就要封館了。爲了你的將來，先練習如何對我使用敬語吧，好歹我年紀比你大，論輩分是哥哥，你卻一直對我講半語，要是被別人看見多難看呀。我這麼說都是爲你好。」

漢子對來生眨眼。

「我對陌生人都講半語，你對我來說也只是陌生人之一。」

來生隨手將名片扔進菸灰缸，再把菸頭往名片上戳，熄掉那根菸。漢子搖了搖頭，重新從金箔名片盒裡取出一張名片，這次改放進來生的上衣口袋，然後用手掌拍了拍來生的臉頰。

「該醒醒囉，打算孩子氣到什麼時候啊？」

漢子吹著口哨、趿著鞋底，啪噠啪噠地朝庭院走去。在大門還未關上前，來生聽到他對鬥雞眼女館員說：「哎呀，外面很冷吧？實在抱歉，明明只是件小事，卻耽誤了這麼多時間。」外頭傳來兩人相談甚歡的聲音，「不不，一點也不冷，哈哈哈。」鬥雞眼女館員用浮誇的聲音回應。

來生再拿出一根菸，但這次他沒點，只是默默地看著手上那根香菸。漢子說的沒錯，這件暗殺計畫原本不該由來生執行，謀略者不會想用高級殺手去辦一件會躍上媒體版面的暗殺計畫，這類計畫只會請沒案子可接的淘汰殺手，或者才剛退役就踏入這圈子、還沒搞清楚狀況、涉世未深的走路工來做。因爲一旦暗殺事件曝光，警察最先找的一定是狙擊手，他們只會好奇「誰開的槍」，天眞以爲只要找出狙擊手，整起案件就能水落石出。其實回頭仔細想想，是誰開槍的一點也不重要，那或許是整起暗殺事件裡最不重要的一環，重要的是狙擊手背後究竟是誰在下指導棋；然而，在悠久的暗殺歷史裡，幕後的始作俑者從來沒有暴露過。

全世界都知道，當年甘迺迪遇刺一案的主謀是李．哈維．奧斯華，但是區區一名蠢蛋奧斯華，怎麼可能獨自殺死甘迺迪？當輿論和警方都在認眞調查關於奧斯華的一切時，策畫這場暗殺行動的幕後主使者與謀略者們，早已悠哉地四散各地，回到各自的住所，坐在舒服的椅子上，喝著香檳酒，收看新聞。然後過沒幾天，要是奧斯華再被其他三流殺手按計畫除掉，警方就會因爲關鍵主謀死亡而滿臉無奈地雙手一攤，草草結案。這世界其實就是一部大型的鬧劇，所以警方認爲只要找到狙擊手就可破案，謀略者則認爲只要除掉狙擊手就沒事。

通常警方找到槍手後，就會開始對扣下扳機的這名蠢蛋槍手進行調查、拷問，槍手會像自己射出去的子彈般迅速竄紅，成爲媒體的焦點，身邊的親朋好友也會對於凶手竟是自己認識的人而感到不可置信。輿論會把所有與這起事件毫無相關的碎片統統找來，打上馬賽克，並將這名蠢蛋包裝成一種神話。然而，諷刺的是，這名蠢蛋槍手對於整起事件一無所悉，甚至就連自己闖下什麼大禍也渾然不知，因爲謀略者沒理由提供那些慘遭市場淘汰的殺手或走路工重要訊息。從古至今，不分國界，謀略者要求的殺手條件往往只有一個：不准思考，閉上嘴，開你的槍就好。

來生再次點菸，一個念頭瞬間閃過他的腦海，「要是沒把老人的屍體火化，現在的我，應該已經是另一具屍體了吧。」來生突然感到好奇，要是自己的屍體被送到大鬍子那裡，他會用什麼表情把自己推進焚化爐裡，八成在那裡誇張地號啕大哭，等漢子給他酬勞時，又跟什麼事也沒發生一樣呵呵傻笑，畢恭畢敬地接過鈔票數兩遍，確認金額吧。來生吸第二口菸時，鬥雞眼女館員從外面回來，她冷得直打哆嗦，默默走回自己的位子，迅速拿起掛在椅背上的針織外套穿上，但似乎還是覺得不夠暖，連忙把書桌下的電暖爐也打開，認眞搓手取暖。女子蹲坐在書桌下好一會兒，才終於起身坐回椅子。

「你要不要少抽一點菸啊？」女子一臉嫌惡地看著來生。

來生在菸灰缸裡摁掉菸頭，瞅了狸貓大爺的書房一眼，房門緊閉，到底該不該敲門進去，還是等狸貓大爺怒火稍稍平息後再進去？來生對這兩種選項都不是很有把握。

「等這間圖書館封館後，有打算做什麼嗎？」來生問女館員。

「這裡會封館？」女館員一臉詫異。

「不是，我是說如果哪天封館的話。」

女館員猶豫了一下，像是在認眞思考來生的提問。

「我想要找個好男人嫁了。」

「好男人啊……」來生重複著她的話，又問，「那我怎麼樣呢？」

鬥雞眼女館員用「這人是不是吃錯藥」的表情看著來生。

「你是腦袋中槍了嗎？」

她說這句話時聲音特別大，餘音繚繞整座圖書館。來生竊笑，拿起桌上的骨灰盒，起身往狸貓大爺的書房走去。

打開書房房門時，狸貓大爺一如既往地在朗讀百科全書。這和來生預期的不太一樣，狸貓大爺的表情沒有太大變化，坐在他習慣的位子上，看著他習慣閱讀的書籍，用習慣的方式朗讀。從幾年前開始，狸貓大爺就閱讀英文版的《大英百科全書》，只要讀完這套書，就會再次閱讀《布羅克豪斯百科全書》。來生始終無法理解，不斷重複讀看過的書目的究竟爲何？直到來生關上房門爲止，狸貓大爺一直都在自顧自地閱讀，沒有停下來過。來生把骨灰盒放在茶几上，茶几表面鋪著一層玻璃，骨灰盒放上去時顯得格外大聲。狸貓大爺終於把視線轉移至骨灰盒。

「爲什麼會在那裡多待一天？」狸貓大爺問道。

他的口氣不帶一絲情緒，也不是在質問，聽起來比較像是單純想要瞭解事情的來龍去脈。

「因爲將軍叫我吃完晚餐再走。」來生語氣淡定地說著。

原以爲狸貓大爺會再繼續追問，他卻只是點點頭，表示瞭解。狸貓大爺摘掉老花眼鏡放在書桌上，起身走向茶几。他解開白布，看著楓樹原木製成的骨灰盒，先用手輕輕摸了下盒子表面，再打開盒蓋。老人和黑狗的骨灰被白紙整齊地包裹著，狸貓大爺打開白紙，用手指捻揉著裡面的骨灰。

「大鬍子磨得滿細緻的。」狸貓大爺滿意地說。

狸貓大爺把白紙重新摺好，蓋上蓋子，再用白布緊緊綑好，把那盒骨灰挪放到自己的書桌上。

「你就乖乖待著，這段期間什麼事也別做。」狸貓大爺說完這番話後，便示意來生可以離開了。

「我看漢子剛才氣沖沖地走出去。」來生說道。

狸貓大爺冷笑了一聲。

「他有什麼好生氣的，這不都如他所願了嗎？」

來生歪頭表示不解。

「但他剛剛說有個數十億的案子被我們搞砸了，氣得他火冒三丈。」

「要是因爲這樣就被搞砸，當初才不會交給我們處理。他現在可好了，可以明擺著到處放話，說是圖書館把他的案子搞砸。呵呵，這傢伙眞的是很會耍小聰明。」

狸貓大爺一臉看好戲的表情。都已經到了這個節骨眼，竟然還笑得出來，難道是覺得現在的情況很有趣？

「圖書館會封館嗎？」來生問。

狸貓大爺一臉莫名地抬頭瞧來生。

「漢子剛剛放話說這間圖書館即將封館。」

狸貓大爺思考了一會兒，露出令人難以捉摸的笑容。

「封就封唄，這間圖書館又不是有過什麼豐功偉業，有什麼好怕的。」狸貓大爺一派輕鬆地說著。

但想也知道怎麼可能呢，這明明是由他親手管理了六十年的圖書館，那句話聽來像是他準備已久的答案，態度異常冷靜，也因此顯得格外悲壯。

大家都說狸貓大爺是生在圖書館、長於圖書館、未來也會死於圖書館；這不是比喻，是事實。狸貓大爺的確在圖書館出生，後來住在緊鄰圖書館的小私宅裡，是專門管理修繕圖書館屋頂、電器設備、管線等庶務的管理員之子，他因爲先天性小兒痲痺而成了瘸子，年僅六歲就開始在圖書館裡幫忙打掃，十五歲成為圖書館館員，二十七歲當上圖書館主任。一個連國小都沒畢業的瘸子，究竟是如何從一群畢業於京城帝國大學的人才、日本留學回來的帝國主義官僚人選中脫穎而出，成為主任，甚至晉升為圖書館館長？也許是因為這間圖書館實在太無聊又太安靜，不值得那些聰明絕頂的人奉獻畢生所致，也或許是因為這間圖書館實在太危險，那些天資聰穎的人根本承擔不起的緣故。

狸貓大爺仔細端詳骨灰盒好一會兒，突然意識到來生的視線，趕緊把目光移到百科全書上。想當然耳，他並不是在看書，因為要是眞的在看書，就會戴起他的老花眼鏡了，用那混濁雙眼看書的他，看上去格外蒼老。

「那我先走了。」來生說道。

狸貓大爺看了來生一會兒，點頭示意。

來生走出書房，鬥雞眼女館員已經不在座位上，估計是去吃午餐了。來生坐在她的位子上，書桌一隅擺放著她剛才在織的紅色毛線和棒針，座位擋板前整齊排列十罐不同顏色的指甲油、可愛的迷你化妝檯，以及宛如電影拍攝現場才會看見的彩妝大師級化妝包，一旁還有一盒專門收納辦公文具的塑膠抽屜盒，各層抽屜上貼有迴紋針、訂書針、剪刀、尺等標籤。來生拉出了貼有迴紋針字樣的抽屜，結果裡面還眞的裝有迴紋針。女子的桌面到處擺放著米老鼠、小熊維尼、熊貓、招財貓等玩偶，不是掛著，就是乖乖坐著，它們看起來有些凌亂，好像從一開始就被放在這裡，每個都找到了屬於自己的絕佳位子。來生用手戳了戳僅著紅色上衣、連件內褲也沒穿的小熊維尼那圓鼓鼓的大肚子，然後像個傻子般暗自竊笑。

狗兒們的圖書館已經很久沒進新書了，兩年前起，狸貓大爺就不再添購新書，定期到貨的書也統統被退回，所以嚴格來說，圖書館已經不需要館員，這間圖書館需要的是一名祕書或清潔工，協助接電話、分類回收垃圾、清掃悄悄落在書架上的灰塵即可。

來生離開座位，緩緩走向圖書館裡的書區，穿梭在一排又一排的老舊書架間。過去數十年間從未被人翻閱過的書籍整齊排列著，好似有幾雙眼睛正在緊盯著他的一舉一動，乾燥泛黃的那些舊書，宛如一綑綑火藥，彷彿只要拿一根火柴輕輕劃過，就會被瞬間點燃引爆。來生伸出手，用指尖輕輕劃過那些書背，他覺得自己好像置身在小時候嬉鬧玩耍的巷弄間。

來生停下腳步，從書架上取下一本書——《宇宙的起源》[1]。他先看了看前後書封，再翻開內頁——就像過去每次的閱讀一樣，不是因爲對這本書有興趣，也不是爲了從書裡找到什麼，只是習慣——這本書以「人類首次吃到的蔬菜是洋蔥」文章作爲開頭，不帶有任何反思、教訓、哲學意味，那篇文章單純在講述「人類首次吃到的蔬菜不是菠菜、胡蘿蔔，而是洋蔥」罷了，其後章節也不斷以相同形式介紹著閱讀椅是由政治家班傑明·富蘭克林[2]發明的，人類首次使用的道具是槌子等。讀者可能會疑惑，「所以告訴我這些要幹嘛？」但最後也只會得到這樣的答案，「沒有啊，就只是告訴你而已。」來生勾起嘴角，

「**果然是狸貓大爺喜歡閱讀的類型。**」

來生把書放回書架，四處走動閒逛。陽光穿過二樓氣窗，灑落在古舊的書架上。由盛

轉衰的圖書館，已不見輝煌時期的模樣，或許正如漢子所言，要準備封館也不一定。圖書館的一切都已經不合時宜，完全跟不上暗殺市場的轉變。過去那段年輕無謀的時期，迅速俐落地處理掉棘手案件的時期，來自四面八方的承包商捧著大案子上門爭相要見狸貓大爺、口袋裡的鈔票多到溢出來的時期，就連政府機構的人也要看狸貓大爺的臉色，他的一句話足以撼動整個人肉市場，如此榮耀儼然消逝，就如同再也沒引進新書一樣，那些大案子也已經不再委託圖書館處理。

狸貓大爺早該爲這樣的結局提前做好準備，不論是和有能力的公司聯手，還是與漢子談條件，移交圖書館常客名單，如果不想要一跛一跛地在暗巷裡被一群小混混亂刀砍死，屍體被丟到臭水溝裡讓人發現，別說要有一點積蓄，甚至應該像其他人一樣，在瑞士或阿拉斯加等地方備妥一個藏身之地；然而，狸貓大爺只是躲在這棟逐年蕭條的圖書館內閱讀他的百科全書，什麼也沒做，他全部的資產，只剩下連舊書回收商都不屑回收的老舊書籍。

1 原書名《Depuis quand?》，作者Pierre Germa，一九九二年出版。

2 班傑明．富蘭克林（Benjamin Franklin, 1706—1790），美國博學家、開國元勛之一。他是傑出的政治家、外交家、科學家、發明家，同時亦是出版商、印刷商、記者、作家、慈善家。他因電學發現和理論成為美國啟蒙時代和物理學史上重要人物。有避雷針、雙目眼鏡、富蘭克林壁爐等發明。他創立了許多民間組織，包括費城消防站和賓夕法尼亞大學。

值。

狸貓大爺的生死已經掌握在漢子手中，一切取決於漢子如何敲打算盤。狸貓大爺之所以能活到今天，是因爲漢子認爲他還有利用價值，一旦被漢子認定爲無用之人，他也會立刻被處理掉。來生把一本沒放好的書推了進去，好奇自己在漢子心中究竟還有多少利用價

「等圖書館封館，我的人生也會跟著結束嗎？」

來生爬上二樓，走到氣窗下，看著西邊的牆角，那裡還擺有他小時候讀書使用的小桌子和小椅子。來生沒上過學，所以這間狗兒們的圖書館是他唯一的學校，對於沒有玩伴的他來說，這裡也是他唯一的遊戲間。來生總是奔跑穿梭在書架間玩耍，坐在這張小桌子前閱讀，藉此度過大部分的童年時光。

回首過往，來生的童年充斥著冷漠與無聊，多數孩子享有的待遇——大人的慈愛與親切——可謂是一點都沒得到過。來生的童年記憶大部分是老舊書架創造出的迷宮、書本和灰塵，以及整天面無表情自顧自讀書的狸貓大爺。好不容易有了一點交情的圖書館館員，最終也都紛紛離開，時常進出的殺手、尋找暗殺目標的追蹤者們與狡猾的情報商，永遠只是板著一張臉，不發一語。他們當中有些還活著、有些已離開人世、有些生死未卜。

自從九歲生日那天狸貓大爺賞了來生一記耳光後，就再也沒干預過來生閱讀，沒有規定他只能讀哪些書，也沒有禁止他讀哪些書，就如同對自己的人生漠不關心一樣，對來生也是不聞不問。圖書館裡總是空蕩蕩的，書架上的書就跟仙人掌或水石等裝飾品沒兩樣，來生的童年，就和這些書一起被擺放在這間圖書館裡的某個角落，無人關心。

來生其實沒有特別喜歡閱讀，純粹是為了打發時間而看書，畢竟生活實在太無聊也太寂寞，不得不與書為伍。來生從九歲那年自行領略到文字的奧義後，一直在這間圖書館裡待到十七歲，為了在圖書館裡生活，他不得不讀書。十七歲那年，他第一次殺了人，並用領到的酬勞在圖書館外租了一個小房間，買煮飯鍋、碗盤、餐桌和湯匙，還用那台煮飯鍋第一次為自己準備一頓飯。

正午的陽光灑進二樓氣窗，來生在那扇窗戶下環顧圖書館內部，去吃午餐的鬥雞眼女館員還沒回來，狸貓大爺的書房門也依舊緊閉。來生依序看了看東、北、南、西側的書架，那些書架簡直就像瀰漫著大霧的夜晚海面般寂寥。頓時間，來生對於這間圖書館竟然是過去九十年間殺手集團大本營的事實感到不可置信，無數起死亡、暗殺、離奇失蹤、假事故、囚禁、綁票，都是由此處計畫、決定、誕生的，這樣的事實令人不寒而慄。到底是誰創立了這間圖書館，並且決定要在這裡展開恐怖人生，來生百思不得其解。也許把殺手集團大本營設在全國洗衣店聯合辦公室裡，或養雞場促進組織委員會辦公室裡更為合適，為什麼偏要選在圖書館，更何況圖書館是如此寧靜，堆藏此處的書又都置身事外。

5 罐裝啤酒

來生打開一罐啤酒。

才早上七點半，巷弄裡由紅磚蓋成的排屋就已經人來人往，大夥兒各自準備要去上班。來生把窗拉開一點縫隙，點燃香菸。今天的天氣十分詭異，一邊是陽光普照，另一邊細雨連綿，身穿西裝的上班族紛紛抬起頭仰望天空，猶豫著到底該不該撐傘。來生喝下一口罐裝啤酒，暗自替那些依舊得在如此怪異天氣出門上班的人感到惋惜。

雖然在大白天裡喝啤酒感覺上不太合適，實際上卻是喝啤酒的絕佳時機。如果說晚上下班後喝的啤酒可以帶給人爽快、犒賞、放鬆的滋味，一大早喝的啤酒則帶有一點孤寂、朦朧、罪惡感，以及就算度過了漫長黑夜也依舊不想清醒的那種懶散、不負責任感。來生很喜歡白天喝啤酒時所感受到的這些消極感，他看著窗外匆忙趕赴上班的人，自我調侃著，「大家都好認真過生活，我的人生則是得過且過。」

來生再喝下一口啤酒。他看著外面的人都在趕著上班，自己卻在家裡喝啤酒，腦海中就會浮現各種不切實際的幻想，比方說，死後的自己躺在棺材裡，煩惱著晚餐到底該吃什麼；即便已經斷了氣，還是會感到飢餓，他心想：「怎麼會有這種事？屍體居然也會感到飢餓，到底想怎樣。」他無計可施，但沒有人會給他飯吃。屏風前那些前來參加告別式的人交頭接耳，「他當初眞的很囂張。」「是啊，就是個機車的人。」「雖然在死人面前這樣說不太好，但他的確滿討人厭的，小小年紀卻老是對長輩說半語，我這麼任勞任怨爲他服務，他也從來沒對我說過一句辛苦了。」說最後這句話的人是大鬍子。來生躺在棺材裡怒火中燒，超想朝他的後腦杓狠狠巴下去，但是做不到，因爲他已經是具屍體了。

來生熄掉手上的菸，重新取出一根點燃，吃了顆頭痛藥，喝下一口啤酒。頭痛藥，香菸，啤酒，他感覺腦子裡一片混沌，沉重又模糊。年輕時來生還曾因爲沒來由的焦慮而陷入情緒低潮，那段時期，他躲在家中，開著音樂，坐在窗邊，把身子蜷成鍋牛殼的形狀，一大早就啤酒喝個不停。

來生把罐裡剩下的啤酒喝光，捏扁空罐放在書桌上。書桌上已經有兩個被壓扁的空罐，一旁則放著不久前來生在自家馬桶裡找到的炸彈。那是一枚比火柴盒還要小的炸彈，來生拿起它仔細端詳，外觀小巧可愛，「這麼小的炸彈就算炸開，應該也不會有事吧？」但是人肉市場裡賣雜貨的大叔看過這枚炸彈後卻不這麼認爲。

「你是在哪裡找到這枚炸彈的？」

「我家馬桶。」

「那我看它至少可以炸毀你的屁股。」

「光憑這小小一枚炸彈，會把我屁股炸毀？」

「因爲在馬桶裡壓力會變大，就跟手持鞭炮是一樣的道理。而且，要是你正準備大便，用屁股蓋住整個馬桶，就會變成絕佳的爆炸環境。」

「所以也有可能會死？」

「你有看過沒屁股卻還活著的人嗎？」

「那看來就不是什麼警告用或威脅用的東西了。」

「要是炸開來當然就不是啦，但我不確定是否眞的會爆炸，因爲之前從來沒看過這玩意兒。它防水做得很好，還特別用了大便掉落時就會啓動的化學雷管，炸藥的劑量應該也有精密計算過，控制在剛好可以炸毀你屁股的程度，但我不敢保證它一定會炸開，因爲這一看就是菜鳥做的，一般專家不會把炸彈做得這麼複雜，也沒必要這麼做。」

雜貨店大叔把炸彈高舉在日光燈下檢視，讚嘆聲連連。

「不過確實滿有獨創性的，到底是誰做了這枚可愛的炸彈呢？至少在我認識的人裡，沒有人會做出這麼有創意的炸彈，眞想見見本尊。」

來生一臉不悅地看著雜貨店大叔，其實來生從十二歲開始就經常到這間雜貨店幫狸貓大爺跑腿，和這位大叔認識也有二十年了，不過對於來生屁股可能一不小心就被炸爛，名字恐怕也已經列入謀略者的暗殺名單中，大叔毫不在意。對於大叔來說，來生就只是出入這間雜貨店的無數名殺手之一而已。

「總之，不是政府機構的人吧？」來生問道。

「誰曉得呢，最近傭兵、公司、謀略者那麼多，誰知道他們在哪裡幹什麼事。不過話說回來，你是不是闖了什麼禍？」

「如果眞要追究，那我其實早該死了，畢竟也在這圈子裡混了十五年。」

來生伸出手，暗示雜貨店大叔可以停止讚嘆，把炸彈還給他了。

「這次算是逃過一劫囉？」

雜貨店大叔把雷管分離的炸彈交給來生。

「因爲那幾天剛好便祕。」來生回答。

來生發現馬桶裡的炸彈是一週前的事。那天，他一走進家門就嗅到了不尋常的氣味，以往開門後，兩隻貓會直接衝到他面前，但那天牠們遲疑了，一定是有人來過。來生爲了記住停留在空氣中的陌生氣味，一動也不動地站在原地好一會兒。香水？化妝品味？還是體味？由於氣味實在太淡，一時間難以分辨究竟是誰來過他家。總之，會留下這種氣味的入侵者，絕對是新手菜鳥，眞正專業級的資深老鳥是絕不會讓自己身上的氣味殘留在目標家中。

來生小心翼翼地打開鞋櫃，取出一罐噴霧，朝玄關地板噴灑，地上逐漸浮現一名陌生人的運動鞋印，目測大約是二十五公分，不是身高非常矮小的男子，就是女子的腳印。客廳地板上不見任何鞋印，入侵者還算有基本禮貌，在玄關脫好鞋後才進入室內。

「看來是個懂規矩的傢伙。」來生喃喃自語。

他走進客廳，緩緩環顧四周，既然有人來過，那麼有些物品可能就會被動過或移動方位。乍看之下，房間好像沒什麼改變，但是經過一輪仔細觀察後，來生發現有幾樣東西的擺放位置改變了。來生讀到一半堆疊在書桌上的書，被顚倒了順序，放在第三層書架上那把秋遺留下來的刀子被挪到下面那層書架，原本插在袋鼠造型信件收納袋裡的逗貓棒，拿到了桌上。廚房裡還有溼答答的咖啡杯，抹布也沾有一些溼氣。來生拿起咖啡杯，聞了聞味道，拿到燈光底下，想看得更清楚一些，又覺得荒謬至極，笑了出來。「這傢伙到底是來幹嘛的？」

入侵者把來生讀過的書從最上面那本開始一本一本翻閱，這人的人生難道那麼無聊？都潛入人家家裡了，爲什麼還會對屋主閱讀什麼書感到好奇？實在令人不解。除此之外，入侵者還碰了滿多室內物品，但看起來都只是隨手摸一下，從逗貓棒都被使用過來看，似乎是想要和貓玩，再到廚房裡泡咖啡來喝，還知道把喝完的咖啡杯清洗乾淨。「這人是不是有病？」

來生不在家的時間只有短短兩小時，禮拜一、三、五的下午兩點鐘，是來生去游泳的時間，雖然也有缺席過幾次，但大致上還是會準時去游泳。他應該是確認過來生已經走進游泳場，才踏進家裡的，入侵者對於來生的動線瞭若指掌，一定有謀略者暗中下指導棋，因爲謀略者要做的首要之事，就是掌握暗殺目標的生活動線。趁來生不在家的那兩小時，入侵者悠哉地參觀著來生家中每個角落，如今看來並不是因爲他是一名菜鳥，而是他根本沒打算隱藏，彷彿是刻意留下痕跡，並要來生仔細想想，他來這裡的目的。

來生站在客廳中央好一會兒，不久後，決定把家中所有電燈統統打開，開始仔細翻找整個屋內，看有沒有刀痕或被撕下的壁紙，包括天花板和地板也都一併查看。他確認瓦斯爐、天然氣開關、水槽下方、冰箱冷藏與冷凍庫，家中所有抽屜、盒子都打開來一一確認，櫃子、書櫃與書櫃間、鞋櫃、燈罩內側、壁鐘背後、裝飾櫃等，就連床、洗衣機、窗戶縫隙、窗簾內側也全部仔細檢查，但都沒發現異狀。

來生望向窗外，天色漸暗，他估計自己很可能已經被列入謀略者的暗殺名單。但他腦袋一片濃煙密布，朦朧不清，「應該要想出點東西才行……要想點東西……」彷彿過去從未用腦思考過一樣，就連要從什麼事情開始想都不清楚，只知道有人擅自闖進了這個房間——還是一名殺手的住所，絕對不可能只是出於好玩，不是偷偷安裝了炸彈，就是裝了竊聽器。

來生連自己在找什麼都不知道，卻決定重新來過，要來一番精密的全面搜查。他打開咖啡罐，把咖啡豆全部倒了出來，確認罐底有無安裝東西，再把德國品牌Zassenhaus的手搖磨豆機拆解開，調味罐裡的調味料全部倒掉，垃圾桶裡的垃圾翻出來一一檢查。他還將電腦主機拆開、拔出所有零件，電視、收音機也全拆，仔細檢查內部有無異物。冷凍室裡的食品全撕開包裝，確認冷凍魚的肚子裡有無暗藏東西，冷凍餃子也比照辦理。他把鞋櫃裡的鞋統統拿出來，衣櫥裡的衣服口袋也仔細確認，甚至翻出客廳書櫃裡的所有書，通知單和信件也打開來。

來生不分晝夜地拆解物品，確認內部是否有被動手腳，他沒吃沒睡，花了整整二十一小時。整個家像是被炸彈轟炸過一樣，但他依舊沒有停止動作。那一瞬間，他的腦中閃過一個念頭：也許入侵者根本沒在家裡留下任何東西。不過不管有或沒有，來生還是繼續動作，他的表情滿是憤怒，將東西撕毀、扭轉、拆解，然後隨手往旁邊扔。

來生把已經拆到支離破碎的壁鐘扔到角落，開始拿起刀子劃床墊，床墊彈簧與刀尖碰撞摩擦，發出刺耳的聲音，他拉出海綿，裡面沒有任何東西。來生繼續用刀子劃破側邊，也拉出那裡的海綿。他其實心知肚明自己是在做蠢事，但還是對著那張床墊反覆劃刀，就這樣瘋狂地重複劃床墊、撕開、拉海綿、探頭進去檢查的行爲。

陽光穿過陽台灑落在來生的臉上，他正在哭泣。來生淚流滿面，觀看著窗外的暖陽。某種羞愧感與溫暖感同時映照在來生的臉部，他看了看自己的手，滿是整晚用力拆解東西導致指甲斷裂、被刀子不小心劃到流血的大小傷痕，他突然感到一陣飢餓，因爲整整二十一小時不曾進食，一直在拆解整間屋子。但是他已經沒有力氣再去尋找食物，他把刀子和螺絲起子丟在一旁，倚靠在已經殘破不堪的沙發上睡著。

來生醒來時，太陽依舊高掛，屋內一片凌亂，到處都是被撕爛的物品，連個走路的地都沒有。他雙眼呆滯地看著自己幹的好事，「到底是為什麼？」來生問自己。然而在他內心無數種聲音當中，沒有一個能做出回應。

他拿了幾個垃圾袋裝自己拆解的物品，其中包含已經收藏很久、剛買不久、充滿回憶及不知道怎麼會在家裡的東西，統統不管三七二十一地往袋裡扔。

二十公升的垃圾袋塞滿整整二十袋，家裡才終於重見天日。來生把那二十袋垃圾拿到公共垃圾場，彈簧外露、殘破不堪的床墊和沙發也都搬了過去。要是自己已經成爲他們的暗殺目標，那麼謀略者僱用的影子，現在應該正暗中觀察來生的一舉一動。那個傢伙甚至可能把垃圾袋撿走也不一定，但來生覺得無所謂。

「反正我已經不需要這些東西了，如果要我的垃圾，那就請便吧。」

謀略者從來不做沒意義的行動，來生確實成了他們鎖定的目標，他究竟能不能逃過死劫？想必很難了。過去十五年間，來生從未看過有人能成功躲避謀略者而僥倖存活下來的，只有看誰能撐得比較久，最終都仍難逃一死。「不過，究竟為什麼我會成為他們鎖定的目標？」來生自問，然後噗哧一笑，這是個愚蠢的問題，他應該問：「我怎麼能活到今天？」，而非「為什麼要殺我？」畢竟來生也已經在這謀略者會定期肅清案件的圈子裡，當了十五年殺手，如果眞要找理由，也不難找到要殺死他的名目。要是沒有狗兒們的圖書館和狸貓大爺的庇護傘，來生應該在很久以前就被人處理掉了。三十二歲，以一般人的平均壽命來看還很年輕，但在殺手界已經算是長壽的年紀。十五年了，早已過了該死的時間，就像電影《楢山節考》裡的阿玲婆一樣，是時候該把門牙拿去撞石臼，讓牙齒脫落，之後隱居深山。

來生倒完垃圾回到家中，第一件事情就是跟賣場訂十箱罐裝啤酒。每次殺了人回到家後，或令他爲難的事情近在眼前，內心的焦慮感就會浮出精神水面，宛若河水底部般寂靜的恐懼感突然來襲，蟄伏在心中那深不見底的憂鬱便會陷入無止境的泥沼。這時來生會躲在家中喝啤酒，藉此逃避現實。

想要隨時都能喝到透心涼的啤酒，就必須在事前有所準備；首先，要先把冰箱盡可能清空，這樣才有辦法冰更多的啤酒；接著，向賣場訂購啤酒；最後，把啤酒塞滿整個冰箱。搭配冷凍花生和曬乾的鰹魚當下酒菜，它們不會讓你有吃撐的飽足感，也不致覺得是空腹喝酒，如此便萬事俱備，只要打開冰箱，取出啤酒，打開它，喝下它，再把喝光的啤酒罐捏扁即可。

「既然成了暗殺目標，是不是該做點什麼？」來生喝了一口啤酒，思索著這個問題。但他並未採取任何行動，只是不停喝著他的啤酒，麻木地做著打開冰箱、取出啤酒、打開啤酒、喝下啤酒，再捏扁啤酒罐的動作。偶爾拿起幾顆花生放入口中，將它們咬碎，然後跑去廁所一邊在馬桶裡小便、一邊看著鏡子裡的自己，沖水，再回房間繼續喝。開冰箱時，他還不忘讚嘆自己聰明絕頂，「幸好沒把這台冰箱給拆了。」

來生發現炸彈是在兩天後，當時來生正把頭埋在馬桶裡，進行第三次的嘔吐。第三、四次的嘔吐就像一條必經之路，是爲了讓自己能夠順利度過純粹只喝啤酒的一星期，吐完再喝，喝完再吐，久了就會發現自己不知不覺已經不再嘔吐，蛻變成可以永不間斷喝酒的體質。由於幾乎是空腹灌酒，所以吐在馬桶裡的也只有夾雜著黃色胃液的啤酒和幾顆鰹魚頭。他趴在馬桶上乾嘔，正是此時，發現了排水孔深處貼有某樣東西。來生目不轉睛地看著那玩意兒好一會兒，決定伸手進去將它取出。

那是一個陶瓷做成的小盒子，和馬桶一樣都是白色陶瓷材質，不易察覺。來生仔細端詳那顆乍看之下很像飯店附的白色小肥皂的玩意兒，但其實是一枚炸彈。不曉得爲什麼，來生心中浮現的第一個情緒並非訝異或恐懼，而是安心，彷彿不論這件事情是幸還是不幸，這東西本來就該放在那裡，也確實被自己找到了。

鈴聲響起，來生接起電話，是追蹤者正安。

「我幫你全部查過，聽說七、八年前，這玩意兒在比利時流行過。」

「你說馬桶炸彈？」

「你是蠢蛋嗎？最好會流行馬桶炸彈這種東西。」

「不然？」

「是不致於炸毀一個馬桶，但他們把它做成膠囊，讓人呑進肚子裡，在身體裡產生很小的爆炸，藉此僞裝成醫療事故。國家安全委員會（ＫＧＢ）在除掉那些身上掛著心跳測量器或胰島素泵的俄國胖子政治人物時使用過。」

「那和這枚炸彈有什麼類似？」

「炸彈的基本結構很像，零件也都是比利時製，包括雷管、感應器都是。只有裡面的火藥是美國製，但這款火藥很普遍，可以在廢鐵回收廠買到。總之應該是在這裡組裝的，外殼還是中國製，小小一枚炸彈可以搞得這麼複雜，看來是到處訂零件，自己組裝的。我查過黑市根本不交易這種物品，所以應該是自行從網路上訂購的零件，不然就是親自去比利時帶回來的。」

「所以？」來生不耐煩地問道。

「所以光憑這玩意兒是找不到人的。」

「零件上不是都有編號嗎？」

「喂，你這臭小子，那要是訂書針上有編號，就一定能知道被釘在哪些地方嗎？都說零件是醫療用品了！」

「那就找出是誰組裝的啊。」

「組裝這種玩意兒的人又不是只有一、兩個，更何況他一定會爲了躲避警察而隱藏起來。最好是你說要見他，他就會主動開心地張開雙手歡迎你。不過話說回來，到底爲什麼好奇這枚炸彈？這又沒黏在你家馬桶裡。」

「它就是黏在我家馬桶裡！所以少廢話，繼續幫我找人吧。」

來生掛掉電話，喝了一口啤酒。正安應該是準備要睡了，因爲他都是白天睡覺、晚上行動，這並不是因爲他喜歡夜晚行動，而是他見的人大部分都在晚上出沒，一般人出門上班時，正安才剛下班。爲什麼要這樣呢？其實也沒什麼特殊原因，但這圈子裡的人彷彿說好了一樣，都在夜晚行動，這種人的人生大部分都很複雜，而且會越來越複雜。

由於零件被正安拿去了，來生手裡只剩下炸彈的空殼。他看著炸彈，歪頭思索，到底是誰要用這種搞笑又複雜的炸彈？難道眞的希望它爆炸？眞的想要看一名男子是坐在馬桶上屁股被炸爛而死的？用白色陶瓷製成的可愛炸彈，看起來就像漢子經常放在口袋裡隨身攜帶的銀丹盒。

但這應該不是漢子幹的好事，如果漢子想除掉自己，一定會僱用理髮師來處理。漢子近年都是派理髮師除掉殺手，由大鬍子焚燒屍體，這麼做是最乾淨俐落的，人們要過好長一段時間才會發現，某位殺手可能已經消失了。

「青蛙最近在幹嘛？他不是辦事滿俐落的嗎？最近不幹了嗎？」

「不知道，最近幾年都沒看見他，還是已經死了？」

殺手們經常會爲了藏身而長期躲在某個地方，過一段時間才回來，所以有時以爲已經死了的人會突然毫髮無傷地現身，或者認爲還活著的人卻永遠沒再出現。然而，沒有人會特別去仔細探究那個人究竟是死是活，不會哀悼也不會傷心，甚至一點也不好奇。

最重要的是，漢子根本沒空來跟來生開這種玩笑，他也不是個會使用可愛炸彈的人，幽默感近乎於零。當然，這也不可能是政府機構的人所爲，他們不會爲這種搞笑的事情蓋同意章，他們是毫無通融可言，機械式、老古板的人。到底會是誰呢，是哪個傢伙把炸彈放在馬桶裡？實在令人不解。

來生喝了口啤酒，他知道自己應該要繼續思考，但腦中已是一團混亂。儘管在家中發現了炸彈，來生還是照樣喝著他的啤酒，「為什麼還能如此悠哉？你難道不曉得自己的人生已經快要走投無路了嗎？」

其實過去來生也有過驚險的一瞬間，犯過失誤，甚至在現場留下蹤跡。有段時期還有黑影跟蹤他，監視他的一舉一動，也曾因違抗指令而收到謀略者發出的警告函，但從未成爲暗殺目標，也從未有人闖入家中。狸貓大爺知道這件事嗎？不過短短幾年時間，狸貓大爺已明顯失利，過去謀略者若要除掉來生，一定得先徵求狸貓大爺的同意，但現在也許根本不需要了。若非如此，難道是打算連狸貓大爺也一併除掉？究竟是哪個謀略者會用如此花俏的方式除掉暗殺目標？

在謀略者的圈子裡，殺人是一件暗地裡迅速俐落進行的事，不像電影演的那樣，會出現巨大爆炸案或大型車禍、子彈亂掃射等驚險場面，是夜裡下的雪般無聲無息，也像貓咪的腳印神不知鬼不覺，圈內的殺人案幾乎從未曝光過。也因爲檯面上看不到殺人案，所以不會有犯罪、嫌疑、搜查等過程，當然，也不會有嘈雜的新聞報導、記者、警察、檢察官，只有一臉茫然、泣不成聲的家屬在參加告別式，有些甚至連告別式都沒有，直接憑空消失於人間。

雨勢突然變大，斗大的雨珠落在窗框上緩緩流下，來生從椅子上站起，關上窗戶。這邊的天空已在下著大雨，那邊的天空卻依舊豔陽高照，眞是個詭譎的天氣。來生喝掉罐裡剩餘的啤酒，捏扁空罐，打開抽屜，拿出很久前訓練官大叔送給他的印度大麻，呆愣了好一會兒。訓練官大叔把盒子遞給來生時說：「這不是什麼品質很好的大麻，只是印度挑夫爲了忘記身體疲勞而抽的廉價貨。」來生把大麻葉放在捲菸紙上捲成香菸來抽，不過已經有一段時間沒用了。他抽大麻時，腦中總會湧現過量的記憶，有時是負面回憶，有時則是悲傷難過的回憶，那些隱藏在內心深處的記憶會像惡臭味般飄出，熏得他渾身都是，也會突然懊悔起當年覺得沒什麼的事情。

來生決定去工廠上班的那天，和今天一樣是個怪異的天氣，天空同時出太陽又下細雨，來生看著同時被太陽曬也被雨淋的衣物，加上風吹搖擺，活像個小丑，搞笑又悲傷。他自己也不清楚為什麼會想進工廠工作。一群女工們走在巷子裡正準備要去吃午餐，她們吃著冰淇淋，嘻嘻哈哈，認為這天氣很瘋狂。當時來生是按照狸貓大爺的指示，藏身在其他小城市裡——有許多小工廠林立、一起排放著白煙的小工業城，他在那黯淡無色的工業城裡，租了間位於二樓的月租套房。

小城裡的人都在工廠裡認眞工作，整個下午巷子空無一人，不見任何身影，每天早晨卻會像中國的街道一樣人滿為患，踩腳踏車、騎摩托車的人全部湧進城市街頭，午餐時間也會被一口氣全都要出來吃午飯的勞工擠得水洩不通，但那只是一天之中一、兩小時的光景，大部分時間都像是集體被送到了火星上一樣空蕩寧靜。

來生倚坐在窗框上，看著偽造文書專家「文」為他製作的假身分證，默背著該身分的相關資料。身分證上是名叫「張利文」的二十四歲男子，要記的內容不多，在陌生城市裡用某個人的名義短暫生活，其實只需要記住幾個關鍵資訊就好。

來生在默背著身分證字號時，一群女工嬉鬧著經過他家窗下，她們的表情看上去都十分開朗，中間有一名身材較為圓潤、長相可愛的女工肢體動作最大，甚至還笑到流淚，一邊拍打著旁邊女工的肩膀，一邊說：「哎喲喂呀，太好笑了，這眞的太好笑！」她的笑聲迴盪整條巷子，來生探出頭，看著咯咯笑的她們走進工廠。拜她們的燦爛笑容所賜，那間工廠就像是查理的巧克力工廠[1]般夢幻美好。

隔天，來生拜訪了女工們工作的那間工廠，一名自稱是管理股長的人出來接待來生，他的面相宛若密密麻麻的收支表，彷彿天生就是為了在工廠做管理職而生。管理股長看了看來生遞給他的履歷問：「錦城高中是一般高中，對嗎？」來生點點頭。

「既然你讀一般高中，怎麼沒上大學？還是你是搞什麼社運的？」

來生聽到社運兩個字笑了，他很想坦承自己不僅沒上大學，連國小都沒上過，但只是傻憨憨地搔著頭，解釋因為成績太差，所以考不上。

「多差？」管理股長問道。

「幾乎墊底，但也不是最後一名。」

「幾乎墊底和最後一名還不都一樣，要在工廠裡工作，腦袋一定要聰明，最近腦袋不靈光的人什麼事都做不了。嗯……二十四歲……當完兵了嗎？」

「我免役，不用當兵。」

「什麼？不聰明就算了，連身體也不行？那你過去都在做什麼？」

來生對這個提問感到錯愕，他答得結結巴巴，高中畢業後就到工地打零工。管理股長看他的眼神充滿懷疑。來生又補充道，當時因為不喜歡工廠的工作，所以才會選擇工地，

1 《查理與巧克力工廠》是一本由英國作家羅爾德・達爾於一九六四年所著的兒童文學，內容是關於主角查理・畢奇在古怪糖果製造商威利・旺卡的巧克力工廠中的冒險故事。

但是實際做過才發現根本存不了多少錢，也厭倦了四處打零工的生活，現在只想好好學個技術，腳踏實地過日子。來生冒了點冷汗，彷彿自己下一秒會被揭穿，但是管理股長聽完來生的解釋後反而點頭笑了。

「的確，工地裡的人都會說他們薪水有多高，一直拉攏年輕人去，但那都是騙人的，感覺好像快存到錢了，卻因爲工作不穩定，有一餐沒一餐的，一直存不了錢。這裡雖然沒有工地薪水高，但絕不會積欠薪水，也會有撫卹金和加班津貼，只要認眞工作，存錢不是問題。禮拜天還能休假，多好啊。」

這些事情在來生看來都是理所當然的事，管理股長卻把它拿來說嘴炫耀。

「那就認眞幹吧。」

管理股長用七〇年代新聞紀錄電影《大韓新聞》裡會出現的產業生力軍表情，拍了下來生的肩膀。

「是，我會全力以赴！」來生儼然成了生力軍，答得鏗鏘有力。

來生隨後被分配到作業三班去做鍍鉻的工作。這份工作不需要特殊技術，只要把金屬壓鑄相框放進鉻液裡十秒再取出甩乾即可，非常簡單。不同於管理股長所言，這份工作根本不需要用到大腦，猴子來學個十分鐘也肯定會做。但鉻液會散發出非常難聞的刺鼻味，工廠裡也有傳聞這做久了會傷皮膚，甚至精子數量也會減少，最終導致不孕，所以人人避之惟恐不及。

來生在新人來接手前，整整做了兩個月的鍍鉻工作。他用戴有乳膠手套的雙手，抓住相框的邊角，維持屁股向後翹，像擰溼衣服時為了不弄溼身體而做的古怪姿勢。他小心翼翼地把相框浸泡在鉻液裡，精準地在十秒後取出。來生對這份工作最不滿意的地方就是這個看起來十分愚蠢的姿勢，要雙腳張開、屁股後翹，就算是鍍鉻之神來操作，相信也免不了要擺出這搞笑的站姿。

為了避免濺到衣服，來生小心地將相框從鉻液中取出，抖掉多餘的鉻液。就在那時，他看見了促使他來這間工廠工作的那位有點嬰兒肥的可愛女工，她雙手輕放身後，似乎是覺得來生工作的樣子十分有趣，她一下從左邊看、一下從右邊看，最後說：「做什麼事情那麼認眞呢？都中午了，不吃飯嗎？」

來生一臉驚訝地看著她，女子指指牆壁上的時鐘，十二點二十分了。

「中午工作可是沒有加班費的喔！」女子說道。

她的聲音明亮開朗，同那時咯咯笑著經過來生家底下一樣。來生脫掉手套。

「妳吃了嗎？」

「還沒，剛去幫課長跑腿，現在才回來。」

「那如果妳不介意的話，要不要和我一起吃午餐？」來生鄭重地詢問。

女子愣了一會兒。

「幹嘛？那是什麼嚴肅的牧師口吻？」

工廠規模不大，沒有員工餐廳，員工們會穿過工廠和住宅間的巷子，到三百公尺外的餐廳吃午餐。女子對來生比了個手勢，示意一起出去吃飯。來生點點頭，把乳膠手套掛在電線上，用曬衣夾夾住晾乾，脫掉圍裙掛在衣帽架上。他用肥皂洗手，搓出一堆泡泡，仔細清洗了一分多鐘。女子在一旁看著來生的一舉一動，不耐煩地嘆了口氣。

「你來這裡工作不到一個月吧？」兩人走出工廠大門時，她問來生。

「差不多三個禮拜了。」

「所以還在鍍鉻？」

來生點點頭。

「聽說鍍鉻做久了，精子數量會減少，每泡一次鉻液就會死好幾百隻精子，整天下來到底會死多少隻精子啊？糟糕，我算不出來，這已經是精子大屠殺了吧？怎麼能叫人來做這種事！」

女子的表情猶如眞的看見恐怖大屠殺一樣，但聽得出來那並不是在擔心來生的精子數量。

「沒關係，反正精子多得是，男生一輩子會製造出四千億隻精子，每一次射精會射出一億五千萬隻，所以很充足的。就算認眞打炮，也不可能做到三千次吧，但女生就會比較麻煩，因爲女生一輩子只會有四百顆卵子。」

女子停下腳步，用極度傻眼的表情看著來生。

「什麼嘛！竟然在女生面前講打炮、射精，說這些幹嘛。」

女子瞅了來生一眼。來生尷尬地默默舉起雙手。

「鎮定、鎮定……我絕對不是那個意思。」

「鎖定？」

女子噗哧一聲笑了出來。

「你一個年輕人怎麼會用這種詞啊？」

女子繼續往前走，來生也趕緊跟上。

「不過，女生真的一輩子只會有四百顆卵子嗎？」

「我是在書裡讀到的。」

「你還會看書？」女子一臉不可置信。

來生歪頭，不知道女子說的那句「你還會看書？」是什麼意思。

「你是不是在地下街專門賣成人雜誌的小地攤上看到的？」女子笑問。

「我是看一本名叫卡迪森的婦產科醫生寫的《征服不孕》，那裡面有詳盡的說明，女人一輩子可以製造出的卵子數量是根據基因決定。比方說，有些女人的卵子有四百二十三顆，有些則是五百顆，也有人只有三百五十顆。」

女子再次停下腳步，她這次的表情有些茫然。

「那我已經浪費了多少卵子啊？」她自言自語。

女子沉默了一段時間，兩人不發一語地走在巷子裡，彼此都感受到明顯的尷尬與不自在。女子希望來生能打破沉默，但來生也沒什麼特別好說的。當他們倆經過來生初次看見女子的窗下時，來生指了那扇窗說：「我就住這間。」

女子抬頭望向來生的房間。

「這裡不貴嗎？」

「不是很貴，因爲不需要繳訂金，一個月三十五萬韓圜。」

女子吃驚地看著他。

「這……你不是薪水才一百萬嗎？扣掉各種零零散散的支出，你竟然租一間三十五萬的房子，還說不貴？水電、瓦斯費，不是要另外繳嗎？吃飯呢？自己煮嗎？」

「呃……因爲我才剛搬來不久……」

「所以都買著吃？」

來生點頭。

「午、晚餐都外食？」

「有時候會吃杯麵解決一餐。」

「所以你的戶頭裡應該一毛錢都沒有吧？我說你們男生怎麼都這樣啊，這麼不懂事，那麼辛苦賺來的錢，應該要懂得存下來。你們不是拿去買菸抽掉變成菸灰，就是拿去買酒喝掉變成排泄物，幹嘛把自己的人生活成那樣？像你這樣花錢，一輩子就只能過著領月薪的人生。」

女子氣沖沖地說著，來生成了被訓話的孩子，雖然他不清楚自己究竟做錯了什麼事，爲什麼會演變成這樣的局面，不過，女子說的話好像頗有道理。

「我可以進去看看嗎？」女子用下巴指了指來生的房間。

「妳說哪裡？我家嗎？」來生有些錯愕。

「是啊。」女子一副有什麼關係的表情。

「爲什麼?」

「好奇你是怎麼生活的啊!」

來生還來不及找藉口婉拒，女子已經快步爬上二樓。來生不知所措地跟在後面，女子站在門前轉頭看他，來生趕緊擋到門前。

「今天還是先不要吧，下次……下次……我再正式邀請妳來作客……好不好?」他講話都不順暢了。

「喂，你是不是有點搞不清楚狀況，我和你還不到那種正式邀請彼此到家裡作客的關係，好嗎?我現在是以工廠前輩的身分，單純想知道你這個新來的能否適應工廠生活，所以看一下你的房間。工廠生活看似簡單，好像任何人都可以來工作，但如果不把日常生活管理好是做不久的。」

女子的表情中確實可見身爲工廠前輩的那種威嚴感，如戒備狀態時負責檢閱的下士或檢查房間打掃結果的龜毛舍監。來生一臉難爲情地看著她，但是女子仍以「聽懂了就快點給我開門」的表情緊盯來生。來生不得已，只好開門。

房間裡沒多少生活用品，所以也沒什麼凌亂可言。只有從市場裡買來的棉被、毛毯和枕頭，以及搬進來時就放在那裡的小摺疊桌、一台用來沖三合一即溶咖啡和煮泡麵的電熱水壺，還有初來這座城市時身上帶的一包衣物而已。流理台下放著來生懶得出去買時吃掉的杯麵盒，層層堆疊，枕頭旁和小桌子上都堆有書，有些是來生從首爾帶來的，有些是他去附近書店買的，有阿爾貝・卡繆[2]的《婚禮》、《夏天》、《鼠疫》，伊塔羅・卡爾維諾[3]的《樹上的男爵》，馬爾丹・莫內斯提耶[4]的《自殺全書》和安德魯・所羅門[5]的《正午惡魔》等書。

「什麼嘛……還眞的是家徒四壁耶。」女子環視了房間一圈。

「因爲才剛搬進來不久……」來生撿起地上的毛巾掛回牆上。

「但是生活上還是需要一些基本的東西吧，要不然就得在外面花錢解決，不是嗎？」女子勸說著來生。

來生點頭如搗蒜。

「所以你也不看電視嗎？」女子看著小桌子上的書問。

「嗯。」來生回答得很簡短。

女子像是來參觀自己即將入住的房子，從房間、浴室，到廚房都迅速查看了一輪，甚至還轉開浴室水龍頭，確認出水正常，流理台抽屜櫃也一一打開確認。女子邊查看邊喃喃自語：「天啊，怎麼能連個碗都沒有？」「果然是比較貴的社區，竟然還有天然瓦斯。」在她到處參觀時，來生環顧了下自己的房間，暗自慶幸儘管被突襲檢查，房間的整潔度還不算太差。就在這時，洗衣間裡傳來女子的尖叫聲。

「這些是什麼？」

女子站在一個敞開的箱子前，裡頭裝滿了內褲、襪子、T恤等待洗髒衣物，她用兩根手指捏起一條內褲，來生急忙衝去奪下內褲塞回箱子裡。他慌張蓋上箱子的同時，女子望向了放在置物架上那堆連塑膠包裝都沒拆的內褲和襪子。

「你是之前做過內褲生意失敗了嗎？怎麼會有這麼多內褲？」

「因爲我沒有洗衣機。」

「那就用手洗啊！難道這些都只穿一次就丟嗎？到底在想什麼啊。」

女子語氣中帶有一些納悶。當然，來生並沒有打算丟掉，但也沒想過要蹲在浴室裡親手洗，嚴格來說，是因爲身體疲累、思緒複雜，所以還沒想過要如何處置那堆穿過的內衣褲。

女子一臉荒謬地注視著他，來生則是滿臉通紅地瞅著天花板。

「有女生幫你洗內褲嗎？」

這句話聽起來有些微妙。來生歪頭表示不解。

2 阿爾貝・卡繆（Albert Camus, 1913—1960），法國小說家、哲學家、戲劇家、評論家。於一九五七年獲得諾貝爾文學獎。

3 伊塔羅・卡爾維諾（Italo Calvino, 1923—1985），義大利作家。他的寓言作品奇特又充滿想像，使其成為二十世紀最重要的義大利小說家之一。

4 馬爾丹・莫內斯提耶（Martin Monestier, 1942—），法國記者。

5 安德魯・所羅門（Andrew Solomon, 1963—）美國作家、心理學家。作品內容多含括抑鬱、蘇聯藝術、阿富汗及利比亞地區的文藝復興等。

「噢，別誤會，我不是對你有意思，是看到這種不自量力亂花錢的行徑就會整個火都上來，但我又不想被你女朋友誤會，所以想先問清楚。」

「是沒有啦……」來生依舊不是很明白她的意思。

女子一臉「那就好」的表情，打開了裝滿待洗衣物的箱子，開始用放在置物架下的黑色塑膠袋來裝髒內褲。來生驚恐地一把抓住女子的手，女子用力地拍了一下他的手背，力道有點大，來生只好鬆手。女子終於裝滿黑色塑膠袋，起身指著來生的臉說：「我幫你各留兩套內衣褲，剩下的記得拿去退喔！瞭解？」

「可是這遲早會用到。」來生有點委屈。

女子把裝滿髒衣物的黑色塑膠袋往來生臉上一揮。

「這裡不是有很多嗎？勤勞一點洗著穿，足夠讓你穿一年呢。」

兩人走出房間回到巷子裡時，午休時間只剩下十五分鐘，女子已經幫主管跑完腿，所以還可以吃頓飯再回去，但來生得重回工作崗位。他們倆站在巷子中間，女子看著手錶，滿臉擔心。

「你很餓吼？」女子問道。

「沒關係的，一頓沒吃不會死。」來生回答。

女子走進一間小超市，買了兩罐香蕉牛奶和兩塊蜂蜜蛋糕出來。

她把其中一份遞給來生。來生看著她手中的牛奶和蛋糕，明明不是多麼了不起的東西，卻有一種虧欠別人很多的感覺。來生向她道謝後接過食物，兩人坐在超市前的平台上，一起吃著蜂蜜蛋糕、喝著香蕉牛奶。

「天氣眞好。」女子抬頭望著天空。

「嗯，眞的很好。」來生也跟著仰望天空。

「這種天氣應該要來洗衣服、晾衣服的。」她提起裝滿內衣褲的黑色塑膠袋說。

隔天，女子在工廠裡看見來生卻故意假裝沒看到，來生原已微微抬手準備打招呼，她卻有些羞怯地和同事們一起走向自己的崗位。來生當下猜想，應該是因爲和同事們在一起所以不好意思，但是後來他們倆在走廊上單獨碰見時，女子也只對來生微微點頭示意，什麼話也沒說。女子是在組裝線工作，來生則是在工廠空地裡的簡易組合式鐵皮屋工作，以利於鍍金和噴漆。不過因工廠規模不大，兩人很容易遇見，碰巧遇上時女子都會裝沒看見，躲得老遠，不然就是縮著肩膀快步經過。

隔天、再隔天，女子的反應依舊如此，來生甚至在下班時間先到工廠門口等待過她，但女子都和其他女同事手勾手下班，讓來生無法湊上去搭話。其實就算她獨自下班，應該也沒什麼話可說。能說什麼呢？難道要對她說：「拜託把我的內褲還給我吧。」這樣嗎？

週五傍晚，來生躺在床上，外頭突然傳來敲門聲。他起身去開門，發現女子站在門外，低著頭，雙手緊握一個紙袋，連看都不看來生一眼，就把紙袋硬塞給他，來生還沒來得及弄清楚狀況，就已經接過了那個紙袋。

「我後來仔細想過，是我太雞婆了，不好意思造成您的困擾。」女子依舊低著頭，用顫抖的嗓音低聲說著。

「都來到這裡了，要不要進來喝杯茶？」

來生把門敞開，女子搖頭婉拒，見他要跨出門，女子更是急忙揮手阻擋。

「別、別、別出來了，我自己走就好。」

說完，她便快步離開。來生站在原地，呆呆地看著女子離去的背影，她縮著嬌小圓潤的肩膀，健步如飛地走在走廊上，原本那個毫不避諱地把男人的髒內褲往黑色塑膠袋裡塞的豪爽女子，消失到哪裡去了？直到女子快步走下樓的腳步聲結束，來生才關上房門，重回屋內。他打開紙袋，裡面裝有整齊摺疊好的內褲。來生拿出一件聞了一下，內褲散發著乾淨床單被曬了一下午暖洋洋的太陽味，來生這才意識到，也許女子展現出來的好意，純粹是基於對他的憐憫——可憐一個月光族青年，把一半月薪拿來支付房租和繳各種帳單，另一半全部拿去買菸、買酒、買泡麵、買內褲。「原來不是對我有興趣啊。」來生笑了。但他依舊很感謝女子，不管是基於同情，還是實在看不下去，對於來生來說，都是第一次接受別人的憐憫。

來生起身走到戶外，朝女子離開的方向跑去，跑了五百公尺左右，他看見一道身影。來生一把抓住她的肩膀，氣喘吁吁地問道。

「週末要不要一起去看電影？」

一個月後，女子正式和來生展開同居生活。來生的行李只有一只皮箱，也沒什麼東西要搬的。他拖著皮箱住進了女子家。他對工廠裡的人謊稱自己二十四歲，但其實他只有二十二歲，女子比他還小一歲。二十一、二歲的孤男寡女之所以決定同居，隨便想都能想出三百萬個理由，不論是幫忙貼ＯＫ繃時突然對上眼，還是分食著一塊鯛魚燒時擦出愛的火苗，抑或是一起玩彈跳槓時萌生愛意，來生甚至認爲，在這美麗的星球（地球）上，可能有無數對情侶也和他們一樣，是因爲幫對方洗內褲而決定在一起。

女子非常會做家事，厲害到根本難以想像她只是個二十一歲的女孩，煮飯、打掃、燙衣服、縫衣服，任何家事都難不倒她，還能迅速有效地處理完畢。雖然乍看之下好像都只是隨手爲之，但每當她處理完，家裡都會變得乾淨整潔、井然有序。來生花一小時才摺好的衣服，女子依然不甚滿意，於是趁來生短暫出門不在家時迅速重摺，收進衣櫥裡；就算睡過頭起晚了，連洗頭的時間都沒有就得趕緊出門上班，她也還是會端出一桌豐盛的早餐，有大醬湯、煎魚及剛拌好的小菜。

「我們先在這裡慢慢存錢，然後用全租[6]的方式租下一間公寓，再來結婚。雖然是全租，但你和我都有在賺錢，所以省吃儉用個二十年，到時候應該就能擁有一間屬於我們的三十坪房子了。」

「二十年？」來生吃驚地問道。

6 韓國特有租賃契約。房客一般需繳交一筆高額保證金給房東，租賃期間不用另付月租，這筆保證金就是所謂的「全稅租金」。契約期滿，雙方若不續約，房東需退還全稅租金。而契約期間，房東可運用此筆保證金進行投資。

來生突然對二十年這句話感到遙不可及，爲了擺脫這間月租房，再擺脫全租房，最後擁有一間登記在自己名下的小公寓，竟然要做那該死的鍍鉻工作二十年，到時候來生的睪丸裡應該一隻精子都不剩了。

「欸，我們才二十幾歲，妳不覺得現在就開始思考那種嚴肅又單調的人生還太早了嗎？」

「我經常在工廠裡想著結婚這件事，一邊幻想將來的婚姻生活，一邊用手旋轉著螺絲，想像自己生了個漂亮可愛的寶寶，然後看著他一天一天長大，光想就覺得好感動、好欣慰，不然這麼辛苦工作是爲了什麼？沒意義啊。」

實際上，女子的確經常和來生談論婚姻生活，不論是關於小孩，還是房子、庭院、廚房用品等，只要一有機會，就會滔滔不絕講個沒完。雖然對於來生來說，婚姻就像電影裡才會出現的未來社會一樣遙遠，但女子說這些話時的表情總洋溢著幸福，他也只能回答「好啊」。

每天吃完早餐後，兩人就會騎著各自的腳踏車出門上班，女子還特地幫來生買了輛腳踏車，「騎腳踏車很棒喔！可以運動又能省交通費，省下來的錢還可以當作你的零用錢。」女子用爲來生著想的口氣說著。那是一輛沒有煞車功能的腳踏車，前方掛有一個大籃子，應該能裝下十二隻小貓，重點是籃子還是粉紅色的。

「沒有男生騎這種腳踏車啦，這是阿姨們在騎的，騎去工廠一定會被大家笑死。」來生踢了腳踏車前輪一腳，牢騷不斷。

事實上，騎腳踏車上班的確有達到很好的運動效果，因爲女子的租屋在山坡上，要騎上一條約莫百公尺的狹小巷弄才能抵達，正好位於坡度很陡的地方。偶爾需要買菜時，女子就會把豆腐、青蔥、菜頭、洋蔥、胡蘿蔔、白米、肥肉和內臟（做泡菜鍋用的），還有剁好的魚，統統放進那個粉紅色大籃子裡。儘管放了這麼多東西，籃子裡仍然有能放一隻小熊的空間，可見女子的收納技巧多麼精湛。這時來生會汗流浹背地騎著載滿食材的腳踏車爬坡，女子便開心地坐在後頭吃著她的冰淇淋。

「我看妳乾脆給我一台拉車算了！」來生抱怨。

「我一直都很嚮往能夠像這樣和男朋友一起去買菜。」女子燦笑。

工廠的大夥兒看見掛有粉紅色大籃子的腳踏車時，反應比來生預期的還要熱烈，所有人都往空地聚來，想一睹來生這輛腳踏車，並你一言、我一語地調侃。

「我實在沒想到原來你喜歡這種風格！」管理股長竊笑。

「這樣不行耶，你騎這輛車來上班，那你媽不就沒車可以騎去市場買菜了？」作業三班的班長用手指輕彈粉紅色籃子。

某天來生工作時，一名和他共事兩個多月卻從未講過一句話的員工，突然跑來找他，欲言又止了半天，最後實在忍不住，開口詢問。

「那個……希望你別誤會，我只是忍不住好奇，所以問你。」男子的表情略爲嚴肅。

「什麼事？」來生望向他。

「聽說你爲了做變性手術，所以在努力存錢，是眞的嗎？」

工廠裡謠傳著各種關於來生的奇怪傳聞，人們也因爲那些傳聞而頻頻交頭接耳，後來甚至連鄰近工廠也人盡皆知，管理股長還半開玩笑地對來生說：「是不是該出來發表一下聲明了？」來生不得已，只好在粉紅籃子外貼上「傳聞並非事實，絕無手術計畫，已割包皮」的紙條，貼了整整三天。

但也因爲這件事，來生感覺自己瞬間與同事拉近了距離，工作變得比以往得心應手，上班也更有趣。作業班長開始讓來生做一些比較精密的銅板鑽孔工作，每月比鍍鉻時多領二十萬，甚至還用空閒時間教來生用車床修整金屬。來生結束工作後，用指甲摳著手上沾到的油汙、拍掉圍裙上的鐵屑，然後掛在曬衣繩上、笑著看同事們趁午休時間拿紙杯來踢韓式足球時，都會覺得自己終於眞正成爲工廠裡的一員，彷彿突然間多了好多家人。

平日來生和女子在工廠裡巧遇時，總是會互傳神祕微笑，下班後各自騎上腳踏車，刻意分頭走不同路線抵達住處，以免被其他人發現兩人在交往。女子走捷徑，來生則繞遠路回去，但每次都是來生先到。他會故意不把門帶上，在家中等待女子回來。女子滿頭大汗地爬著小巷緩緩走上來時，來生就會去幫她把腳踏車牽回住處外的空地，停好上鎖，再和她一起奔回家中，翻雲覆雨。

一番激情過後，兩人吃著晚餐、看著電視。女子非常喜歡看搞笑型綜藝節目，諧星隨便迸出一句出乎意外的台詞，她就會笑到在地上打滾。「哎喲喂呀，那個男的也太好笑了吧，快被他笑死。」此時，來生總是一臉正經，認眞思考著那些內容到底有什麼好笑。

「爲什麼我一點也不覺得好笑？難道是我太笨？」

女子會笑個不停地說：「沒錯，是你太笨了。」來生暗自心想，也許眞的是如此。

每天晚上九點一到，女子就會搬出來生的小摺疊桌，開始準備檢定考試。

「去年通過國中的檢定考試，現在要來準備高中了。你是讀到什麼學校畢業的呢？我只有讀到國一，因爲我爸不讓我繼續讀書。」

「我的履歷上是寫高中畢業，但其實連國小都沒讀完。」

「最好是。」女子橫了來生一眼。

女子在準備考試時，來生會躺著看他自己的書——杜斯妥也夫斯基[7]的《群魔》，那是一本非常厚重的書，讀起來十分乏味。

「那本書有趣嗎？」女子問道。

「這是一本有很多冗長名字的書，比方說主角母親的名字叫瓦爾瓦拉·費特羅夫娜·斯塔夫羅金娜，主角的家教老師名叫史提凡·托菲莫維奇·韋爾霍文斯基之類的。總之出現這種人物名稱時，光是名字就可以占一行，所以基本上不可能有趣。」

「那幹嘛讀呢？我身邊沒有一個人會看這麼厚的書。」

7 杜斯妥也夫斯基（Fyodor Mikhailovich Dostoyevsky, 1821—1881），俄國作家。其文學風格對二十世紀的世界文壇產生了深遠的影響。

來生歪頭想了一會兒。

「的確沒有任何意義，但就和妳看綜藝節目一樣，只是不曉得該做什麼事，所以看書。」

差不多到了十一點，坐在矮桌前的女子就會開始打瞌睡，額頭不停撞到桌面的模樣實在可愛。來生拍拍她的肩，告訴她可以去好好躺著睡了。女子會神智不清地解釋自己眞的沒睡，剛剛只是在默背而已。她用力搖頭，告訴來生自己剩沒幾天就要考試了，然後勉強撐起厚重眼皮，試圖要重新專注於課本。三秒後，她會再度進入瞌睡模式，當女子的臉完全埋進老舊的國定教科書裡時，來生會放下手邊正在閱讀的書，把她抱去床上好好睡覺，然後把矮桌推向一邊，關掉大燈，躲進被窩裡環抱住背對著自己側躺的嬌小女子，女子會用屁股頂住來生的下腹，雙手抓起來生的手，放在她的臉頰上，這才心滿意足地點點頭，沉沉睡去。她很喜歡這樣的姿勢，可以感受到心愛的人在背後保護著自己，臉頰上愛人的觸感，讓她格外幸福。

「你之前是做什麼的啊？」女子在半夢半醒間問來生。

「在工地打零工啊。」

「最好是，你的手一看就知道不是做過工地的，你這個人很可疑，非常可疑。」女子像在夢囈。

幾分鐘後，她的眼淚順著臉頰滑落到來生的手背，有時候，這種眼淚會流很久，來生都會假裝睡著，靜靜看著灑進漆黑房間裡的一縷月光，隨著時間緩緩移動，直到女子停止流淚，來生才會眞正入睡。

但只要天亮，女子又會異常開朗，彷彿昨晚的哭泣從未發生，一如既往地精力充沛。她大聲刷牙、漱口、洗臉、洗頭，準備早餐時也用鼻子哼歌，然後對來生說：「我今天要走A路線，記得不能像上次一樣跟我走同一條路喔！」說完便騎著腳踏車到工廠上班。

那是一段無比美好的時光，工廠的工作也越來越得心應手，作業三班的班長向來生提議，要不要去考考看車床技師的執照，「男人要有技術啊，只要有技術，不管走到哪裡都能混口飯吃，你只要通過筆試就好，術科我教你。」禮拜五傍晚，來生和工廠裡的人一起去打撞球，他們分成兩隊，打輸的那一隊要付當天的打球費用和酒水錢，由於大家都滿嚴格遵循願賭服輸的精神，所以每週五晚上的打賭撞球活動總是認眞嚴肅又令人興致盎然的一件事。打完撞球，他們會到餐廳吃著炭烤豬皮配燒酒續攤。有管理股長同行時，大家就會邊喝酒邊說社長的壞話，他不在就會說他的壞話。也許管理股長早對這樣的聚會模式瞭若指掌，所以禮拜五晚上的局，他都會盡量出席。

來生犯下失誤的那起暗殺事件，沒有被任何一家媒體披露報導，而且幸好公務員都只想要粉飾太平、不想多事，所以整起事件被順利壓了下來。一旦事情沒有洩漏到外部，而被悄悄搬到檯面下，那麼當初與此事相關的謀略者、委託者，應該都不致會有太大不滿，但這很可能只是來生個人的想法，要是謀略者認爲不能讓辦事不利的人留活口，那來生這條命很快就會不保。不過，都已經事隔半年了，狸貓大爺依舊沒有任何消息。

直到來生在工廠裡工作近八個月時，才收到狸貓大爺的聯絡——來生騎車返家，發現門縫間夾著一封信，看起來不像是郵差投遞的，而是某人親手捎來的。來生用顫抖的手撕開信封。

終結，歸家。

那是狸貓大爺的筆跡，信紙上只有這四個字。來生突然感到納悶，不明白到底是什麼事情終結、要他回哪個家。那個瞬間他對於除了這裡以外的其他地方還有一個家的事實感到很陌生。

隔天下午，來生打了一通電話給狸貓大爺。

「我想要在這裡多待一陣子。」

電話那頭沉默了許久。

「那名女工，是個好女孩嗎？」狸貓大爺開口問道。

「是。」來生猶豫了好久才回答。

「那就好，只要你有信心可以不回這個圈子，就在那裡待著吧。」

狸貓大爺說的這句話沒有冷嘲熱諷，也不帶絲毫憤怒與苛責，那是來生第一次聽到狸貓大爺用如此溫暖的嗓音說話。他拿著話筒一動也不動，「就在那裡待著吧！」一時之間他還沒意會到狸貓大爺說這話的意思。工廠裡的員工一窩蜂地湧進巷子裡準備去吃午餐，其中也包含來生的女友。女子朝來生擠眉弄眼，路過的男員工拍了拍他的肩膀，用眼神詢問，「站在這裡幹嘛？怎麼還不去吃午餐？」來生用手摀住話筒，對同事應了聲。跟著其他人去吃午餐的女子從遠處回頭望向來生，來生面帶微笑地對她揮了揮手，叫她先去吃。女子也回了一個笑容，便轉頭離去。來生再次拿起話筒，放在耳邊。

「我真的可以繼續在這裡生活嗎？」來生再次向狸貓大爺確認。

「你現在是以張利文的名字生活，對吧？」

「是。」

「那就繼續用那個名字吧，你原本的名字我會幫你處理掉，就不會有任何問題了。」

狸貓大爺說完便掛斷電話。

來生從公共電話亭裡走了出來，呆呆地看著工廠員工走過的那條巷子。「你原本的名字我會幫你處理掉，就不會有任何問題了。」究竟狸貓大爺是指什麼事情不會有問題？當時正值四月，巷子裡開滿一整排的櫻花，在尚未開花前，來生根本不曉得那些原來是櫻花樹。「櫻花，瞬開瞬落的花。」來生的腦海裡突然浮現這句話，他早已忘記自己是在哪一本書中讀到的。來生低頭看了看自己的手，長了不少繭，那些都是過去八個月在工廠裡工作長出來的。他用一隻手摸著另一隻手上的繭，暗自嘀咕：「原來我的名字叫張利文。」他看著巷子裡一棵棵盛開的櫻花樹，反覆想著過去用了好幾年、即將在這世界上消失的名字——來生，然後思索著名字被處理掉是什麼意思。櫻花，瞬開瞬落的花。SAKURA。

來生重回工廠，他沒吃午餐，工作台上還留著上午沒做完的工作，他重新啓動鑽床，繼續在銅板上打出四個孔洞。

二十分鐘過後，作業台上堆積的銅板打孔作業已經完成，來生在打好孔洞的銅板上吹氣，吹掉殘餘粉末，並高高抬起，在日光燈下仔細查看，才滿意地點了點頭。他將完成的銅板整齊堆疊，再用掃把將工作台上散落的銅塊掃在一起，放進回收桶。

來生洗完手後，把自己的東西全部收進了後背包裡，接著巡視了工廠內部一輪，檢查有沒有什麼東西遺漏，然後走進辦公室，打開管理股長的抽屜，取出自己的履歷。其實履歷一點也不重要，反正發薪水的老大或出勤紀錄表上都有來生的姓名與身分證字號，但是來生還是偷偷抽走了自己當初提交的履歷，把它揉爛放進口袋裡。走出工廠大門時，來生想像著沒有自己的工廠、少了自己的世界究竟會是什麼模樣？應該不會有太大差異。不論來生在或不在，工廠裡的機器還是會賣力地運作。

他騎著腳踏車回家，打開房門，看著自己住了大半年的房間好一會兒，在那狹小的房間裡做過的無數個舉動，都宛如陳年往事般遙遠模糊。來生取出從首爾帶來的行李箱打包，收拾行李。他的東西比剛搬過來時多出許多，行李箱根本不夠裝，來生把同居後新添購的所有物品統統裝進垃圾袋，拿到住家外隔一條馬路再過去的小巷子裡丟，再把女子洗好的T恤、工廠制服、內褲等裝進黑色塑膠袋，丟進巷子裡的舊衣回收箱。回到家中後他查看著房間裡的每個角落，總覺得應該還有東西要丟，他匆忙環視一圈，開始用手帕擦拭每一件他觸摸過的物品。邊擦邊問自己，「到底為什麼要把自己的指紋擦去？」但是在來生內心裡的無數張面孔當中，沒有一個能回答他的疑問。

來生沒有留下任何話，甚至連張字條都沒有，收拾好東西便匆匆走了出來。他爬上半山腰，俯瞰著過去和女子一起住了六個月的小房子，直到夕陽把天空染成一片紅。他看見女子氣喘吁吁地推著腳踏車，一步一步爬上山坡，前方的菜籃裡還裝有豆芽、豆腐和青蔥。抵達住處的女子一如往常地將腳踏車停在來生的腳踏車旁，然後走進屋內。約莫五分鐘後，她慌張奪門而出，一臉驚慌失措、茫然無助，直到太陽西下、巷子裡的路燈亮起為止，她一直都站在原地等候。來生在黑暗中像隻老鼠似地躲著，看著身體凍僵的女子好長一段時間。她最終因體力透支，只好回到屋裡，關上大門，來生這才拖著行李箱走下山坡，北上首爾，將張利文這名男子的身分證燒燬。

＊

雨越下越大，原本從雲層間灑落的陽光早不見蹤影，來生喝光剩餘的啤酒，將捏扁的啤酒罐隨手往房間地板扔去。地上已經堆有一百多個被捏扁的空罐，來生兩眼呆滯，默默地注視著那些奇形異狀的罐子。他又去冰箱裡取出一罐啤酒。「你這是在幹嘛呢？小命都已經不保了，竟然還有心思在這裡喝啤酒？」來生內心裡的無數張面孔中，有個還算清醒的傢伙正在質問他，但來生還是我行我素地打開手中那罐啤酒。開罐聲宛如嘆息，來生噗嗤笑了，區區一個啤酒罐竟然也會懊悔……他喝下一口啤酒。「我幹嘛要回來呢？」來生自言自語。要是沒回來，應該就不用過著這種為了馬桶裡被人塞炸彈而提心吊膽的生活了，也不用過著必須要一直殺人才能生存的人生。

再次殺了人後返家的那個晚上，來生向狸貓大爺問道。

「我之後會殺更多人嗎？」

「不，會越殺越少，但是錢會越領越多。」

「爲什麼？」

「當你的實力越好，就會被指派去殺更有價值的人。」

然而，狸貓大爺的預言沒有兌現，殺手們領的酬勞越來越低，這導致那些更有價值的人也跟著行情變差；換言之，那些光鮮亮麗的人比上一個世代更容易也更大量地死去。如果想要讓英雄阿基里斯誕生，就必須藉由無數則神話故事襯托，但是殺死一代英雄阿基里斯，只需要一位愚蠢的王子帕里斯足矣。那麼，殺死愚蠢的王子帕里斯，又需要多少錢呢？

來生看著桌上的炸彈，回想人肉市場裡的雜貨店老闆給他的勸告，「政府機構的人才不會把炸彈放進馬桶裡炸死你，那裡的人思想都比較古板。」雖然聽起來很像是玩笑話，但肯定不是在開玩笑。一旦有人上了暗殺名單，大家就會希望他可以無聲無息地死去，垂死掙扎反而會造成大夥兒的困擾，嗅到味道的刑警會開始四處盤查，謀略者也會變得神經質，因此，要是來生名列暗殺名單，就不會有人想要幫他。「該怎麼死才好呢？」來生問自己。「還是大鬍子那裡處理得最乾淨俐落。」來生內心裡的另一張面孔自我調侃。他把剩餘的啤酒一口氣喝掉，不耐煩地把啤酒罐捏扁扔到地上。

放心吧，人沒那麼容易死，有人頭部中槍卻還是可以帶著那顆子彈活三十年；有人被魚叉刺到肚子也還是可以在無人島上存活一週以上、最後幸運被救難隊員救活；也有人是在沙漠中靠著喝腐木裡淤積的水、吃仙人掌肉、喝自己的尿液、吃動物屍體活下來的；有人甚至是在破碎的小船上吃自己愛人的腎臟、心臟、大腸和肝，然後在海上漂流了一個月才獲救；更有人是被醫生判定死亡之後，都已經入殮，禮儀師要蓋棺入釘時，突然醒來瘋狂敲打棺材。所以其實活著是一件驚奇、殘忍又噁心的事。

「就是這麼噁心。」來生嘀咕著。他再度打開冰箱，拿出最後一罐啤酒，拉開瓶蓋，一口氣飲下，捏扁丟掉。接下來要出門辦事了，他向自己正式宣告：啤酒週結束。

隔天一早，來生走進狗兒們的圖書館，沒看見鬥雞眼女館員的身影。她的桌上貼了一張休假中的牌子，從玩偶和文具用品都還在桌上來看，應該真的去休假了。「狗兒們的圖書館有讓員工休過假嗎？」來生歪頭回想。也許原本就有休假制度，只是過去那些員工都沒做太久，所以不曾享受到休假福利。來生直直穿過圖書館，往狸貓大爺的書房走去。

狸貓大爺一如既往地坐在他的書桌前閱讀。來生把炸彈殼放在桌上。

「在我家馬桶裡發現的，手工製，零件都是比利時來的。」來生說明。

狸貓大爺戴上老花眼鏡，拿起炸彈殼，仔細端詳一番。

「你覺得是誰幹的？」

「我想不到有誰會做這種事，您有可疑的人嗎？」

「可多著呢，過去都活成那樣了，要是沒有死的理由，豈不是更奇怪嗎？」

狸貓大爺一副事不關己的模樣，故作鎮定的語氣聽來十分令人討厭。來生並不是說自己沒有理由要死，也沒哀求狸貓大爺救救他，只是詢問有誰會幹這種事罷了。

「您認識會使用這種炸彈的謀略者嗎？」來生的聲音略顯激動。

狸貓大爺的表情瞬間起了微妙的變化，那明顯是知情的表情，並且認爲目前狀況很有意思，一臉等著看好戲。

「沒有謀略者會把炸彈放進馬桶裡，他們都不是會開這種玩笑的人。」

「所以只是一種警告囉？」

「到底要給你這種人什麼警告呢？」狸貓大爺瞪著來生反問。

面對狸貓大爺的提問，來生不發一語，其實是無話可說。狸貓大爺取出一根菸點燃，朝空中吞雲吐霧，繼續將視線移回他的百科全書，開始低聲閱讀。來生一臉茫然地看著他的一舉一動。

究竟在那不負責任的閱讀背後，隱藏著什麼樣的眞實想法？過去二十七年來，來生一直都很好奇這個問題：狸貓大爺對於世上所有事情都展現出漠不關心的態度，不論是對政治、權力、金錢，還是女子、婚姻、子女等，皆不感興趣，甚至比書櫃上冒出一顆小黴菌還不足以引起他的關注。對狸貓大爺來說，這個世界形同虛設，他不斷投入書本相關問題，假如書裡的主角正走在嚴酷的西伯利亞荒野上，書本外的現實則是因梅雨季而潮溼悶熱，害得精裝本上的黏著劑脫落，那麼狸貓大爺就會一直掛心著這些事情。不過，爲什麼過去四十年間，他會成爲殺手界的首腦呢？仔細回想，像狸貓大爺這種人其實也沒必要當殺手界的首腦，他甚至更適合當中古書店的老闆。

來生拿起放在狸貓大爺書桌上的炸彈殼，準備離開。

「去找漢子吧，他可以保你的命。」狸貓大爺對著來生的後腦杓說。

「如果不是漢子幹的呢？」來生回頭問。

「不論是誰幹的，去找他就能有活路。」

「原來有這麼簡單的方法。」

「就是有這麼簡單的方法。」

狸貓大爺繼續讀他的百科全書，來生看著身型明顯削瘦許多的狸貓大爺一會兒，才從書房裡走出來。

6 人肉市場

人肉市場是一個骯髒凌亂、臭氣沖天、可憐又噁爛的地方。那裡充斥著不必要的憐憫、悲傷、無限延伸的無力感，以及無處宣洩的鬱卒，這些情緒猶如晚秋的落葉任人清掃，然後不翼而飛；換言之，就是一處跌落谷底的人生終點站。裡面有僞造專家、洗錢業者、殺人承包商、無牌醫師、地下錢莊、走私業者、清潔工、老鴇、保險詐騙、毒品商、臟器交易者、軍火商、殯葬業者、殺手、獵人、傭兵、追蹤者、暴力討債、小偷、贓物買賣、詐賭業者、罪犯、狐群狗黨的刑警、告密者、背叛者，和各種掮客們攪和在一起，像炎炎夏日裡的公狗般氣喘吁吁，四處嗅著有無値錢的東西，甚至讓人不禁想要給予忠告──「像你這樣的人生，不如去死算了。」那是一群過著三流人生、爲尋求生路而做最後垂死掙扎的人們聚集在一起的地方──人肉市場。

人肉市場是最資本主義的市場，只要口袋夠深，萬事都能用錢解決。在這裡，沒有一項商品是受法律、正義、倫理制約的，因爲一個商品若是好好的卻沒地方去，那就一點也不資本主義了。人肉市場會把法律上、正義上、道德倫理上無處可去的商品，透過一些漏洞讓它流入市面。

在人肉市場裡，你可以買到眼球、腎、肺、肝等非法器官，也可以買到私製炸彈、劇毒物、東南亞或北歐女子、從緬甸和阿富汗進口的廉價毒品、美軍部隊流出的槍枝。運氣再好一點，甚至可以買到前國家安全委員會（ＫＧＢ）幹員賤賣給俄羅斯黑手黨的昂貴裝備和武器。當然，那裡不僅可以買到實品，還能花錢尋仇、買樂子、買毀滅，也可以買到更生與復活的新人生。只要你有五百美元，就能讓一名越南籍非法滯留人士為你殺人，還能買到願意冒充你、替你這該死人生喪命的人或屍體。你可以委託洗錢專家，將自己偷藏的財產洗出國，或把見不得人的過往洗得一乾二淨。原本應該待在牢裡蹲十五年的凶殘罪犯，也可以找無牌醫師進行換臉手術，再向偽造業者購買假名字和假經歷，然後大搖大擺地走在首爾大街上，迎接嶄新的人生。因此，謀殺丈夫之後試圖製造假意外詐領保險金的女人，在人肉市場裡根本不足為奇，因為先前還有狠心父親把自己能賣的器官全賣掉，用換來的錢去賭博，賠光所有錢之後，又把主意打到年僅十一歲的女兒身上……如此喪盡天良的地方，就是人肉市場。

人肉市場裡不進行買賣的東西有憐憫、同情、鬱卒等不會有人願意傾聽的廉價情感，以及信念、愛情、信賴、友誼、真誠等這類令人憂鬱又無力的單字。人肉市場裡不會以義氣、信用等作為擔保，他們壓根不相信人生的谷底與終點會存在那些美麗情懷。

拜長江後浪推前浪所賜，在人肉市場裡經常能聽見人生崩塌的聲音。如今回想，還真沒幾個地方像這裡一樣頻頻見人落淚，只是沒有人會用心傾聽他人的哭泣，也沒有人想用不必要的同情心來浪費自己的力氣罷了。搞不清楚狀況的人會高聲呼喊，爲什麼不把人肉市場裡的那些人統統關進監獄裡，那簡直是個笑話，最終，他們還是不會入監服刑，因爲那是個比監獄還要龐大的世界，監獄也只是人肉市場的一部分。人肉市場就像沙漠中下過一場大雨後形成的窪地，突然出現又瞬間消失，是一個流動的世界，也像一顆癌細胞，消滅的速度遠不及生長速度。因此，聰明的檢察官與刑警會利用人肉市場，他們清楚知道自己要的是一顆金蛋，而非那隻下了金蛋的母鵝。一旦把母鵝抓來吃就得不到金蛋，要是把人肉市場裡的人一網打盡，他們以後也就沒飯吃了。事實上，是這個圈子實在太過龐大，就算想抓也抓不完。

＊

「他死也是應該的，對吧？」

一名五十多歲燙著一頭鬈髮的中年婦女，用迫切想要尋求認同的表情看著米拿里，她的眼周和顴骨上的瘀青都還清晰可見。米拿里一臉不耐地回答。

「當然該死，而且是死有餘辜！所以不如趁這次把他給殺了吧，好讓自己以後可以享清福啊。」米拿里加重語氣強調。

「大姊，妳就聽這位米拿里的話做吧，只要狠這一次心，就能把此人解決掉的。」坐在一旁的女子負責幫腔。

「我的人生徹底被他毀了！」

中年婦女脫口而出一句只在電視連續劇裡出現的台詞，開始痛哭流涕。她的眼淚掉在握有手帕的手上，看似積怨已久、滿腹委屈。她有著長年付出勞力所累積出來的粗壯手臂，還有長期日曬導致的粗糙肌膚，身穿一件約莫三十年前流行的點點套裝，帶著這身裝扮到殺人承包商的辦公室裡，拜託他們幫忙殺死自己的丈夫，著實有些違和。眼看中年婦女哭得一把鼻涕、一把眼淚，米拿里露出了極度不耐煩的表情，他看著另一名負責幫腔的女子，她一邊用手輕拍中年婦女的背給予安撫、一邊用眼神提醒著米拿里，生米已經快煮成熟飯，千萬別把快到手的案子給搞砸了。

「大姊，哭吧，沒有關係，妳可以相信這位米拿里，在他面前放心地哭。」女子說著一些似是而非的話。

來生坐在米拿里的書桌前看報紙，目睹這一切，噗哧笑了出來，怎麼會要她相信米拿里這種人。但是中年婦女似乎真的相信了「他」，哭得更悲傷欲絕。隨著哭聲越大，米拿里一臉無奈，取出一根菸咬在嘴上。

來生放下手中的報紙，看著接待區的三個人，一個正在號啕大哭的中年婦女，一個坐在婦女對面不知如何是好的米拿里，還有一個負責幫腔的女子，這畫面看上去十分滑稽。米拿里吐著長煙，目光轉向放在中年婦女小腿前方的購物袋，袋子裡想必裝著白花花的鈔票，要拿來付訂金用的。其實這個案子對於米拿里事務所來說算是滿有賺頭的，處理起來也不用費太多力氣。幫腔女子應該是花了好幾個月的時間，好不容易說服中年婦女來這裡。她一定是先鎖定好目標，再打探消息，小心翼翼地接近目標，最後自然而然拉近關係，變得親密友好，等時機成熟，便開始搧風點火，「幹嘛過得這麼委屈？人生還有好多條路可以走呢！」而且一定會用她常用的話術煽動人心，例如「每個人一生中都會有一次徹底翻轉命運的機會」，但其實仔細想過就會知道，這是句多麼荒謬的言論，人生是經由一段漫長時間錯綜複雜糾結而成，根本不可能靠一次機會就成功翻轉或變得順遂。

中年婦女完全無視想趕緊收工的米拿里，自顧自地哭個不停，究竟爲何如此悲傷？難道是因爲想到丈夫即將要死了，所以可憐他？還是因爲自己辛苦一輩子掙來的錢都給了丈夫，卻換來拳腳相向，對識人不清的自己感到愚蠢、不捨？抑或是到最後一刻突然產生了罪惡感？不論哭泣的理由爲何，事實就是中年婦女現在提著一袋鈔票來找殺人承包商進行諮詢。她就像個白色小花或隨風搖擺的波斯菊，柔弱地流著眼淚，想藉此將內心的憤怒合理化，並向米拿里證明自己是軟弱的受害者，硬要把自己的血淚史說給米拿里聽。但她完全搞錯狀況了，她根本不需要對米拿里證明或說明什麼，米拿里是鬣狗般的殺人承包商，只要給錢，他什麼都做，不論女方受了多少委屈、男方多麼糟糕，甚至哭得多麼悲慘，都不會影響米拿里的處理方式。若是明天中年婦女的丈夫提著一袋裝有更多現鈔的購物袋，委託殺死自己的太太，米拿里也絕對會毫不留情地將中年婦女處理掉。

中年婦女用手帕擦了擦眼淚，抬頭說道。

「還是說我只要好好勸勸他就好？似乎也不用到殺了他……」

米拿里彷彿被槌子敲到頭，瞪大雙眼看著中年婦女，依他原本的性格早就翻桌了，然冷靜下來。

而，他也只能盡量沉住氣，總不能讓快煮熟的鴨子飛了。米拿里深吸一口氣，試圖讓自己

「勸他？我說這位阿姨，聽聽看妳在說什麼？到底要被他揍多少次才會清醒？都已經會動手打女人了，這種男人是不可能聽勸的。更何況我們也調查過這個人，簽賽馬六合彩、酗酒、嫖妓，他就算投胎五百回也不可能是個好男人。妳還年輕、身子骨還硬朗，所以這樣挨著可能覺得沒什麼大不了，等妳年紀大了呢？那個叫什麼來著，對，骨質疏鬆！要是等妳骨質疏鬆了，他還是這樣打妳怎麼辦呢？到時候可不是貼個撒隆巴斯就能解決的問題了。」

幫腔女子使了個眼色，原本說得口沫橫飛的米拿里意識到要克制自己的發言，於是閉上嘴，女子則趁機握住中年婦女的手。

「大姊，現在的問題不是勸與不勸，而是那個男的私底下偷存了一筆錢。妳可要想一想，妳有退休金嗎？又不是說勸了他就能拿到錢或改善生活，妳要爲自己的人生做打算啊。妳看妳過去那麼辛苦，身體和心理都被工作和生活折磨成這副模樣，眞的太苦了，再繼續這樣下去，只會苦到妳躺進棺材爲止。姊，我們就心狠這一次，既然都買了兩張保單，那後半輩子的人生就過好一點吧。妳什麼事情都不用做，交給這位米拿里處理就好，他會包辦所有的事情。」

「妳就聽這位妹妹的話吧，別再過苦日子了，趁這個機會一次處理乾淨，無後顧之憂，迎接全新人生吧。」米拿里順勢附和。

中年婦女再次低頭哭泣，女子繼續用手輕拍她的背部安撫，原本強忍淚水不斷啜泣的婦女，越哭越難過，最後淚崩大哭，她似乎是覺得過去的自己實在太愚蠢了，不停用拳頭敲打胸口，還拉扯自己的衣領，撕心裂肺地放聲痛哭。米拿里打了一個長長的哈欠，用雙手遮住整張臉，似乎是覺得坐在對面有些尷尬，同時也被搞得十分疲累。女子向米拿里使了個眼色，他從沙發起身，走到來生旁邊的位子。「賺個錢眞他媽的難。」米拿里無聲地對來生抱怨。

這時，中年婦女突然站了起來。

「妹妹，我看還是不行，不能這麼做，再怎樣我們也不能做這種事……」中年婦女邊哭邊說著。

她拿起購物袋，向米拿里彎腰致歉，「不好意思，眞的很抱歉。」然後匆匆忙忙地離開辦公室。女子一臉錯愕，起身追了出去。

米拿里翻了一個大白眼，目送兩名女子一前一後奪門而出。

「這搞不清楚狀況的臭婊子，眞的就這樣走啦？」

米拿里睜大眼睛，一臉不敢置信地轉頭看向來生。來生擠出一抹微笑，繼續低頭看他的報紙。

「不是嘛，既然要離開，那幹嘛跟我講一長串她丈夫的事情啊？一講就是兩個鐘頭，她把這裡當成家暴專線嗎？太可笑了！還跟我說什麼不能做這種事，她憑什麼，這裡有誰人生不比她慘？他媽的，害我都開始懷疑自己的人生了。」

米拿里按捺不住內心怒火，踹了垃圾桶一腳，一屁股坐在沙發上，拿了根菸出來。快抽完那根菸時，一通電話打了進來，是負責幫腔的女子。

「喂！妳到底是怎麼辦事的？不是跟我說就剩最後蓋章嗎？能不能做事情有點效率？那個八婆還要再考慮什麼？所以是要再給她一些時間考慮嗎？什麼？價格太貴了，所以要再考慮？幹，這瘋女人，剛剛不是說什麼不能做這種事，所以算便宜點她就願意嗎？他媽的是把殺人當玩笑嗎？總之叫那女的管好自己的嘴，再趁機威脅她，要是走漏了什麼風聲，小心命不保。」

米拿里掛斷電話，辦公室頓時鴉雀無聲，米拿里又拿了一根菸，突然意識到來生還坐在位子上。來生摺好報紙望向米拿里，米拿里把菸頭往菸灰缸裡捻滅，起身面對來生。

「唉，怎麼要拿個案子這麼不容易。話說回來，我們的來生公子怎麼會大駕光臨我這簡陋的辦公室呢？」米拿里用誇張的語氣問道。

「在圖書館裡待久了，感覺少了些臨場感，所以到這觀摩一下，看看現在的市場是怎麼運轉的，也想向大叔請教，我該怎麼生存下去。」

來生笑著回答。米拿里的表情略顯陰沉。

「哎喲，我怎麼可能給來生老大建議呢！每天光是管好我這張嘴都來不及了，不過我今天有點忙，還有急事要處理。」

米拿里假裝在趕時間，看了看自己的手錶。

「原來，那我就單刀直入問您幾個問題吧。」

「好啊，如果有我知道的就回答你。」

「您也有去開會嗎？」

「什麼會？檢討大會那種嗎？」

米拿里半裝傻半開玩笑地說著。但他難掩驚慌的神情明顯可見，來生面帶狐疑地凝視著他。

「我聽說最近有很多業者會一起開會，沒有狸貓大爺但有漢子出席的那種會議，我是在問開完會後有沒有什麼重要的資訊？」

「沒有開會啊，每次開會都是在圖書館裡進行的，不是嗎？」

「眞的沒有？」來生雙眼緊盯著米拿里。

「就算有也不會叫我參加吧，漢子幹嘛叫我這種需要拐騙中年婦女才能賺錢的人去啊，他才不把我當人看呢，我們就只是……」

來生掏出刀子擺在桌上，米拿里話說到一半就停止了。

「這是秋生前用的刀，之前我不是很明白他爲什麼要用這種廚刀，但是在我親自用過後發現，確實很好用。」

米拿里看見桌上的刀子愣住了，刀柄的部分依舊綁有秋的手帕，米拿里的眼球左右快速移動，腦中不停盤算著來生的舉動究竟是威脅，還是眞要來拿他的命。

「喂，你不是走這種路線的啊。」米拿里勉強擠出了尷尬的笑容。

「那你告訴我，我是走什麼路線？」

來生直視他的眼睛，米拿里則是避開了來生的視線。

「漢子對著狸貓大爺摩拳擦掌又不是一天兩天的事了。」

「不是這個，我要聽更詳細的。」

「我都說了，漢子怎麼可能對我說那些事呢，不可能嘛。」

「我知道漢子為什麼喜歡你，因為就算是一塊爛掉的肉，你也會願意把它吞下。」

米拿里閉上嘴，顯然來生這番話狠狠傷了他的自尊心。米拿里又取出一根菸叼在嘴上，指尖微微顫抖。

「是狸貓大爺派你來的嗎？說米拿里是漢子的狗，所以叫你來跟我打聽？」

米拿里點了半天火沒點著，乾脆放棄，一臉冤枉地看著來生。來生不發一語，面無表情地回視米拿里。

「唉，好傷心啊，真是傷透了我的心。回去告訴大爺，我實在太難過了，真的太過分啦。他根本看錯人，我米拿里可不是那種人，到底哪點讓他覺得我是那種小人了？」

米拿里不停偷瞄來生的臉色，但來生面不改色，他只好繼續自圓其說。

「坦白說現在怨聲四起，圖書館已經多少年沒接案子了？狸貓大爺他自己倒是活得像個仙人，吃草喝露水就能過活，但我們不是，就算沒案子也得每個月塞錢給那些手下，更得花錢安頓好那些條子，還有各種手續費、上繳金、仲介費，繳完這些，身上連買碗泡麵的錢都不剩，所以不只是爛掉的肉，就算叫我吃屎，我也得吃。狸貓大爺還是緊守著那本與客戶交易過的帳簿，一點資料都不願釋出，不是嗎？」

米拿里尋求著來生的認同，不過來生沒理他。

「在這個節骨眼上，要是狸貓大爺願意釋出帳簿裡的幾個大客戶，豈不皆大歡喜？但是你看那固執的老頭，一聲也不吭，現在這麼不景氣，大家能不怨聲載道嗎？自然會一肚子不滿嘛！每次只要聚在一起，就會說狸貓大爺的壞話，但我還是每次都有幫狸貓大爺說話喔！我跟他們說，就算再怎麼困難，也不能對狸貓大爺抱有那種心態，過去大爺對我們都有恩，不是嗎？誰的人生沒有潮起潮落，我們都應該耐心等待。我是說眞的，要是不信，你可以去問他們。話又說回來，現在還願意站在狸貓大爺這邊說話的人，也只剩我了。今年過年過節還有誰提禮物去見過狸貓大爺？是不是沒有？只有我米拿里有去拜訪，還帶著最頂級的鰻魚，那可是在百貨公司裡買的南海名產呢！」

米拿里說完這一長串話之後，略感安心。他把菸點燃，朝空中吞雲吐霧。

「我再問您一次，漢子有沒有訂好日子了？」來生淡定地問著。

米拿里把白煙直接吞進喉嚨，莫名其妙地望向來生。

「我的天啊，我都說這麼多了，你怎麼還是不瞭解我的眞心啊，我雖然靠詐騙那些大媽的錢來養活自己，但我可不是那種會背叛長輩、忘恩負義的傢伙！」

米拿里搖了搖頭，表示委屈，竟然怎麼講都講不通。來生帶著一抹淺淺微笑，用指尖輕敲那把刀子。米拿里目不轉睛地注視著他的一舉一動。

「我看您今天是想被送去大鬍子那裡吧？」來生輕聲說話。

「我可是在人肉市場裡撐了三十年的人，山戰，水戰，空戰，什麼大風大浪沒經歷過，你居然拿著一把廚刀來搞這齣，何必呢？我說你啊，來生弟弟，別忘了我可是米拿里啊。」米拿里突然壓低嗓音、加重語氣說道。

米拿里舉起顫抖的手，把菸往嘴裡送。霎時間，來生一把抓起桌子上的刀，迅雷不及掩耳，冷靜俐落地劃過米拿里夾著菸的兩根手指頭，食指和中指就這樣拋向了空中，重重摔落在書桌上。米拿里兩眼出神地看著自己少了兩根手指頭的右手，再望向桌面，滿是鮮血的兩根手指頭和冒著煙的香菸形成了微妙的畫面，來生把頭左右扭了一下，米拿里趕緊後退幾步，來生再次把刀子輕放在桌上。

「我問您最後一次，漢子有訂好日子了嗎？」

米拿里的右手正流淌著鮮血，染紅了他的襯衫袖子。他早嚇得魂飛魄散，不停看著血流不止的手，然後把臉轉向了來生。來生拿起掉落在兩根手指頭旁依舊冒著煙的香菸，往菸灰缸裡摁，一副在等待米拿里回答的樣子，把頭向左歪了十五度。

「我操你媽的，有必要砍手指嗎？用講的不行嗎？幹嘛把我手指頭砍掉？」米拿里痛得眼眶泛淚。

來生面無表情，再度抄起桌上的刀子。

「我只知道漢子正在籌備一件大事，眞的，沒騙你。」米拿里慌張地趕緊回答。

來生把刀子放回桌上，用指尖敲了兩下刀柄。

「什麼大事？」來生眼神緊盯米拿里。

「確切內容我也不曉得，應該是政府機構那邊的事情，因爲快要總統大選了。」

來生的表情微微抽動，對於這樣的回答並不滿意。

「我只是幫忙處理一些漢子交辦的雜事而已，不只我，還有其他業者，但是那件事情和圖書館有什麼關係、是不是要背後捅狸貓大爺，我們眞的不清楚，眞的！我們只有處理掉幾個放著也活不久的老人。」米拿里快速說完這一長串後，便用左手緊握住右手，表情明顯痛苦。

「我也有在那個名單上嗎？」

「我怎麼知道啦！」米拿里絕望又不耐地表示。

「來生弟弟，你想想看，漢子到底爲什麼要對我這種笨蛋說那麼多啊？」米拿里哀怨地看著來生，不停向他求饒。

來生想了一會兒，拿起刀子，米拿里慌忙往牆壁的方向後退了好幾步。來生取了幾張衛生紙，緩緩擦掉刀子上的血跡，將刀放回皮套，再收進皮衣外套的暗袋裡。米拿里不斷察看來生的臉色，用掛在牆上的毛巾趕緊包裹住他的右手，再用左手迅速朝桌上被砍斷的那兩根手指頭伸去。他停頓了下，來生看著他本來想說些什麼，最後還是撇過頭去，走出辦公室。來生跨出門時，背後的米拿里慌忙收拾著，一邊崩潰地重複同樣的話。

「這到底是在幹嘛呢，我的天啊，幹嘛這樣對我啊……」

來生走下樓，剛剛跑出去的中年婦女和女子正要上樓。中年婦女看見來生，倉皇地遮住臉，原本已經踏上幾階，又退了回去，把身體往一邊靠，讓道給來生。負責幫腔的女子用不耐煩的表情看著中年婦女，喃喃自語，「這又是在演哪齣啊，死八婆，心狠手辣還想裝清純。」

女子收回停留在中年婦女身上的目光，轉頭望向來生：「這麼快就要走啦？怎麼不再多坐一會兒。」

「坐夠久了！」來生笑著回答。

「希望改天有機會能和我們來生一起合作啊！」女子笑咪咪地說道。

來生只有點頭示意。

「這死八婆怎麼還不上來？」女子瞥了樓梯口一眼，向來生輕聲抱怨。

來生走下樓到外頭時，中年婦女面對牆壁，顴骨上的瘀青和頸部被人勒衣領胡亂拉扯所產生的傷痕依舊清晰可見。來生取出一根菸，也許是聽到了用打火機點火的聲音，中年婦女偷瞄了來生一眼，來生看向她，給了她一個冷笑，朝空中吐出長長煙霧說道：

「阿姨，狗改不了吃屎的，多為自己的人生著想吧。」

*

來生回到圖書館時，鬥雞眼女館員的位子上空無一人，原本寫著「休假中」的牌子也不見蹤影，總是放在桌子左側裝有毛線材料的籃子、隔板前的十色指甲油、迷你化妝檯亦不復在，桌上到處掛著的米老鼠、小熊維尼、熊貓、招財貓等玩偶全被清空，唯有她分類整齊、貼有標籤的文具用品塑膠抽屜盒還擺在那裡，來生沒來由地用手輕輕滑過她的辦公桌面。

二樓書架上傳來書本落地聲，來生走上二樓書架區，狸貓大爺正站在階梯上擦拭著書架的灰塵，把要淘汰的書往地上扔。狸貓大爺親自打掃圖書館已是久違的畫面了，來生小時候經常看著狸貓大爺整理書架，他都會提著水桶和抹布，一跛一跛地在館內巡視，也會爬上階梯用溼抹布將書架擦拭乾淨，拍掉書上的灰塵，把書拿出來重新分類。面對任何事都不會有一絲表情變化的狸貓大爺，唯獨在打掃圖書館時，可以感受到他些許的快樂，宛如回到六十年前那個初次當上圖書館館員的少年。

來生撿起被丟在地上的書，放進推車裡。狸貓大爺站在階梯上俯視他。

「這些都是要丟的嗎？」

「都是些過時的書。」

來生望向書架間的走道，那裡放有一堆又一堆要被淘汰的書籍，看上去遠比過去多出許多，也難怪原本總是被書塞得密密麻麻的書架，今天顯得格外稀疏，像是缺了幾顆牙的嘴巴。

狸貓大爺走下階梯，把袖子拉到手肘，提起水桶和抹布，那模樣比過去任何時候都還要健康、還要神清氣爽。然而，他左手提著髒水水桶的重量，卻讓原本就往一邊傾的身子更加歪斜。來生伸手示意要幫忙，狸貓大爺把手上的水桶交給了他。

「漢子好像已經訂好日子了。」

「什麼日子？漢子要結婚嗎？」狸貓大爺試圖裝傻，說著一點也不好笑的玩笑話。

「不如乾脆由我們先發制人？」

來生神情嚴肅，狸貓大爺轉頭望向來生，不發一語地看了他好一會兒。「我們？」狸貓大爺冷笑一聲，雖然表情乍看很像帶著鄙視，但其實更接近不捨與哀戚。

「要是殺了漢子，惡人的位子會由誰去坐呢？你要坐嗎？」狸貓大爺面帶淺淺微笑。

狸貓大爺走到書架間的圓桌，用抹布將桌面和兩張椅子擦拭乾淨，招了招手，示意來生過來坐坐。來生走向圓桌，將水桶放在地上，與狸貓大爺面對面坐下。狸貓大爺從口袋裡掏出香菸遞給來生，來生揮了揮手，鄭重地婉拒了。狸貓大爺再遞一次，來生猶豫了一下，接過香菸。狸貓大爺幫他點菸，也把自己的香菸點燃，緩緩地吸了一口，不發一語地看著圖書館西側窗戶好些時間。

從二樓氣窗穿透進來的陽光中，可以看見細微的灰塵在空中悠悠飄蕩，少年時期的來生，經常坐在西側一隅，在狸貓大爺親手寫的「絕對禁菸」標示牌底下吞雲吐霧，觀察那像一朵朵雲的煙霧往天花板聚集，望著無數個細小塵埃飄浮在灑進室內的一縷陽光下，儘管是非常細微的聲音，那些粉塵也會受到影響而劇烈晃動，形成與煙霧一起追逐嬉鬧的畫面。他會闔上正在閱讀的書本，看著灰塵、煙霧及光線粒子相互碰撞所產生的各種景象，一看就是好幾個小時，他還會獨自低喃，「看來灰塵才是這間圖書館真正的主人。」

狸貓大爺依舊把視線停留在西側氣窗上，開口說道。

「在最遠古的人類頭顱上，有著被鎗刺傷的痕跡，妓女和人肉市場是比農夫還要歷史悠久的行業。聖經裡第一個兒子所做的事情也是殺人。在人類數千年歷史當中，都是靠戰爭才有辦法達成某些事情，例如文明、藝術、宗教，甚至是和平。你懂我的意思嗎？這就是人類。人類是打從一開始就被設計成要互相殘殺才有辦法活下去的生物，看你是要寄生在殺人的那一方、還是被殺的那一方，這就是人類的生存方式，藉由這種細胞凋亡的方式存活至今，才是這世界的眞面目。人類從最初就是這樣開始的，直到現在仍是，而且未來也會持續下去，因爲還沒有人找到讓這一切停止的方法。所以最終，一定會有人需要扮演人肉市場、妓女、承包商的角色。而且最弔詭的是，必須得有這些角色，這世界才能順利運轉。」

狸貓大爺話一說完，就把手中抽剩的菸丟進水桶裡。

「這和除掉漢子有什麼關係？反正位子空了，一定會有人去坐不是嗎？」

「就算是惡人的位子，也要由最適合的人去坐才行，更何況漢子也的確是比我聰明的惡人。」

「所以您打算坐以待斃嗎？」來生睜大眼睛。

「只是一個運氣用盡的瘸子死掉而已，殺死漢子也不會有太大改變的。」

說完，狸貓大爺拿起了桌上的抹布，彎腰準備提起來生腳邊的水桶。來生急忙抓住水桶的把手，狸貓大爺輕輕推了一下來生的手背，示意他可以自己來。來生鬆手，狸貓大爺提起水桶，一跛一跛地緩緩朝洗手間走去。他的背影看上去就像是在走鋼索，令人憂心。

7 美土

便利商店裡的女子正忙著招呼客人，「歡迎光臨！」她用過大的嗓門問好，「有想要找什麼嗎？」開朗地主動詢問客人，「噢！你買這個餅乾嗎？我也很喜歡吃這款耶！」還雞婆地與人分享自己的喜好。多數客人都對她說的話沒太多反應，但女子依舊做自己，不停對著客人傻笑，用誇張的肢體動作拿起商品，敲打櫃檯上的計算機，爲客人結帳。店裡沒客人時她會拿起電話打給某人，長舌婦般聊個不停，或者把明明已經擺放整齊的商品從陳列架上取下，重新上架、整理、打掃。她不是在聊天，就是在打掃店內環境，不停反覆，活像個過動兒，片刻不得閒。

「你確定是她做的炸彈？」來生不可置信地問正安。

「我確定炸彈裡的三個零件是她買的，那不就是了嗎？難道是爲了放煙火而去買炸藥嗎？而且還是去黑市買欸！」

「我看如果是這女的買的，絕對有可能是爲了買來放煙火。」

「也是，如果是她感覺還滿合理的。」正安附和。

來生從口袋裡掏出藥丸分裝盒，拿了一顆頭痛藥吞下。只要走在大馬路上，來生就會感到頭痛欲裂，因爲路上有太多不必要的雜訊，搞得他神經衰弱，比如交通號誌燈轉紅，披薩外送員卻無視於交通規則，違規迴轉；一名站在斑馬線前等行人專用號誌燈由紅轉綠的西裝男，正自顧自地看著報紙，他的左腳鞋帶鬆開了，看上去十分危險。這時，號誌燈變了，路上的車輛開始紛紛迴轉，披薩外送員在擁擠的人行道上耍特技般危險地騎著摩托車，最後不得已只好停下來；行人專用號誌燈轉綠，原本在看報紙的男子開始過馬路，他走在斑馬線上，卻沒察覺到自己的鞋帶已經鬆脫。殺手如果要在這圈子裡存活，就必須具備敏銳又發達的感知觸鬚，然而，這樣的觸鬚根本分不清資訊是否必要，無限延伸的觸鬚，其末端所接觸到的不安與危險，足以活活吞噬一個人。

「她主要是做什麼的？做炸彈裝置的嗎？」來生問道。

「不是很清楚，感覺不像是專業做炸彈的。看她體型和動作也不像殺手，更不可能是謀略者，實在是摸不透啊……」

「那你到底知道什麼？」來生語帶不耐地說道。

「欸，我可是不眠不休翻遍整個村子，好不容易才找到她的耶，你發什麼脾氣啊。講白了，也是因爲我朴正安才能找到她，換作是別人根本不可能找到。」

正安一邊抱怨、一邊把厚厚的信封袋遞給來生。

「是個超級複雜的女子，我也實在搞不清楚她到底是哪號人物，接下來你就自己看著辦吧。」

來生打開信封袋，裡面裝著數百張照片與女子的個人資料，他拿出正安偷拍的照片，家門口、巷子裡、公車上、圖書館、夜店、游泳池、麵包點、百貨公司、咖啡廳、魚販……照片裡如實記錄著女子一週行蹤。來生取出其中一張照片給正安看，並問道。

「這是什麼？」

照片中的女子站在廣場上，手拿板子高聲呼喊。正安瞥了照片一眼，忍不住噗哧一聲笑了出來。

「那個啊！那是『救救無尾熊』。」

「什麼？」

「板子上寫著『救救無尾熊』啊，前陣子在汝夷島廣場上進行的一場拯救無尾熊的國際活動。」

「然後？」

「這女的也有到場聲援，好像是說大氣裡的二氧化碳增加，無尾熊愛吃的尤加利葉裡營養成分遭到破壞，面臨生存危機什麼的，總之就是一場『你們這群人類，少排放一些二氧化碳』的抗議行動。我看她口號喊得很激動，滿臉通紅，嗓門超大，感覺無尾熊還沒事，她應該會先有事，害我還擔心了一下。」

「眞是搞笑，在我馬桶裡安裝炸彈想炸毀我屁股的臭婊子，居然呼籲救救無尾熊？幹，所以我是連無尾熊都不如嗎？」

來生一臉莫名地望著正安。

「不然？你還以爲你比無尾熊稀有珍貴嗎？」正安臉上寫著「這不是理所當然」的表情反問。

「所以現在打算怎麼辦？直接擄人？」正安又問。

來生從外套暗袋裡掏出了裝有刀子的皮套，取出刀子，仔細端詳了一番，又把刀收回皮套裡。正安的表情略顯驚訝。

「你是打算用它嗎？在這光天化日之下？再怎麼著急也不能這麼衝動吧。」正安小題大作地驚呼。

「你把我當什麼，我又不是街上的小混混。」

「那你幹嘛拿刀？」

「有句話不是這麼說的嗎？親切有禮的一句話，要是配上一把槍，就會變成無比友好的談話。」

「誰說的？」

「艾爾．卡彭[1]。」

「噗，配上一把刀，你們的談話最好是會變得更友好。」正安吐槽來生。

「是她先在我家馬桶裡放炸彈的，我也只好用同等的方式跟她進行談話啊！」

來生點了根菸，女子依舊拿著話筒聊個不停。只要一有客人進店，她就會馬上掛掉電話，客人離開後再拿起話筒繼續聊。究竟是和誰進行那一長串的對話？來生不禁羨慕起那名女子，竟然有人願意如此耐心地聽她說那麼多話。

「她幾點下班？」來生問正安。

「三點，只剩一小時了。」

來生看了看手錶，從口袋裡掏出一支紅色原子筆，開始閱讀那名女子的資料。正安覺得有點無聊，用小湯匙輕敲桌上的咖啡盤。來生皺眉，注視著不停敲打盤子發出聲響的小湯匙。

「可以停止了嗎？」

來生的表情明顯不悅。

「我的天啊，你也太敏感了吧……如果連這點聲音都嫌吵，那你要怎麼在這險惡的世界生存啊？欸！這世界本來就是和噪音共存的好嗎？」

正安碎唸了幾句，扔下小湯匙。湯匙碰到咖啡盤發出了「喀啷」清脆的聲音，來生瞪了正安一眼，就在那時，咖啡廳裡的女員工推開大門，朝他們所在的室外席走來。

「請問有叫我嗎？」

「沒欸，妳有聽見誰在亂叫嗎？」正安一臉調皮地笑問。

女員工的臉微微泛紅，她身穿白色雪紡衫，外面搭配一件黑色調酒師的背心，下半身

---

1 艾爾．卡彭（Alphonse Gabriel Capone, 1899—1947），綽號「疤面煞星」，是一名美國黑幫成員，被視為黑幫「暴徒時代」知名度最高的標誌性人物。他在禁酒時期獲得名氣，成為芝加哥犯罪集團聯合創始人和老大。

則是穿著一條展現小蠻腰的黑色長裙，看上去十分合適。

「要不要再來點咖啡？」女員工故作鎮定地詢問。

「好啊，妳願意再倒一點，我們自然是感激不盡囉！」正安傻笑。

女員工把來生和正安喝光的咖啡杯收走，轉身離開。正安目不轉睛地盯著她離去的背影，回過頭來問來生。

「幹嘛？又想要搭訕人家啊？上次那位愛人呢？」

「欸，那女的怎麼樣？」

「誰？」

「鼻音很重的那個啊！」

正安兩眼往上抬，思考了一會兒，像是終於想起，發出一聲短暫的驚嘆。

「啊，我想起來了！拜託，那都已經是多久以前的事了，你怎麼還在說舊石器時代的事啦？」

「明明才三個月前的事，你就說是舊石器時代，那現在豈不就是新石器了？你爲什麼每段戀愛都談不超過一個月？」

「那可不是我的問題，上次那女的是因爲每次跟她接吻時，她都會流鼻涕。」

正安一臉委屈。來生放棄談話，睨了正安一眼，繼續埋首閱讀。

「你老是這樣玩弄那些好女孩，小心栽在自己手上。你也老大不小了，該穩定下來，以後專心挖一口井就好，別再到處拈花惹草。」來生的眼睛沒離開過正在閱讀的資料。

「只要有水出來不就好了，幹嘛要專心挖一口井？又不是在挖石油！」正安抱怨。

來生用紅筆在文件上的幾個特殊事項上劃了底線，他一邊翻閱文件、一邊歪頭表示不解，偶爾還會抬頭看看便利商店櫃檯後的女子。在來生確認內容的期間，正安滿腹委屈，一直碎唸。

「光憑戀愛時間短就認爲我不夠眞誠，那都是偏見！我對每一任女友都是眞心的，眞的都有愛過她們，但是人的命運、情路總是坎坷，回想我自己的情路，可說是走得非常艱辛又險峻。算了，你這從未墜入愛河的人，怎麼可能理解我的心情，你也得經歷過那種心如刀割的離別，才有辦法瞭解我的苦楚啊。爲了洗去前一段傷痛而尋找新歡的那種男子漢辛酸，即使用酒精也麻醉不了的那種傷痛、記憶和……」

「她是醫生？」來生無情地打斷了他。

「蛤？吼喲，我要跟你講幾次啊，現在這任女友是護士啦！」

來生抓住正安的視線，用下巴指向便利商店。正安這下才意識到原來不是在講自己的女友，隨著來生指示的方向撇過頭去，映入眼簾的是便利商店裡的女子。

「對啊，是醫生。」

「怎麼看起來完全不像，而且醫生不待在醫院裡，跑來便利商店幹嘛？」

「她本來就不是在醫院裡上班，好像是在什麼研究中心工作，但前陣子辭掉了。」

「爲什麼？」

「誰知道那女的在想什麼？」

「我聽說謀略者當中有滿多是醫生出身，她會不會也是其中之一？」

「據我所知沒有這麼年輕的謀略者，大部分都是老人，最年輕的也有四十多快五十歲，更何況我還沒聽說過有女謀略者。」

「據你所知？你怎麼知道這些事？」

「欸，我跟你一樣嗎？嚴格說來我們倆的職等完全不一樣，我可是專門蒐集情報的高級行業，你是用切生魚片的刺身刀到處捅人的賤民，要是在朝鮮時代，你這白丁怎麼可能像現在這樣抬頭看著我的臉說話，早就叫人用草蓆捲起來杖刑了。你啊，要心存感激，能有我這樣的朋友是你的榮幸，知道嗎？別老是頂撞我。」正安擺出頤指氣使的態度。

「還眞是我的榮幸啊！」來生竊笑。

正安一臉臭踐地拿了根菸來抽。

正安的爸爸是一名追蹤者，過去曾是職業軍人，下士官出身，參與過越戰，也拿下幾枚勳章，但後來改行當追蹤者，表現並不出色。有趣的是，他爸是爲了找出落跑的太太翻遍全世界而成爲追蹤者的，正安的媽媽在啤酒裡下安眠藥，給參加完越戰後返家的先生喝下，並把正安他爸用命換來的軍餉全數拿走，捲款潛逃。

「我媽很帥吧？爲了自己的愛情，可以拋夫棄子。如果想要談一場眞愛，至少要像我媽那樣轟轟烈烈，我想我應該是有遺傳到她那股可以爲愛奮不顧身的熱血吧。」

正安的爸爸原本打算在逮到兩名狗男女後，將他們趕盡殺絕，自己再自殺了結生命。他帶著一包氰化鉀和一把大刀，循線走訪全國各地，甚至追到國外。五年後，他好不容易找到了落跑的太太，她和一起私奔的男子在菲律賓經營一間小有規模的洗衣店。正安的爸爸站在遠處默默觀望，最終什麼也沒做便歸國返家。他沒有殺死太太，也沒有砍死那名小王，五年來一直隨身攜帶的那把刀子，連拿都沒拿出來過，更沒有吞下那包氰化鉀，連上前質問一句「妳怎麼可以這樣對我」都沒有，正安的爸爸只是站在遠處，呆呆地望著太太與小王一同曬床單的畫面，看了半天，默默返家。

「某天，我那傻老爹喝醉酒竟然對我說，那是他第一次看到我媽的表情那麼幸福。」

也許是因爲一些理由，那些看似非常嚴重的厭惡心、報復心、憤怒，也會像宇宙裡的萬物一樣，時間久了就慢慢淡化、消退，變得沒什麼。過去正安因爲工作，到過菲律賓一趟，回來時，來生問他是否有見到母親，當時的正安滿臉失落地回答：

「幹嘛去找她呢，她都爲了自己的幸福闖下那些大禍了，我去見她豈不是要毀了她的幸福？只要各自爲自己的生活打拚，顧好自己的幸福就好了。」

正安的爸爸雖然是一名三流追蹤者，但兒子正安卻青出於藍勝於藍，是業界一流的追蹤者，不論是誰，只要還活著，住在地球不是火星，最多兩個禮拜的時間，就一定能被正安找到；然而，比起找人，正安更擅長尾隨，在謀略的世界稱這種角色爲「影子」。他們往往會在暗殺目標毫無察覺的情況下尾隨偷拍，掌握目標的一舉一動、活動範圍及日常動線，再把相關資料蒐集好交給謀略者。正安就是個不折不扣的影子，不停跟蹤目標，從未露出馬腳。來生曾經問過他，「祕訣到底是什麼？」正安回答，「平凡！因爲人不會去記得平凡的事物。」

按照正安的說法，要成為一名傑出的追蹤者，並非要有敏捷、偽裝、埋伏、華麗的變裝等技能，也就是說，重點不在於避免引人注目，而是打從一開始就做個人們根本不會對你留下印象的角色，或者就算被人重新回想也毫無記憶點才行。

「要做到那樣，必須先理解什麼是平凡，徹底成為平凡人。人們對於平凡的事物不會特別留意關注，就算仔細端詳，也很容易遺忘，但是要把平凡理解透徹是件非常困難的事。成為不留任何記憶點的那種人，模糊自己的存在感，像氣體般輕飄飄、晦暗不清地隨波逐流，慢慢淡化、消失，宛如空氣，讓人們在尚未察覺到我的狀態下與我擦肩而過，要能擁有這種透明人般的外型是非常不容易的一件事。」

「嗯，這倒是挺困難的。」來生點頭表示同意。

「仔細想想，要變平凡和變得與眾不同一樣困難，我總是在想，到底什麼樣子才叫平凡？擁有平均身高就叫平凡？還是擁有普通的長相，也就是所謂的大眾臉？做一些大家都會做的舉動？擁有不突出的性格或職業？然而，平凡這件事沒這麼簡單，因為打從一開始就沒有所謂平均值的人生，不論好與壞，每個人都有屬於自己的獨特性，要能平凡相愛、平凡親切待人、平凡與人交往後分手，都是非常難的課題。更何況那樣的人生裡根本不存在愛情、憎恨、背叛、傷害及回憶，就是個無色無味、極其單調乏味的人生。但是我很喜歡這樣的人生，因為承擔不了太重的事情，所以正在學習如何讓人不要記得我；不過，這同時也是一件麻煩的事，書裡不會教你，也不會有任何人指導你，因為這世上的人，每個都希望自己可以是獨一無二、被人牢記在心的存在。我想要的平凡，是在任何人的記憶裡都不會留下我的影子，我喜歡這樣不被任何人記住的人生，至今都在爲這個目標努力奮鬥。」

來生很喜歡正安說的這番話，也很欣賞他毅然決然的態度——想要學習平凡，且過著不被任何人記得的人生。所以來生和正安成了朋友，正安跟著爸爸四處流浪，一有時間就唸書，最後通過聯考上了大學，專攻地質學。他當時是眞心想把地質學當作第一志願選塡的，並非因爲分數不到經營管理或法學院才不得已進入地質系。他之所以想進入地質系，只是因爲過去和父親四處流浪時，偶爾無聊會把石頭放嘴裡當糖果吃，以分辨石頭滋味爲樂的緣故。

「石頭的味道？石頭也有味道？」

「當然！你以爲每顆石頭味道都一樣啊？就像李子和檸檬一樣，花崗岩和片麻岩的味道當然也不同。」

「所以你是爲了認識更多石頭的味道而上地質系？」

「是可以這麼說啦，但其實地質系和石頭的味道幾乎無關，我根本選錯科系，應該要進廚藝學校才對。」

怎麼會有人用如此荒謬的方式決定人生，實在令人不解，但是以他樂觀開朗的天性，似乎不覺得有什麼問題。正安沒想太多，還是讀著他的地質系，每堂課認眞出席，最後順利取得畢業證書。當然，也多虧他的特殊技能，班上同學沒有任何人記得他這號人物。

正安身邊一直不乏女伴，感覺要把人生全數奉獻給愛情，才有辦法將那麼多任情人管理得宜。

「到底爲什麼那麼多女人愛你？」

「你錯了，她們都不是眞心愛我，畢竟沒有一個女人會喜歡毫無存在感的男人。」

「怎麼可能，你都交過那麼多女友了。」

「她們只是覺得孤單罷了，短暫性的孤單，想找個男人陪在身邊，像一棵樹或盆栽，你也知道，如花盆一樣杵在那裡是我的專長嘛，嘿嘿。」正安笑容燦爛地說著。

每次只要和正安見面，都會促使來生思考關於正安所追求的平凡這件事。如果眞要說那是平凡，不如說是一種特殊的平凡，彷彿隨處可見又無跡可尋的那種。來生仔細端詳正安的面孔，他似乎有越來越接近他自己追求的那種平凡——似曾相識，有一種熟悉、舒適感，卻又找不到合適的形容詞來形容那張極其平凡的大眾臉。來生猜想，那些女生從正安身上感受到的舒適與安心，也許就是這種感覺，所以正安和歷任女友才能那麼輕易地在一起，又輕易地分手說再見。

來生看了看手錶，兩點四十分，女子依舊在便利商店裡講著電話。來生重新埋首閱讀資料。

「本名叫美土？」來生問道。

「應該是，因爲她妹妹叫美沙。」

「竟然把兩個女兒的名字取作沙土，她爸也太有意思。」

來生仔細看著一則報導的照片，看完後遞給正安，那是則全家遭遇車禍的新聞。

「這是什麼事件？」來生問道。

正安接過照片。

「這是二十年前發生的一場車禍，坐在前座的父母當場身亡，當時她們姊妹倆坐在後座，幸運地活了下來，但是妹妹因爲脊椎受到嚴重撞擊，導致下半身癱瘓。聽說當時是因爲爸爸酒駕，加上超速，才會釀成這場悲劇。從現場遺留的胎痕來看，估計當時時速超過一百五。」

「帶著兩名心愛的女兒和妻子酒駕？而且還超速？一百五？」

「是不是有嗅到不尋常的味道？」

來生繼續低頭閱讀那篇報導，案發當時是在五月的某個假日，豔陽高照，事故地點在環境清幽的郊外，車子掉落八公尺深的懸崖，瞬間起火燃燒，成了一團被擠壓過的廢鐵。那天想必是全家難得的出遊日，怎麼找都找不到酒駕超速的理由，透出一絲陰謀的味道，還是以非常常見的手法設計出的假車禍，手段拙劣。要是他們鎖定的是女子的父親，其實根本沒必要連家人也一起殺害，只要處理掉他一個人即可。

「她爸是做什麼的？」

「聽說是高級公務員，我也覺得事有蹊蹺，但是爲了跟蹤那女的，一直沒時間去調查她爸的資料。」

「就算是被人設計了又怎樣，關我屁事？那女的十一歲時，我才十二歲耶！」來生突然發起牢騷。

「你對我發什麼脾氣啊？怎麼不去找那女的說：『我當年才十二歲耶！』拿著你那把刀子營造友好的氣氛去說啊！」

手錶顯示兩點五十五分，女子即將在三點整走出那間便利商店，來生把照片和資料放回信封袋，起身拍了拍衣服。秋生前常用的那把刀子，正在來生的皮外套暗袋裡，今天感覺格外沉重。他重新繫好皮鞋上的鞋帶，好讓自己可以在女子一出店時就立刻跟上，他看見便利商店裡笑容燦爛的女子。

時間來到三點整，女子卻沒有下班，三點十分也依舊守在店裡，甚至還抓著話筒不放，繼續在那裡嘻嘻哈哈聊個不停。一名二十歲出頭看起來像工讀生的女孩走了進去。一直到三點半，女子絲毫沒在爲下班做準備，來生看向正安。

「不是說三點下班嗎？」

「這位小姐今天是吃錯藥了嗎？她一整個禮拜都是三點準時下班，怎麼偏偏今天就不下班了？眞是的……害我朴正安整個顏面無光。」正安略爲尷尬地解釋。

暗殺目標臨時更改動線會令殺手們感到焦慮不安。殺手們之所以會犯下失誤，往往都是因爲動線不符合預期所致，不論是暗殺目標偏離原動線，還是殺手自己突然偏離動線，都一樣會導致失誤。一旦開始偏離動線，凡事就會變得複雜——犯下失誤、留下致命性的證據，暗殺計畫也會和原先方向不符。暗殺計畫若與原計畫不同，殺手就很可能會喪命。喪命的原因是什麼？其實追溯源頭會發現，往往只是一件非常小的事，或一個小舉動而已。比方說，把錢包遺留在桌上就離開，或者洗頭髮洗到一半洗髮精整罐掉下來，抑或是巷子裡突然衝出一輛三輪車。

女子還在店裡，根本沒打算要下班，無所謂，反正今天不是爲了殺她而來，但來生還是習慣性地心跳加速，焦慮感已經蔓延至全身上下每一條神經。要是女子可以在三點整準時走出商店，進入巷子，來生就會尾隨她，正安則負責開車緊跟在後，再往前走一點就會出現一段沒有監視器、兩百公尺長的小巷，女子每天固定會經過那條巷子，尾隨在後的來生就可以跑上前去輕拍她的肩膀，不需要任何冗長的說明或威脅，只要來生是她的暗殺目標，她應該一眼就會看出，然後問她，「要不要到安靜點的地方談談？」女子要是乖乖答應，那便好辦，也不需要掏出刀子。

來生和正安不發一語地坐在位子上多等了半小時。直到四點整，來生戴上他的黑色墨鏡起身，朝便利商店方向大步走去。

「欸欸，再等等吧，拿著廚刀走進便利商店眞的不妥啦，那裡多的是監視器耶。」正安對著來生的後腦杓喊。

「歡迎光臨。」

來生推開便利商店大門，女子一隻手遮住話筒看著來生，用高分貝的嗓音招呼著。她的嗓門高亢清亮，來生站在門口觀看著女子的面孔，但是女子似乎沒有察覺到來生是誰，默默轉過頭去繼續講她的電話。她講電話的聲音很大，在便利商店裡的人應該都能聽得一清二楚。

「就是那首歌啊，歌詞是愛上朋友的愛人什麼的……對對對！就是那首，那個男的就是唱那首，唱得超級悲情，他還有唱其他情歌，但手上都一定要拿著鈴鼓，差點沒笑死我……瘋了嗎？我幹嘛和他一起唱啊……不曉得是不是被他愛人用槌子敲頭，還是怎樣，到後半部竟開始邊唱邊啜泣，明明就長得人高馬大的……當然是眞的啊……哎呀，能怎麼辦呢，後來我就只好勉爲其難抱著他，拍拍他的肩膀囉。結果你知道嗎？這人竟然在我懷裡假哭耶，哭一段時間後，他偷瞄了我的短裙一眼，然後就想要進入十八禁模式，當下我眞的超、級、傻、眼……拜託，我跟他接吻了，但後來發現他這人欲求不滿，還想超進度……沒有啦，也不到討厭，但我想說不能讓他養成這種壞習慣啊，我們才剛開始沒多久嘛，要是去飯店就算了，在ＫＴＶ包廂裡耶！我看他根本就是沒sense到了極致……不不，也不到那麼差勁，是有他可愛的一面啦，人還ＯＫ……當然！一開始就要先調教好，不能讓他養成那種習慣……」

來生還站在店門口，一動也不動地看著女子，女子邊講電話邊轉頭偷瞄來生，最後來生拿下了墨鏡。「欸，妳等我一下，先別掛喔！」女子再次用手遮住話筒，望向來生，她把頭歪向一邊問道。

「您好，有想要找什麼嗎？」女子親切地詢問。

「這女的不認得我。」

來生在心裡嘀咕著。女子的臉上不帶有絲毫恐懼和狐疑。沒有謀略者會不清楚自己鎖定的目標，也沒有殺手不認得暗殺目標，因爲暗殺計畫一旦下達，就算不想看也必須一直去檢視目標照片，那是出於心理上的不安，所以目標的面孔往往揮之不去，儘管成功除掉目標，也會有好長一段時間忘不掉其長相。走在路上要是遇見和目標長相相似的人，極容易受到驚嚇；有時還會因為在夢裡見到被自己殺死的那個人而噩夢連連。這女的，既不是謀略者也不是殺手。那她究竟是誰，難道是正安搞了個烏龍？

「有想要找什麼嗎？」

「蛤？噢！我要找巧克力棒，對，巧克力棒在哪裡？」

來生的舌頭在嘴巴裡任意擺動，說出了一串未經大腦的話。

「巧克力棒？在左邊的陳列架上，從上往下數第二排，有很多款可以選喔！」女子笑著回答。

「怎麼偏偏講出巧克力棒，我明明不愛吃巧克力棒啊。」來生走到第二排陳列架，隨便拿了兩條巧克力棒，覺得口有點渴，打開冰箱，隨手拿了一罐運動飲料。「好喲，那我再打給妳，詳細的內容就等我們見面再聊！」來生準備關上冰箱門時，聽見女子終於打算結束這段漫長通話。他感到不可思議，剛剛觀察女子的那幾個小時，她一直都在講電話，竟然還有更詳細的內容可以見面再聊，實在誇張。「女人根本是難以理解的生物。」來生拿著兩條巧克力棒和運動飲料，放到結帳櫃檯。

「你喜歡吃巧克力棒嗎？」女子問。

來生漫不經心地點頭應付，連張口回答都懶。

「我也很喜歡吃巧克力棒耶，但你只有買兩條Snickers，有吃過Hot break嗎？」

「什麼?」來生看著她的臉。

「Hot break啊，Snickers屬於美國人的口味，Hot break才是符合韓國人的口味。它比較不黏牙，CP值也很高，只有Snickers的一半價格!當然，爲了維持十年前的價格，巧克力棒是有一點縮水啦，唉，但這就是現實啊，在這萬物皆漲的年代，能維持同樣價格已經很不容易了，縮點水也只好由我們吸收囉!如何?要不要幫你換一條Hot break試試?」

女子說話速度過快，來生沒完全聽明白，他猜女子應該是在推薦她本人更喜歡吃Hot break。「但是為什麼要對我說這些?妳比較喜歡吃哪個牌子的巧克力棒關我什麼事?Hot break只有Snickers的一半又怎樣?閉上嘴巴乖乖幫我結帳不就好了。」

「這多少?」來生用手指著Snickers。

「一千，Hot break只要五百。」女子張開五根手指頭。

女子一臉調皮，等著來生決定要買哪個牌子的巧克力棒。來生重新走回陳列架，把一條Snickers放回去，換了一條Hot break走回櫃檯，他從錢包裡掏錢，一心只想著趕快結完帳離開。

「你絕對不會後悔的，Hot break!」女子緊握拳頭。

「謝謝。」來生隨口說說。

「哈哈哈!這有什麼好謝的!大家都是同胞，有好資訊當然要一起分享啊!」

女子反應浮誇。那表情宛如眞的在西伯利亞大街上遇見同胞一樣熱情開朗。

來生走到店外，看見正安的車停靠在咖啡廳外等著，引擎沒有熄火。正安一臉憂心忡忡。來生打開車門上車。

「如何？」他焦急地問。

來生把巧克力棒往正安的臉上扔，打到他的額頭掉落在膝蓋上。正安撿起巧克力棒，滿臉訝異。

「這是什麼？」

「還能是什麼，巧克力棒啊！她說這是可以感受到滿滿同胞愛的巧克力棒。」

正安露出賊笑，撕開巧克力棒的包裝。

「你不是拿著廚刀一副要去宰牛的樣子嗎？怎麼只買了巧克力棒回來？」

來生轉開運動飲料，喝了一口。

「那女的不認得我，所以不是謀略者，也不是殺手。」

「不認得你？」正安一臉寫著「怎麼可能？」的表情。

來生點頭。正安趕緊從背包裡掏出裝有炸彈的陶瓷盒，反覆查看。

「我聽魟魚說這一看就是菜鳥做的，她也不是專門做炸彈的，她到底是幹嘛的啊？」

「你確定是那女的？」來生的表情充滿懷疑。

「靠，我又不是剛入行的菜鳥，都說這炸彈裡面有三個零件是到那女的手中了，千真萬確啊！」

來生監視著便利商店，女子正在與要和她交班的女孩聊天，那名二十歲出頭的女孩看了看手錶，頻頻向女子道謝，便走出店外。

「看來她今天是打算幫那女的代班，這又是哪門子的熱心助人。」來生發著牢騷。

「搞什麼嘛！到底爲什麼大家都不好好遵守時間，要讓這麼多人不知所措呢？這就是爲什麼我們沒有辦法變成先進國的原因，難道蓋幾條高速公路和幾棟高樓就是先進國家嗎？國民的意識素養要先進步才行啊，意識！」正安一臉激動。

「這又跟先進國家扯上什麼關係了？」

來生撕開巧克力包裝紙，咬下一口巧克力棒。正安也跟著吃了起來。

「你的怎麼和我的不一樣？」正安睜大眼睛問道。

「我的是美國，你的是國產製，我的一千，你的只要五百。」

「幹，一個巧克力棒也才幾毛錢！有必要這樣差別待遇嗎？你明知道我是走美式路線的！」正安嘟著嘴巴抱怨。

來生把他吃過一口的巧克力棒塞給正安，正安像個孩子般開心地接過，再把自己手上那條換給了來生。

「你再去查查那女的，工作、父母、妹妹、之前待過的研究中心、帳戶交易明細……把可以調查的統統都查一輪。」

「現在是打算用一條巧克力棒叫我做那麼多事嗎？那費用要怎麼算？我朴正安最近可是有漲價喔！一直都是業界最高價呢，你懂不懂行情！」

「朋友都已經有生命危險了，你還在那邊跟我講行情……」

「好吧，那你叫我一聲哥，我就幫你！畢竟我朴正安還不致棄弟弟於不顧，更何況我確實也大你兩歲，不是嗎？」

來生一臉嚴肅地看著他，害正安有些尷尬，只好拍拍來生的肩膀，示意這只是個玩笑而已，幹嘛那麼認真。

「哥。」來生不帶任何情感地喊出這個字。

正安不敢置信地睜大眼睛看著來生。

「靠，你還真拉得下臉，怎麼能這麼輕易妥協啊？拜託，做人還是要有點骨氣，人生有些事還是得堅持的好嗎？」

＊

從寵物店買完貓飼料和零食罐頭後返家，天色早已昏暗。來生從公寓大門旁的郵箱裡取出一疊信，大部分都是通知單和廣告紙。他正準備上樓，看到一名男子坐在樓梯間打瞌睡，一隻手綁繃帶，另一隻手握購物袋。來生彎下腰看了看男子的臉，原來是米拿里。來生試著將他搖醒，米拿里睜開眼睛，精神恍惚地看了一下周圍，打了個長長哈欠，然後吃力地站起身。

「你怎麼會在這裡？」來生問。

「喔，我是來見你的。」

「那也可以先打個電話。」

「我不太好意思打電話。」

「我們進去說吧。」

「不不，在這裡說就行了。」

米拿里用綁著繃帶的手揮了幾下，可能是因爲揮太大力弄痛了自己，面部有些猙獰。

「手指頭還好嗎？」來生看著米拿里綁有繃帶的手問道。

「喔，還好啦，有接回去，最近醫療技術滿發達的，我拿著手指頭跑去醫院前還在想，應該是接不回去了，結果還眞的接了回去，就像蜥蜴的尾巴一樣。對，就是像蜥蜴的尾巴，超神奇。」

米拿里似乎對自己能舉出蜥蜴尾巴的例子感到自豪，一直把蜥蜴的尾巴掛在嘴邊。他伸出那隻綁有繃帶的手，在來生眼前翻轉展示，表示自己的手已無大礙，然後像是想起一件非常重要的事情，「啊！對了！」他將購物袋遞給來生。來生無意識地接過袋子。

「這是什麼？」

「頂級鯷魚，我聽說你喜歡喝啤酒，用鯷魚當下酒菜再適合不過！這可是去百貨公司買的，很貴呢，南海第一名土產！」

米拿里一臉得意。來生歪頭，他不明白米拿里幹嘛要提著這袋東西大老遠跑來這裡。

「我砍了你的手，你卻提著禮物來找我？我都沒去探你病了，這也太不好意思。」

「不不，別這麼想，其實我們讓狸貓大爺失望也是事實，畢竟那不是做人的道義。坦白講，我們能有現在還不都是靠狸貓大爺，我不是那種忘恩負義的人，只不過像我們這種庶民過日子眞是不容易啊，尤其最近不景氣，就算勒緊腰帶也很難維持生活，絕對不是我做人忘本，是眞的爲生活所困啊。」

米拿里從口袋裡掏出一根菸，用左手點打火機的樣子，看上去十分不便。來生掏出自己的打火機爲他點菸。米拿里吐了一口長煙，嘆氣似地，一邊偷偷觀察來生的臉色。

「大爺有說什麼嗎？」

「說什麼？說我砍掉你的手指頭嗎？」

「不是啦，我是說大夥兒跑去投靠漢子的事。我想大爺也不是不知道吧！當然，我們都是各自做生意的自營業者，所以嚴格來講不能算是完全被漢子吸收，但還是覺得對不起狸貓大爺。」

「原來你是來打聽這件事情的？」來生瞭然。

「也不是啦，只是想說都來了，就順便問問。」米拿里支吾其詞。

米拿里看著路燈抽了好久的菸，不停咬著下唇，像是有話要說又硬生生呑回肚裡。他猶豫了好一陣子，最後把手中的菸扔到地上，用穿著皮鞋的腳踩滅。熨燙平整的灰色西裝褲和發亮的紅皮鞋，不知爲何看上去頗有喜感。米拿里偷瞄了來生一眼，然後突然用楚楚可憐的表情對著來生說：「最近業者之間都在傳說，圖書館和漢子那邊即將開戰，鬧哄哄的，要是眞的像以前一樣開戰，到時候檢察官、刑警就會來找碴，謀略者又會爲了自保開始肅清過去所有事情，被逼到死角的殺手也會像失了方寸的瘋狗般到處砍人，最終把僅剩的客人也都嚇跑，那我們這門生意就眞的沒戲唱了。總之，最後一定是我們這種小業者損失最慘。來生弟弟啊，我眞的不希望這把年紀了還夾在你們的戰爭之間啊，我知道不管是狸貓大爺還是漢子，都是有野心的偉人，所以爲了捍衛自己的自尊心，不得不有點動作，但是被夾在中間的我們呢？我們算什麼？被漢子叫去就會變得要看狸貓大爺的臉色，想要去圖書館打聲招呼又得看漢子的臉色，我們眞的快被搞瘋了。說眞的，我現在年紀也大了，膽子變小了，你也知道的，我們沒那些雄心壯志，只打算把自己的嘴巴牢牢黏緊。」

「所以？」

「漢子說想見你，你就見他一次吧。」

來生瞇著眼睛，懷疑地看著米拿里。

「見了之後呢？」

「一山自然是不容二虎啦！現在的圖書館能贏得過漢子嗎？那都已經是過去式了，眞要打起來只會兩敗俱傷，不只是狸貓大爺，你我可能也難逃一死。然後對漢子來說會有什麼好處嗎？爲了大選，布局布了那麼久的事業，也只會全部毀於一旦。」

來生把頂級鯷魚的禮盒丟到了米拿里的跟前。

「所以你是叫我背叛狸貓大爺的意思？就憑這幾條破魚？」

米拿里一臉驚恐，趕緊撿起被扔在地上的頂級鯷魚禮盒，一臉心疼地叨唸：「哎呀，你這人怎麼這樣，這可是很貴重的啊。」米拿里的嘴巴像個啄木鳥般噘著，把禮盒拿到耳邊輕輕搖晃聽裡面的聲響，用手掌摸了幾下，像是在摸昂貴的瓷器，又重新調整回楚楚可憐的表情。

「不是要你背叛大爺，是告訴你現在的局勢。圖書館已經很久沒接案子了，不是嗎？那麼業者自然就會紛紛離開。這圈子裡沒人講義氣，過去的回憶？收過的恩惠？那種東西撐不了多久，誰能給現鈔就跟誰走。我看狸貓大爺年歲已高，整天躲在圖書館裡，可能不曉得現在的人情世故，一旦開戰的話，業者絕對會向漢子靠攏，人心都是如此，他不可能是漢子的對手。所以我說來生弟弟啊，既然你是狸貓大爺的左右手，不如去見漢子一面吧，只要你和漢子談得愉快，雙方就不需要開戰了，然後把狸貓大爺送到環境清幽的鄉下安享晚年，我們也可以趁此機會培養穩定的事業。這對大家都好。」

來生突然想起住在深山裡的老狗和老人，相信當初在他失勢的時候，一定也有人對他說過這番話，建議他躲去某處人煙稀少的地方與世無爭地度過餘生，然後告訴他這麼做的結果對大家都好。究竟餘生是指什麼？指種些花草、馬鈴薯，養一條狗，選好自己死後要葬在哪裡？還是指在午後的豔陽下，像一隻奄奄一息的年邁大象那樣，無望地眨著眼睛，虛度光陰？或者是指住進養老院裡，聽那些不對頻的老人家整天講著老掉牙的豐功偉業？抑或是打撲克牌、下圍棋，吃著毫無用處的棋子？無聊的日子反覆上演，某天，死亡就會像殺手一樣悄悄地找上門。

米拿里再次把那盒頂級鯷魚禮盒遞給來生。來生看著那盒在米拿里手中不知所措的禮盒。

「至少把這拿去吧，這可是第一名土產呢。」米拿里說。

「你還是拿回去給太太吃吧，給漢子也好。我要是吃下這些東西，會消化不良。」

「你如果還是一意孤行，那就別怪漢子處理你。」

「這是在威脅我嗎？」

來生眼神緊盯著米拿里。

「拜託，不要讓事情變複雜，我們眞的打不贏人家，我們也絕對不是不懂道義，我以比你多活幾年的前輩身分奉勸你，沾到一些屎並不表示你也會變成屎。」

米拿里把禮盒放在來生腳前，轉身緩緩走出公寓。來生看著米拿里留下的那袋禮盒想著，狸貓大爺獨自一人一定很孤單，以往三節都會提著禮物到圖書館的業者們，早紛紛背離了狸貓大爺。現已是漢子的時代，但投靠漢子能活多久？三年，五年？或許能活更久也不一定，像米拿里那樣渾身沾屎存活到最後。想想屎也沒什麼大不了，因爲打從一開始，他們的人生就和榮譽、高貴等形容詞相距甚遠。

狸貓大爺經常提及自己當初會把來生從孤兒院帶回來，純粹是爲了當枴杖，雖然這麼做是爲了激怒來生，但是仔細回想也不全然是激將法。來生自十一歲起便擔任狸貓大爺的枴杖，幫他在圖書館裡東奔西跑，尋找他要的書籍，也經常到人肉市場跑腿，還幫忙將手寫信遞給站在門外不露臉只露手的謀略者。狸貓大爺僱用多年的殺手「訓練官大叔」死後，來生成了大爺的殺手，要是連來生也棄他而去，狸貓大爺就再也沒有枴杖，得一個人一跛一跛地過日子。

「在這圈子裡，那會是多麼悲傷的事情？」來生喃喃自語。

十年前，訓練官大叔死時，狸貓大爺什麼也沒做，儘管業者們一口咬定是漢子所為，狸貓大爺也只是沉默。當時漢子的聲勢並未像現在一樣高漲，狸貓大爺尚有勢力，但狸貓大爺仍然沒採取任何行動或以牙還牙，也沒有展開調查。儘管死的是在自己身邊守護三十年之久的殺手，狸貓大爺也絲毫沒有動怒。他只是將渾身是血、有著多處刀傷的屍體妥善擦拭後，交給大鬍子火化。當時除了來生外，沒有任何人去參加訓練官大叔的告別式，場面十分淒涼。狸貓大爺沉默不語，親自抱著訓練官大叔的骨灰到一處山坡上，隨風撒出去。

「您不打算做任何處置嗎？」當時來生詢問。

「殺手的人生本就如此，不能因為一個卒被吃掉了，就毀掉整盤棋吧。」

「殺手的人生本就如此。」那是狸貓大爺送走守護自己三十年之久的殺手，所說的最後一句話。

來生的所有技能都是從訓練官大叔那裡學來的，不論是用槍、用刀的方法，還是製作炸彈、拆彈，設置詭雷的方法，以及印地安人的追擊術、狩獵術及丟飛鏢的方法等。越戰結束後，訓練官大叔加入了一間國外的傭兵公司，親臨全球大大小小的戰爭現場參與作戰。他的長相隨和，給人非常親切的印象，難以想像是在戰場上殺敵無數的人。訓練官大叔也喜歡做家事，與他那碩大的體格不符，他的手非常精巧，喜歡親自動手做，而且做工精細。他也有一手好廚藝，尤其喜歡洗衣服，只要是天氣晴朗的日子，就會毫不猶豫地把床單或窗簾拆下來清洗，晾在曬衣繩上，叼著菸，用一臉滿意的表情望著隨風飄動的床單，說：「要是我的人生也可以被洗乾淨該有多好。」

要是眞能將人生徹底洗淨，相信他的人生一定無比美好，不僅可以和心愛的女人結婚生子，還能做自己喜歡的料理、洗衣等家務事，應該會組個幸福和諧的家庭。然而，不幸的是，人生並非床單，不論是過去、記憶、犯過的錯誤、後悔，統統都無法洗去，正因爲洗不掉，所以才會被那樣弄死。就如同狸貓大爺說的，那是身爲殺手的宿命。

來生拿起地上的頂級鯷魚禮盒，上樓返家。來生一打開家門，兩隻邋遢貓就急忙跑來，不停磨蹭著來生的小腿。來生打開從寵物店裡買回來的雞胸肉湯，倒在盤子裡，兩隻貓發出呼嚕呼嚕的聲音，不停用舌頭舔著湯汁。來生摸了摸兩隻貓的頭。

「妳們知道外面的街貓姊姊們生活得多麼辛苦嗎？兩隻膽小鬼，要是把妳們扔到街頭，肯定活不過一個禮拜，外面可是很危險的喔！」

＊

貓咪咖啡廳LIKECATS。

來生推開咖啡廳大門，他甫坐下，寵物外出籃裡的閱讀架和檯燈就發出一聲喵，來生打開提籃門，但牠們似乎是對咖啡廳裡到處走動的數十隻貓咪感到戒愼恐懼，儘管門開了，還是不大敢出來，只是不停喵喵叫。咖啡廳女老闆端了杯咖啡出來。

「哇，閱讀架和檯燈也來啦？」女老闆滿懷欣喜地迎接牠們。

她將手伸進提籃裡，兩隻貓似乎也覺得很高興，不停發出呼嚕聲，隨即就開始環顧四周，悄悄地探出提籃。只要是來過這裡的貓咪都會瞬間愛上這位女老闆，她究竟有什麼祕訣？這名女老闆婚後在自家公寓裡養過二十多隻貓，後來她的老公實在受不了，要她做出選擇，看是要選貓還是選他。女老闆果斷地選擇貓咪，和先生辦理了離婚手續，搬離兩人住處。她也曾在愛貓社團成員聚會的場合上笑著說：「他竟然會叫我在他和貓之間做選擇，你們說這像話嗎？」

「之前那麼邀請你，你都沒來，今天怎麼會突然過來啦？」她一邊用手指逗弄貓咪，一邊問道。

來生從暗袋裡掏出一個信封袋，遞給女老闆。信封袋裡裝有兩張一百萬的支票。女老闆打開信封袋，拿出裡頭的支票，看見是兩百萬韓圜後，滿臉疑惑。

「妳要是可以幫我照顧牠們，我眞的會感激不盡。可能需要照顧一陣子，也可能要照顧一輩子。」

「你是要去很遠的地方旅行嗎？去國外？」

「也不是，只是這段旅行比較沒有一個明確的目的地。」

女老闆重新思考了來生所說的話，點點頭，露出可以理解的表情。

「人生難免會有心力交瘁的時候。」

女老闆把信封袋原封不動地推回來生面前。

「我明白你的意思了，但眞的不需要這些，貓咪就由我來接手吧，我會幫你好好照顧牠們的。」女老闆說道。

「既然妳明白我的意思，就麻煩收下吧。」

來生低頭拜託，再度將信封袋推給女老闆。信封袋就在兩人之間來來回回，場面變得有些尷尬。女老闆看著信封袋好一陣子，最終點頭答應。

「我自己年輕的時候也去過很遠的地方，遠到讓我覺得自己已經無路可回，但是當我真的回來後才發現，原來回來的路沒有當初擔心的那麼遙遠。」

來生摸了摸閱讀架和檯燈的頭，牠們倆似乎已經對這間咖啡廳有點熟悉了，開始輕咬來生的手，跟他嬉鬧。來生起身，向女老闆道別。

「你會有好運的。」女老闆誠心祝福他。

「那就太感謝了。」

來生用手搔了搔兩隻貓的下巴，隨後便離開了那間咖啡廳。

來生坐上計程車，在江南區的一棟L人壽大樓下車。漢子租用的辦公室就位於這棟大樓的七到九樓，據傳這裡的地址登記著十七間事業體，從隨扈公司、保全公司、警衛仲介公司、勞動業者到資訊公司等，各式各樣的公司都登記在漢子的辦公室底下。國內最大的暗殺承包商辦公室，竟就設在國際級人壽保險公司大樓裡，多諷刺啊。而且暗殺承包商同時也在經營隨扈公司和保全公司，更是無比可笑。這就像是走投無路的疫苗公司，最終要開發出的不是世上最強的疫苗，而是最可怕的病毒一樣。爲了讓保全公司和隨扈公司生意興隆，迫切需要的不是一等一的保安專家，而是恐怖分子。這就是資本主義。漢子非常瞭解要如何像銜尾蛇般繞一圈回來吞食自己的尾巴，藉此創業，維持收支平衡。能夠同時擁有疫苗和病毒，是再好不過的事情，能使人陷入恐慌，還可以保障人們的平安，是絕對不會倒閉的事業。

來生搭電梯到七樓，漢子的辦公室其實在九樓，但八樓和九樓不對外開放，要進辦公室的人都必須先通過七樓一道類似機場檢驗的那種偵測閘門才行。來生通過時，警鈴大響，穿著黑色套裝的女員工拿了手持型金屬探測器走來，先鄭重地和來生打了聲招呼，再請他兩手抬高。來生聽從指示，乖乖照做，金屬探測器掃描來生的身體，再度發出警報聲響，於是來生掏出了外套暗袋裡秋生前用的那把廚刀，放進籃子裡。女員工面帶驚恐地看著他。

「我做完菜忘記收回去，不小心帶出來了，眞是太糊塗。」來生笑著解釋。

驚慌失措的女員工瞄了後方一眼，一名腰間繫著電擊棒和瓦斯槍、體型壯碩的保全從位子上起身，走了過來。

「有什麼事嗎？」

男子身上的肉像鑫鑫腸一樣凹凹凸凸，看上去十分臃腫笨拙，感覺很適合當夜店圍事。他惡狠狠地上下打量來生，甚至爲了掩飾內心的緊張，刻意將肩膀用力，那模樣看上去怪令人同情的。來生掏出漢子的金箔名片給鑫鑫腸看。

「請問有事先預約嗎？」看完名片的鑫鑫腸問道。

「沒有。」

「那我該轉告您是誰呢？」

「就說是圖書館來的吧。」

不久後，漢子的女祕書搭乘只能往返七到九樓的專用電梯下來，她看上去十分幹練，渾身散發著知性美。她接待來生上九樓，到一間門上貼有「貴賓室」的房間裡等候。

「您有想要喝點什麼嗎？有茶、咖啡、水和酒。」女祕書制式化地詢問坐在沙發上的來生。

「沒關係，我剛喝過了。請問這裡禁菸嗎？」

來生巡視了房間一圈，桌子上沒有擺放菸灰缸。

「原則上是，這棟建築物是全面禁菸的。」

女祕書依舊用同樣的語調回答。來生微微皺了下眉頭，她馬上讀到來生的表情，收起職業用表情，微微笑著補充：

「但就只是原則上而已。」

原來女祕書還算通情達理。

「那可否麻煩給我一個菸灰缸？」

「好的。老闆還要三十分鐘左右才會抵達，您方便再等他一下嗎？」

「沒問題。」來生點點頭。

女祕書把菸灰缸遞給來生後便走了，來生開始點菸，環顧著房間內部。房間很符合漢子喜歡的簡約風格，除了牆上掛有一幅畫外，找不到其他裝飾。來生拿著菸灰缸，從位子上起身，望向窗外，德黑蘭路上的十個線道統統擠滿車。那一瞬間，來生對這間高級華麗的暗殺承包商辦公室，竟就位在韓國經濟心臟區感到不可置信，在天價租金的這條道路上有著漢子的辦公室，或許也意謂著這個國家的經濟核心非常仰賴殺人承包商。

來生抽第三根菸時，漢子開門走進來。

「哎呀抱歉，怎麼不先打個電話過來呢，那就不用讓你等這麼久了。」漢子的表情十分眞誠，看不出絲毫虛假，自然到令人毛骨悚然。漢子才剛坐到沙發上，女祕書就走了進來。

「你要喝點什麼嗎？我打算喝杯酒，反正今天都來了一位貴賓，不是嗎？」漢子的口氣顯得有些亢奮，女祕書正在等待來生回答。來生猶豫了一會兒，他對於這奇怪的款待方式感到渾身不自在。

「有傑克丹尼嗎？」來生看著女祕書。

女祕書點點頭。

「那我也來一杯吧，幫我加冰塊。」漢子交代。

女祕書走出房間後，漢子似乎覺得氣氛有些尷尬，隨意張望了下房間四周。他很努力讓自己看起來心情愉悅，其實內心非常焦慮，彷彿在被某人追殺。凡事都已經按照他的意思進行了，究竟還有誰要追殺他呢？來生突然對追殺漢子的人感到好奇。漢子和來生不發一語，各自坐在沙發上。這時，女祕書送來裝有冰塊的杯子和一瓶傑克丹尼。

「太高興見到你，本來還擔心你要是不來怎麼辦呢。」

漢子舉起酒杯，想要和來生敬酒。來生沒和他乾杯，靜靜看著漢子伸手遞出的酒杯。

漢子窘迫地收回手，喝了一口酒。

「你到底要什麼？圖書館，還是狸貓大爺的性命？」

來生單刀直入地問道。漢子聽完問題後將身子向後傾，倚在沙發上笑了出來。

「你怎麼會認爲我在貪圖那間擺滿發霉舊書的圖書館，和體弱多病的老頭性命呢？」

「因爲外頭都在這樣傳。」

「眞他媽該死的傳聞。」

漢子拿起酒杯喝了一小口酒。

「『要是沒拿到適當的金額，就別處理任何人。』這句話是狸貓大爺教我的，只要是承包商，都需要銘記在心的一句名言。不論理由是什麼，榮譽、信念、友情、義氣、報仇、愛情、面子等，身爲承包商，沒有利潤是不會殺人的。所以殺死狸貓大爺對我來說會有什麼利潤？當然，可能會有一些好處，麻煩事也會減少，但是以整體利益來評估的話，還是我吃虧。狸貓大爺可能會希望我走那步棋，但我可沒那麼愚蠢。」

「我對你要怎麼下這盤棋一點都不感興趣。」

「你可能還是得提起一點興趣，因爲殺掉你對我來說滿有利的，你朋友正安也是。」

漢子拿起酒杯，一口喝光剩餘的威士忌。

「我還眞不知道原來自己這麼有價值。」來生自嘲。

換來生拿起酒杯，喝了一小口酒。傑克丹尼特有的威士忌香縈繞在口腔，直衝鼻尖，漢子面露嘲笑地看著來生。

「別誤會啊，你本身可沒多少價值，只是你的角色比較特殊罷了。」

「我的角色怎麼了？」

「我們的大單最終還是來自政治圈，但幕後的那些老傢伙依舊認爲只有狸貓大爺是值得信賴的。嗯……怎麼說呢，算是一種對圖書館的鄉愁嗎？或者是對於撐過一世紀的傳統有所信賴吧，總之就是些狗屁觀念。對於承包商來說，哪有什麼傳統，但老人家都那樣，疑心病重又冥頑不靈，眞令人納悶！不過又能怎麼辦呢？這不就是現實嗎？所以我需要的是什麼？是死掉的諸葛亮。我打個比方吧，當年爲了掩蓋諸葛亮已死的事實，把他的木像放在馬車上嚇唬司馬懿，但要是諸葛亮還活著，就會令人頗爲頭痛，因爲不曉得他會有什麼後手。狸貓大爺也是，只要乖乖待在圖書館裡，我可是毫無怨言，更何況你我都是圖書館出身，繼承他老人家的客戶也很合理，算是不錯的事業，現在問題是你讓狸貓大爺一直在做最後的垂死掙扎。」

「垂死……掙扎。」來生緩緩複誦著漢子說的話。

「因爲你是他的左右手啊，你那長得如白粥摻水一般模糊不清的朋友正安，則是狸貓大爺的耳目，就像燕子會叼食物回巢給幼鳥吃，不停把外頭的資訊帶回去給狸貓大爺，再由你去到處跑腿、收拾善後，坦白說我對於你們這次把權將軍的屍體化成灰這件事實在是很不滿意。」

「所以？」

來生盯著漢子問道。

「所以？」漢子冷笑，「殺死狸貓大爺對我的事業沒有任何好處，但既然都已經開始了，也不可能突然中斷，所以能怎麼辦呢？雖然很可惜，但也只能把他周遭的其他東西砍斷了！砍掉一些即便沒有也不會死的東西，像是手啊、腳啊、耳朵之類的。」

「所以你才要殺掉訓練官大叔嗎？」

漢子的臉突然漲紅，沉默了好一會兒，用手摩挲著下巴。

「我看你還滿不懂得分辨哪些話該說、哪些話不該說，是吧？」

漢子本來還想說點什麼，卻忍住了。他按下對講機，請祕書再拿一杯威士忌進來。女祕書走進房間，將新的一杯威士忌放在桌上，收走空杯。漢子拿起酒杯，喝了幾口。

「我知道你因爲那件事對我耿耿於懷，因爲他在你心目中就像是父親一般。他對我來說也是大哥啊，很多事情都是從他那裡學來的，但這圈子遠比你想像的更複雜、糾結，我們也只能在這難解的圈子裡想辦法生存。」

「不論這個圈子怎樣，到底有什麼東西是需要殺害家人才能取得？是這間氣派的辦公室嗎？」

漢子笑了。

「你該不會以爲我們眞的是一家人吧？什麼是家人？你和狸貓大爺是家人？還是他和我是家人？眞是笑死人了。對他來說，我們只是他的枴杖而已，用久了、斷掉了就隨意丟棄的那種枴杖，我看你好像誤會滿深的耶，就算你今天被人殺了送去大鬍子那裡，他老人家一定是連眼睛都不會眨一下的，馬上會去找下一根枴杖。早在二十年前我就看透了，你怎麼到現在都還不明白。」

漢子再度拿起酒杯，來生目不轉睛地盯著漢子。漢子一臉不耐，大概覺得和來生話不投機，轉頭望向窗外。這時，對講機響起，漢子接起了話筒。

「喔，好，知道了，再請他等十分鐘。」

漢子掛斷電話。來生拿起桌上的香菸點燃，吸了一口後，朝空中吐煙。漢子看了看手錶。

「是國會議員B，他有個整天鬧事的兒子，這次終於闖了大禍。聽說他把一名女孩強拉進飯店，還把老二硬塞進女孩的嘴裡，後來那女的好像狠狠咬了他一口，結果咬得太大力，把老二給咬掉了，眞是滿屌的一個女孩。但那玩意兒跟『手指頭』不一樣，好像接不回去喔！」

漢子講到手指頭三個字時，刻意加重語氣，一臉調皮地看著來生。

「前幾天B來找我，大聲哭喊著：『嗚嗚，我的心肝寶貝，他可是三代獨子啊，我就這麼一個兒子，現在他老二斷了，我們家的香火也跟著斷了啊。』然後緊緊握著我的手，跟我說什麼現在能安慰他的人只剩我了。我當下眞覺得超他媽丟臉。就像你說的，我在全江南區最精華的地段上擁有這間華麗的辦公室，可卻在處理這些狗屁倒灶的鳥事！不過能怎麼辦呢？如果想賺錢就得安慰他那受傷的心唄！身爲堂堂大韓民國國會議員，都願意對我傾訴這種恥辱了，區區一個承包商能跟他說實在太丟臉了，所以做不到嗎？怎麼可能嘛！我也是這樣賺辛苦錢的，所以你也別再在乎那什麼自尊心了，到我這裡來吧，這樣你和你朋友正安兩個人都能活命，我也能過點好日子。這一點也不難，只要像現在一樣繼續待在圖書館裡，有什麼事打通電話給我就好。」

漢子看著來生，來生不發一語自顧自地抽著菸。漢子臉上漸漸失去笑意。

「馬上就要大選了，是危險又敏感的時機，因為大家都想釣到一條大的，這就有可能會犯下致命失誤。你知道之前有個光是子公司就超過二十家的D集團，前後只花了六個月就被政權和檢調空中分解的事嗎？只因爲大選期間他們沒有提供政治獻金就被這樣暗算，所以要是我們這種人沒把事情處理好，很可能還未倒地，就已經粉身碎骨了。我啊，被一堆鳥事搞得頭快炸開了，拜託你別再把事情弄複雜啊，雖然我眞的很不想爲難你，但你要是繼續這副德性，就眞的別怪我不手下留情啊。」

「還不知道刀子會插進誰的肚子裡呢。」來生悠悠地說著。

「是啊，誰也不知道，但是沒有挨刀的準備怎麼能幹這行呢，你已經準備好隨時挨刀了嗎？」

對講機再度響起。漢子接起了話筒，簡短說了一句「我現在過去」，便掛上了電話。

「那我先走啦，用你那顆聰明的腦袋仔細判斷要站哪邊，記得把我的話也轉給你朋友正安。」

「是你在我家馬桶裡裝的炸彈嗎？」

來生對著已經轉身準備離去的漢子問。漢子轉身歪了歪頭，表示不知所云，幾秒鐘過後，漢子終於理解來生的意思，擺出了一臉有辱他自尊的表情。

「你覺得我會是吃飽太閒把手伸進你家馬桶裡的那種人嗎？」

漢子走了出去，把門關上，來生繼續坐在位子上，又抽了一根菸。複雜的念頭盤踞在他腦海，來生把菸摁熄，搭乘電梯到七樓入口處。黑色套裝的女員工把保管箱裡套著皮套的廚刀取出還給來生；鑫鑫腸則是一臉輕蔑地看著他。來生低頭垂視秋那把廚刀，突然有股強烈的羞愧感襲罩心頭。來生把刀放回外套暗袋，逃也似地離開L大樓。

回到家中，已經沒了那兩隻會跑來熱情迎接他的貓了。來生站在玄關處，悵然若失地望著室內。明明只是少了兩隻貓，整個家卻顯得空蕩蕩的。他脫鞋走進客廳。空空的貓碗依舊放在餐桌下，來生看著貓碗，打開抽屜櫃，拿出一包飼料裝滿貓碗。

來生走進浴室，在浴缸裡接滿熱水。明明一整天什麼事也沒做，卻感到渾身疲倦，彷彿全身被鎚子敲打過一樣疼痛難受。來生看著浴缸裡的熱水冒著白色水蒸氣，頓感無力，覺得自己成了可有可無之人——自己彷彿一只巨大又複雜的手錶裡的一顆小齒輪，突然被彈了出去，手錶卻還是如常運作。

每次只要處理完暗殺目標，來生就會陷入這種強烈的無力感中，他自己也不清楚究竟爲何會如此，這不是罪惡感，也不是對自己不滿意所產生的厭惡，是一種什麼事情都做不了的無助，不僅對其他人，就連自己也負不起任何責任的感覺。不能在人群中幸福地歡笑嬉鬧，不能和心儀的對象談戀愛，甚至連從事自己做模型帆船的嗜好，和親手煮晚餐來吃都是遙不可及的願望。來生覺得自己只配擁有喝啤酒喝到掛、用失了焦的雙眼不停凝視窗外、整天躺著看天花板上的格紋壁紙，等到實在捱不住飢餓時，再從冰箱裡隨便拿些東西往嘴裡塞，然後再度沉沉睡去的那種人生。事實上，他也一直都過著這樣的人生。「人都是這樣變得越來越下賤。」來生氣若游絲地說著。他認爲，要是一個人是靠殺人維生，但他的人生卻像夏天的山巒般綠意盎然、生機勃勃，那才是件怪事。

來生躺在浴缸裡，看著浴室天花板上結滿的蒸氣水珠，回想漢子、狸貓大爺及米拿里之間的算計，不論別人怎麼說，他們各自都敲打著對自己有利的如意算盤，就連人肉市場裡的那些小業者、一次性僱用的派遣工、已經過氣的淘汰殺手，口袋裡也都藏著各自的計算公式，不論那些算計是否精準，最終都是依照自己的算式產生欲望，付諸行動，膽怯害怕，奪人性命。來生撈起漂在浴缸裡的肥皀泡泡，好奇狸貓大爺究竟在打什麼如意算盤。

他整個人沉入水中，開始數數——數自己殺過多少人——各種荒廢腐朽的東西宛如一股惡臭般滲入來生體內。

正安抵達來生家時已是午夜時分，門鈴聲響得急促又嘈雜，來生早已熟睡，他半睡半醒地爲正安開門，門外的正安一臉不耐。

「睡著啦？我呢，在這深夜裡像隻發了瘋的青蛙一樣東奔西跑；你呢，竟然在家裡給我呼呼大睡，還眞好命啊！」

正安走進來生家的客廳，四處張望。

「咦？取那什麼怪名字的閱讀架和檯燈呢？兩位貓咪大人，快出來吧！想你們的哥哥來啦。」

正安到處尋找兩隻貓的蹤影，從貓跳台到沙發底下全搜了一遍。

「兩位小姊姊，今天怎麼這麼害羞啊？」

正安一臉「貓咪咧？」的表情看著來生。

「送走了。」

「送去哪裡？」

「比這裡好的地方。」

「有哪裡是比心愛的主人懷裡更好的地方？」

「我要是哪天在街頭被人砍死，那牠們倆就會在這裡活活餓死。」

正安一臉訝異地看著來生，然後噗哧笑了。

「靠夭喔……別擔心！我都幫你調查清楚了。」

正安打開包包，拿出一個厚厚的信封袋放在桌上。

「你知道姜智京博士吧？」

「法醫？」

「對，在國科搜裡待過滿久的，原來他是謀略者！我從很久以前就跟你說過那老傢伙有鬼了吧，每次在報紙上看到他都覺得不單純。」

「他有必要做這行？」

「他們那圈子也是有滿多淵源，在過去那段腦殘軍人掌權的時代，需要的是印章，不是謀略者。」

「印章？」

「懂得賄賂那些負責蓋印章的檢察官，就不需要多麼華麗的暗殺計畫，就算是被安企部[2]毒打致死，只要檢察官在報告書裡將死因寫成自殺，蓋章，就能全案定讞。比起現在謀略者們要想盡辦法處理得不留痕跡，簡直就是輕而一舉。總之，那個圈子大致上是這樣開始的，初期可能是基於壓力——畢竟家有妻小要養、軍人又握有強權——被迫蓋章，但是只要有那麼一回，接下來就再也抽不了身，要是抽身還得了，業者們怎麼可能會放過他？」

「不過姜智京博士怎麼了？」

「那名叫美士的女子，之前是他的助理。」

「這倒是可以想像。」

「這答案不就呼之欲出了嗎？像姜智京那樣的大咖，你覺得會和誰合作？怎麼可能和米拿里那種咖合作？不是漢子，就是狸貓大爺啊！但狸貓大爺早準備收山，所以自然是漢子的謀略者可能性比較高。」

來生取出一根菸叼在嘴邊，不論是漢子或狸貓大爺，都不具說服力。更何況姜智京和來生毫無關聯，就算背後隱藏著來生不知道的關係，這種大牌謀略者又何必開這種完笑，在區區一名小殺手家的馬桶設置炸彈？

「姜智京博士最近在幹嘛？」

「前陣子去世了。」

「死了？」

「聽說是自殺，一輩子把別人的冤死掩蓋成自殺的人，結果自己也走上自殺這條路，是不是很令人不勝唏噓？」

「他是怎麼死的？」

「從陽台上跳樓死的。也就是說，有人把他從陽台推下去。但他可是一百多公斤重的人，應該是找了一名力大無窮的人去幹這件事。」

正安拿了一疊照片給來生，都是事故現場的照片，一名目測超過一百公斤的男子，像一坨黏土般癱倒在地，頭骨徹底破碎，右側肩骨和頸骨也斷裂，以致他的臉部完全朝向背後；他身穿工作時的醫師白袍，流淌在地上的鮮血看來格外暗紅，還有一隻和另一半失散的室內拖鞋翻倒在血泊當中。

「從五層樓陽台摔下去，竟然能摔成這副德性，大概是體重加成的結果。整天與屍體

---

2 國家安全企畫部，是大韓民國的前情報及國家安全機關。中央情報局（KCIA, 1961—1980）與安企部（ANSP, 1980—1998）為韓國情報院前身（NIS）。

爲伍的人，胃口倒是挺不錯，是要吃多少食物才會有這種體重，眞是……所以早點控制飲食不就不會落得這副慘狀了嘛。」正安說道。

「這些照片都是從哪來的？」

「當然是跟警察拿的啊，最近警察不是都要親切服務市民嘛！」

「穿著拖鞋自殺？」來生歪頭，「死因已被判定爲自殺了嗎？」

「嗯，警察當然是盡量往事少的方向結案嘛！加上現場還留有遺書，也沒有他殺的痕跡，所以……」

「遺書上都寫了些什麼？」

正安翻找著那疊文件，從中取出一張紙，那是遺書影本，上面寫著：「我要向所有被我催毀、因我而受傷的人謝罪，這是一段無顏面對世人的人生。」

「所以這是一份良心宣誓？」來生問。

「最好是！這人根本就是個沒良心的，不然怎麼會說，去他告別式的人看起來像在慶祝，彷彿參加婚禮一樣。」

來生往肺裡深吸了一口菸。一名謀略者寫完良心宣誓後自殺了，這會對誰有利呢？對漢子和狸貓大爺來說都沒有好處。謀略者也會成爲暗殺目標，因爲他們也可能像殺手一樣失誤、被抓到小辮子、留下痕跡，但是不會有人在光天化日之下殺死謀略者，因爲有別於殺手是怎麼挖也挖不出資料，謀略者的死亡要是被搬上檯面，那些埋在地下的過往就會一口氣全被挖出來，所以在籌畫除掉謀略者時，都要比其他任何暗殺行動還來得小心謹愼、隱密低調，這是這個圈子不變的定律。

「那會是誰把他殺了？」來生問道。

「我覺得是這女的。」

正安拿起美土的照片，來生看到照片笑了。

「哈，最好是這矮不隆咚的長舌婦會殺死一個體重破百的男子，還是你要說她先用Hot break巧克力棒把男子的頭敲暈，再找像哥吉拉一樣的男朋友，把他從陽台推下去？好吧，那就當作是這麼一回事吧，只是她幹嘛這樣做？」

「其實我也搞不清楚眞正的原因，只覺得這女的不單純，有嗅到不尋常的氣味。一般來說，謀略者不使用本名，而且收件地址、策畫暗殺行動的暗室、與掮客接線的地方，都會分設在不同地點，這樣才不會被一網打盡，每個地方會登記在不同名下，因爲他們超級膽小，但這女的竟然是用本名簽收那些炸彈零件。」

「我猜可能她就是姜智京的郵箱也不一定。」

「這世上有那麼多假名字和假身分證字號，幹嘛偏要用這女的呢？」

來生看了美土的照片，她仰望天空張嘴燦笑的表情，看上去不只天眞浪漫，還顯得有些智障，感覺看到蟑螂就會嚇得花容失色、四處打滾，實在難以想像這種女子正處心積慮地密謀著什麼。就算正安說的全部屬實，也有許多令人不解的地方。回顧姜智京的人生，應該和不少人結怨，美土可能也是其中之一，所以才會謀害他，但這又跟來生有什麼關係？女子在來生的馬桶裡設置炸彈，這完全沒道理。

「我看你啊，一定是搭訕病又發作了，看上這女的了對吧？你還是別肖想了。」來生把照片往桌子上一扔。正安一臉啞巴吃黃連。

「那是因爲你不瞭解她，她可是個狠角色，我聽這區市場裡的大媽們說，她過去做過各式各樣的工作，從配送牛奶、報紙，到賣魚、賣菜，什麼苦差事都做過，再用掙來的錢照顧下半身癱瘓的妹妹，而且沒有放棄學業，認眞苦讀，不曾離開過全校第一名的寶座。市場裡的人都對她讚不絕口，稱她是『我們美麗的美土』、『從天上下凡的美土』，誇張得不得了！聰明絕頂、美麗善良又勤勉誠實，市場裡的人每個月還會固定捐一些錢出來，當作她的獎學金。她每天凌晨到市場裡工作，最後還以全國榜首考進韓國最頂尖的醫學大學，是不是很可怕？」正安用十分欽佩的表情說著。

「全國榜首很可怕嗎？」

「吼，我的意思是，她都已經進到全國首屈一指的醫學大學耶，那些苦日子也都熬過來了，這麼厲害的女子，爲什麼要去當謀略者的助理？」

「因爲醫學大學要花很多錢啊，參與謀略是賺錢最快的途徑。」

「總之，那女的不是什麼簡單的角色，至今我查過數百人的資料，交往過數十任女友，我朴正安說有鬼就是有鬼，你眞的要這麼聽不懂人話嗎？」

「那我問你，這麼奮發向上的人，幹嘛要在別人家的馬桶裡裝炸彈？她把姜智京殺死，然後來我家裝炸彈？這也太沒邏輯了吧！」

「目前的確還兜不起來，但是應該快了，很快就能串起來，我有這樣的預感。」

正安翻了翻包包，掏出一張地圖遞給來生。地圖上有幾處用紅筆圈出。

「這是什麼？」

「如果是謀略者，就一定會有暗室，這幾個地方很有可能藏有姜智京和美土使用的暗室。」

「那你要幹嘛？」

「我還有別的事，大概會有一個禮拜無法回來。」

「什麼事？」

「不告訴你。」正安調皮地笑著說道。

「朋友的命都已經危在旦夕了，你竟然還有閒情逸致和女朋友出去旅行？這次又換哪個女的了？」

「你家都沒貓了，來這裡也沒意思，本來覺得牠們都是母貓，所以滿討喜的。」正安假裝沒聽清來生在說什麼，故意轉移話題，一邊收拾包包，走到玄關穿鞋。明明才剛買不久的運動鞋，腳後跟卻已經嚴重磨損。

「是狸貓大爺的事情嗎？」來生問。

「是又怎樣？」

「我今天剛見過漢子，可能是因爲大選在即，他整個人神經兮兮，警告我們要是繼續插手，就只好把我們兩個殺了。說什麼我是狸貓大爺的左右手，你是他的耳目之類的屁話，眞是笑死人。總之，上次那起暗殺將軍的事，已經惹毛他了，他最近很敏感，至少到選舉結束為止，我們還是要低調為上。」

「哎呀，看來我們來生嚇著了是嗎？在這圈子裡要是把每個人的恐嚇都當眞，還能混得下去嗎？」

「這次是眞的滿敏感的，等大選結束後，他應該會安分一些，所以到那時為止，先暫時休息吧。」

「要是我不幫狸貓大爺送報紙，他會很無聊的，而且漢子那隻老狐狸，怎麼可能會在這個節骨眼鬧事呢？他都快自顧不暇了，那些都只是說來嚇嚇你的而已，別太擔心了好嗎？快去把兩隻貓咪接回來吧，沒有牠們實在太空虛了。天不怕地不怕的來生，竟然會因為在馬桶裡找到一個小炸彈，就把家裡的貓統統送去避難，也太丟臉了吧！你到底在瞎忙什麼啊？」

正安伸手要開門，似乎想到了什麼，轉身面向來生。他解開褲腰帶，將牛仔褲往下拉。

「欸！你看這是不是很屌？蠍子精力內褲，我花十七萬買的，有沒有看到這裡？這裡面都是黃土和玉的結晶，它們會不斷釋放遠紅外線，讓男人的精力提升到最高值。這要怎麼形容呢，就好比是超人穿的那種三角內褲吧！」

來生看著正安手指的方向，有點傻眼。

「我看我們這區有個超市老闆也穿這條內褲。」

「眞假？那他是不是有說效果很讚？」

「我看他前陣子嘴巴歪了。」

正安的臉瞬間垮下來，噘起嘴巴，穿上褲子。

「唉，算了，跟你這一心想要死後身體裡出現舍利的人，我還能進行什麼有生產力的對話呢？我，走啦！」

正安打開門走了出去。來生笑著觀看正安不停摸著屁股、歪頭離去的背影。

8 打毛線

來生觀察著毛線專賣店好長一段時間，招牌上「美沙毛線工作坊」的字樣，宛如小學生的字跡般潦草歪斜。這棟兩層樓高的建築，就位在寧靜住宅區的街角拐彎處，看起來殘破老舊，但是一樓的美沙毛線工作坊，有特別用原木和帆布改裝過，很像迪士尼童話世界，布置得美輪美奐。店鋪玻璃窗上寫有「毛線、拼布、染布、十字繡」及「歡迎家庭主婦報名手工課程」等資訊。

上午十一點，美沙推著她的輪椅回到店鋪，輪椅一側的把手上掛有便當袋，另外一側則掛著裝滿布料和線材的包包。她抵達店門口，拍拍手上的灰塵，從口袋裡掏出手帕，擦去額頭上的汗珠。美土與美沙的家距離這間毛線工作坊，快步走大約只要十分鐘路程，但是自己推著輪椅過來並不容易，這段路上有幾個小爬坡，她自己過來，至少要花三十分鐘才能抵達，也難怪額頭上會結滿斗大的汗珠。美沙掏出鑰匙，將裝有粗欄杆的鐵門打開，彎腰撿起門邊的信件和報紙，她大略看了看便放在膝蓋上，轉頭望向一旁也在地上的宅配包裹，長寬目測約有一公尺。她看起來在思考該怎麼辦才好，那件包裹對於下半身無法施力的美沙來說，確實會有些吃力。美沙決定先暫時不拿包裹，打開大門直接進入店內。

來生過去幾天爲了尋找謀略者的暗室，循著正安給他的地圖去了許多地方，都沒找著。姜智京的研究室裡只有堆積如山的論文，看起來和其他研究室沒什麼不同，而正安在地圖上標示的「姜智京暗室」，實際去過後也發現空無一物。可想而知，如果姜智京是謀略者，那麼在他死後，一定會有一批專門負責清理的人將所有資料帶走，因爲漢子不可能放著那些危險的證物不處理。

來生還偷偷闖入美士的房間，但裡面也一樣沒什麼特別之處，眞要挑出一個比較怪異的部分，那就是妹妹美沙的房間一塵不染，東西也都擺放得井然有序；反觀姊姊美士的房間，則像黑猩猩的窩一樣凌亂不堪、毫無章法，窗框上掛著用衣架晾乾的胸罩和內褲，毫不害臊地朝窗外隨風搖擺，床腳下扔了一件大象圖案的睡衣，以及一雙腳底板都已穿到漆黑的骯髒低筒襪，床鋪底下深處有著令人無言的男性四角褲，從那俗氣的款式來看，應該是某位中年男子的，旁邊還落了一個破掉的保險套。來生用大拇指和食指夾出那條沾滿頭髮和灰塵的四角褲，心想：「連內褲都沒穿就匆忙跑掉的傢伙，到底是在演哪齣。」書桌上擺有幾本醫學書和筆記。來生翻了翻美士的筆記本，沒找到任何她就是謀略者的證據。

最讓人無力的是，美士是姜智京的助理這件事，其實只是正安個人的揣測而已，實際去大學和研究所查問，才發現根本沒人聽過這件事。

「美士嗎？美士是金善日教授的助教耶。」

不論怎麼打聽，都找不到任何有關姜智京和美士是特殊關係的公開資訊，只有美士在就讀大學部和研究所時，姜智京是當時的教授，以及兩人曾經交往過的不實傳聞而已。正安應該是因爲美土有訂購炸彈零件，兩人也都曾在同一間研究室工作過，所以就把他們硬湊在一起。來生從口袋裡掏出香菸咬在嘴邊準備點菸，美沙坐著輪椅再度從店裡出來，她一臉無奈地望著地上的大包裹，彎下腰試圖抬起它，然而包裹不僅看起來體積大，重量感覺也不輕，瘦小的美沙和包裹糾纏了好一陣子，決定放棄用抬的，打算改用拖的，不過試了半天依舊拿它沒轍。她拖包裹的同時，輪椅會擅自移動，彷彿就快倒下般令人怵目驚心，最後美沙停下動作，用手背擦了擦頭上的汗。來生把咬在嘴上的菸重新放回菸盒，朝美沙走去。

「需要幫忙嗎？」來生問道。

美沙抬頭望向來生。她有著像嬰兒般乾淨無瑕的肌膚，還有小牛一樣天眞無邪的眼眸。美沙看見來生，先是露出了驚訝的表情，隨即轉換爲燦爛的笑容。嘴角大幅度上揚的那個笑容，感覺不僅是感謝來生熱心助人，對當下情景也感到十分好笑。但到底有什麼好笑的呢？

「謝謝。」美沙向來生致謝。

來生撿起包裹，確實滿沉的，對於不能使用下半身的美沙來說，坐在輪椅上要撿起這個包裹著實不易。來生兩手抱著包裹，一臉「接下來該把它放哪？」的表情。美沙的眼睛沒離開過來生，一邊笑得不能自已。

「這……要抱著到什麼時候才能放下呢？」來生支支吾吾。

美沙放聲大笑，「她到底是在笑什麼呢？」來生茫然，儘管如此，美沙依舊笑個不停，還笑到流淚。

「不好意思，真的非常抱歉，我只要一被戳中笑點，就會笑到無法自拔。哎喲喂呀，我這到底是怎麼了。麻煩把它放到這裡吧。」

美沙用指尖擦了擦眼角的淚水，然後打開大門，推著輪椅進到店內。她手法熟稔地轉動輪椅，穿過椅子與縫紉機之間，用手指向一張圓形原木桌。

「放在那張桌子上就可以了。」

來生將包裹搬到桌上。

「你是來生哥哥對吧？」美沙的臉上還留有明顯笑意。

來生驚訝地看著她。

「妳怎麼會……知道我的名字？」

「拜託，你是我姊的男朋友啊，我怎麼可能不知道你的名字，我們每天都在小閣樓上談論你呢！」

男朋友、小閣樓、每天……這幾個單字，瞬間從來生的腦海裡呼嘯而過，她到底在說什麼。

「妳姊姊說我是她男朋友嗎？」來生一臉正經地問著。

「咦？不是嗎？難道又是我姊單方面暗戀？」

美沙頓時變得十分沮喪，感覺下一秒就要落淚。

「我就知道，這人果然又做了一些跟蹤狂才會做的事。」

美沙撿起桌上的一根毛線，用手指不停纏繞，最後一氣之下扔到了地上。她失落到就連站在面前的來生都有些尷尬。

「不，我原以爲……只有我在暗戀妳姊，所以沒想到……」

「眞的假的？」美沙睜大眼睛。

「嗯。」

來生對她眨了眨眼，美沙的表情瞬間像個孩子般開朗雀躍。

「啊，對了！這裡請坐。」

美沙拉出身旁的椅子給來生。來生坐了下來。

「要喝杯茶嗎？」

「如果不麻煩的話……」

「怎麼會麻煩呢！一點也不麻煩。」

美沙笑開懷，她推著輪椅往店裡可以簡單料理食物的小吧檯去，小吧檯正好符合美沙坐在輪椅上的高度，讓她方便自理。趁著美沙去泡茶，來生飛快地環顧店內。

原以爲做針線活的地方難免會有些凌亂，但店內擺設似乎是承襲了美沙的性格，小巧精緻，井然有序。一面牆上的展示櫃裡，擺滿各種布料、拼布用品、打毛線的毛線球、棒針和樣布色卡，全部整齊排列；另一面牆上則展示著桌布、圍裙、布偶、背包等各式各樣的拼布商品，每一樣商品上都標示著「可販售」或「展示用」手寫字卡。貼有「動物區」

字卡的層架上，擺放著動畫片裡出現的各色玩偶，有依舊沒穿內褲的小熊維尼挺著圓鼓鼓的大肚子，洋芋片包裝上豎著大拇指的奇多花豹在吹著口香糖泡泡，泡泡裡則寫著「你是天神宙斯，我是餅乾神奇多」的荒謬標語，還有《湯姆貓與傑利鼠》的玩偶、《藍色小精靈》裡出現的每隻小精靈，以及宛如在做國民健康操般高舉雙手的天線寶寶們，天眞浪漫地望著來生。來生看著層架上的那些布偶，心裡想著：「這些東西真的屬於動物區嗎？」另外還有「植物區」層架，展示著仙人掌、紅蘿蔔、西瓜、草莓等拼布商品。左右各擺著一台日本兄弟牌縫紉機，店內角落則立著兩個面對面的展示用人形模特兒，身穿手織的毛線衣與毛線背心，但都沒有看到任何可通往閣樓的階梯。

「你怎麼會突然來我這裡呢？是和我姊約在這裡碰面嗎？」美沙從冰箱裡取出水果準備清洗，開口問道。

「對啊。」來生回得心不在焉。

「她有說幾點會到嗎？」

「等下就會到了。」

一條貼有「化妝室」牌子的小通道被布簾遮擋入口，來生假裝是在參觀店內，默默移動到通道口，掀起布簾，化妝室就在那條約莫五公尺左右的通道最末端。來生走了進去，打開化妝室的門，裡面設有身障人士專用的馬桶，左右兩側還有不鏽鋼把手及量身訂製較矮的洗手台，除此之外，沒有什麼特別之處。來生關上廁所門，回到那條通道上，不自覺地轉頭望向其中一面牆壁，那面牆上有一組看起來很突兀的超大內嵌式系統櫃，「怎麼會在通道上裝設系統櫃？」來生滿臉困惑。他拉開櫃門，裡面掛著各式各樣的衣物，來生將衣物推向一邊，敲了敲櫃子後方的木板，裡面是空心的。他沿著系統櫃的邊邊慢慢往下摸，在下方摸到一個凹進去的門把，他拉開那扇門，一道狹窄陡峭的木梯出現在眼前。保險起見，來生探出門簾查看，吧檯處依舊傳來水龍頭流水聲。

「我可以再用一下廁所嗎？」來生刻意拉高音量問。

「當然沒問題！」美沙開朗地回答。

來生脫下皮鞋用手拎著，跨進系統櫃後方，將櫃門拉上，沿著木梯小心翼翼地往上爬。上面是間沒有窗戶的小房間，大白天也暗不見光。來生用手摸著牆，好不容易找到了電燈開關，他打開室內燈，那是間平凡無奇的房間，鋪有日式榻榻米，角落有張小摺疊桌，上面擺著桌燈和筆電；地板上的單人床墊只放了顆枕頭和一條棉被，僅此而已。

來生轉頭望向另一側牆面，瞬間，他的頭部彷彿被人用槌子狠狠敲了一下，看得他目瞪口呆。牆上密密麻麻地貼著數百張照片，主角正是來生。不僅如此，還有來生的X光照片、診療紀錄、網購明細、存摺影本、身分證、健保卡、駕照，甚至各單位的通知單也都被影印出來貼在牆上，每張照片都用油性筆寫著日期、時間和地點，那些資料多到可謂是把來生整個人徹底拆解剖析也不爲過。

來生看著照片裡的自己，一般人可能以爲這都是來生的日常生活照，實際上這些照片一點也不日常，其中有些是來生執行暗殺前幾秒的照片、有些是暗殺後，還有幾張被美土特別標示出來，照片裡有公事包——謀略者在送資料給殺手時會一起附帶的手提包，裡面裝有執行暗殺任務所需要的武器、藥物等物品，事情處理完畢後，必須歸還給謀略者。另外，還貼有幾張來生任務目標的照片。

「原來美土是謀略者。」來生喃喃自語。

他看了看手錶，距離剛才對美沙說要再用一下化妝室已經過了五分鐘，來生從口袋掏出他的瑞士刀，將摺疊桌上的筆電拆解，取出硬碟收進口袋，再將筆電重新組好。他掃視了一圈，關掉日光燈，悄悄走下木梯，小心翼翼地關上系統櫃背後的拉門，又探出頭查看，美沙已在桌上擺好水果和咖啡，正等著他出來。來生躡手躡腳地回化妝室，按下馬桶沖水鈕，洗手，刻意將廁所門用力關上，走回店內。

「可能是我昨天酒喝多了，初次見面竟然就借用廁所這麼久，實在不好意思。」

來生手摸腹部，替自己打圓場。美沙摀著嘴巴仰頭大笑，不知道到底有什麼好笑的。來生猜想，美沙的手掌背後會是一抹足以讓周遭感染幸福的燦爛笑容。

「咖啡都涼了，應該趁熱喝的。」她說。

「沒關係，反正我的人生也是偏溫的，不冷也不熱。」

來生啜了一口咖啡，那是一杯兼具了濃、純、香的咖啡。

「很好喝耶，這是肯亞咖啡嗎？」

「衣索比亞的。」

「哎呀，這時候應該要馬上猜到咖啡豆產地才能耍帥的，竟然猜錯。」

聽聞來生這麼一說，美沙再度張口大笑。

「看來不管我說什麼妳都會笑，我有這麼可笑嗎？」來生一臉正經地問。

「啊，不不，我本來就很愛笑，不是因爲覺得你可笑，是我的笑點實在太低。」美沙急忙解釋。

「妳其實很會看人，我確實是個可笑的人，其他人都這麼說。」來生也開了個玩笑。

美沙一臉茫然，不知該如何接話，於是隨手拍了來生的肩膀說了句：「什麼啦～」

「你喜歡我姊什麼呢？」

美沙用充滿好奇的目光看著來生。來生兩眼往上一抬，假裝思考要如何回答，實際上心裡卻想著：「竟然問我喜歡那女的什麼？這究竟是什麼荒謬的問題？」

「嗯……首先，美土聰明伶俐，然後很瞭解我，有時候會對於她的貼心感到驚訝，在我自己都不知道要做什麼時，她卻總是可以告訴我，該做哪些事。」

美沙滿臉欣喜，似乎是很滿意來生的回答。就在此時，有人用輕浮聒噪的嗓音奮力地打開店鋪大門走了進來。

「親愛的美沙！姊姊終於織完一件超大尺寸的毛衣囉！」

來生抬頭，與圖書館女館員四目相交——是鬥雞眼。她一看見來生坐在店內，身體瞬間僵硬，一動也不動地站在原地。

「姊，這位是來生哥哥，美土姊的男朋友，這次是眞的！」美沙像個孩子般炫耀著。

鬥雞眼女館員聽完美沙的介紹後，非常輕微地點了點頭。來生緩緩起身，將頭十五度歪向一邊，滿臉狐疑地看著鬥雞眼女館員，嚇得她趕緊避開視線。此時，大門再度被打開，美土走了進來。美土快速掃視了站在門前定格不動的鬥雞眼女館員，還有笑開懷的美沙，以及在兩個女人間神情略顯凝重的來生。美土雖然有些錯愕，卻也不像鬥雞眼女館員那樣嚇得杵在原地不敢動。

「哎喲！來生，你那漂亮的屁股看起來沒事耶！」美土笑著對來生說。

來生一臉無語地看著美土。

「幹，這瘋女人……」

他不自覺地罵了句髒話，坐在輪椅上的美沙詫異地抬頭望向來生。

四個人就這樣不發一語、一動不動地互看了好一陣子，室內空氣彷彿凝結，誰都不願先打破這場僵局。眼下情況十分微妙，謀略者、圖書館館員、手作工坊老闆，這不搭嘎的組合究竟為何會湊在一起？而且是在這充滿藍色小精靈、小熊維尼和天線寶寶玩偶的店內。原以為終於找到一些線索，有助於釐清事實，情況卻似乎變得更加錯綜複雜了。這時，緊張到渾身僵硬的鬥雞眼女館員突然嘆了一口氣。來生對於乖乖待在狗兒們的圖書館裡認真工作的鬥雞眼女館員，會加入這莫名其妙的團體，感到訝異，難道是被美土或漢子收買了？不對，回顧過往，打從她五年前進圖書館，就在打毛線了，所以她老早就和美土是一夥的。

「我們還是出去談吧？」

美土終於打破沉默，她的口氣溫柔得像在哄小孩。

「我倒是滿喜歡這裡的，剛剛和美沙聊的話題也還沒講完，店內又布置得這麼精緻，有種說不上來的特別感。」

來生用雙手比畫著打毛線的動作，然後用眼神指了指小閣樓的方向。

「喔對，還有漂亮的美沙誠意十足地爲我泡了杯咖啡、切了盤水果，我要是就這樣離開，也太對不起她。」來生看著美沙微笑。

美沙對於當下的情形一頭霧水，她焦慮不安地看著來生。美土緊咬下唇，鬥雞眼女館員則是一臉鐵青地來回望著他們。

「對啊，姊姊們，雖然我不清楚到底是什麼事，但大家就一起喝杯咖啡消消氣吧。」坐在輪椅上的美沙強顏歡笑地說道。

美土不得已，只好緩緩走近桌子，鬥雞眼女館員依舊站在原地不動，默默觀察美土的臉色。美土拉住鬥雞眼女館員的手臂，對美沙笑著說：「美沙，可以麻煩妳幫姊姊們也泡杯咖啡嗎？要用好的咖啡豆喔！」

美沙轉身去吧檯，準備泡咖啡。美土把臉湊到來生面前，用非常小的音量警告，「我妹跟這些事一點關係也沒有，所以勸你還是早點離開這裡。」

「我們每個人都脫離不了關係，畢竟這圈子是靠驚人的偶然串聯在一起的。」

來生的視線停留在鬥雞眼女館員身上，她轉頭避開來生的注視。美土這下把臉湊得更近些，貼在來生的耳邊說道：「你要是敢動我妹，我會讓你死得很難看。」

來生瞧了美土一眼，然後傲慢地將身子向後靠在椅背上，一副老神在在的樣子。

「哇，好可怕啊，我以爲妳們只是湊在一起唱歌跳舞的女子團體，原來是一群女流氓啊。」

來生滿臉嘲諷地看著兩名女子。這時，從櫥櫃裡取出咖啡杯的美沙轉頭朝這裡喊道。

「姊！妳吃早餐了嗎？沒吃的話，要不要幫妳烤土司？」

「不用了！我們馬上就要走了。」

「那我要吃美沙烤的土司！」來生回答得特別開心。

美土兩眼瞪著來生，鬥雞眼女館員朝美土使了個眼色，美土對她眨了眨眼，示意不用擔心。過了一會兒，美沙一手推著輪椅、一手端著盛有兩杯咖啡和一份土司的托盤出來，放在桌上。

「來生哥哥是不是也在圖書館工作啊？秀敏姊也在圖書館工作耶。」

美沙刻意開了個話題，好讓這尷尬的氣氛能稍稍緩解。

「喔，沒錯，我們認識，之前在同一間圖書館裡工作，那時我以爲我們的工作內容不太一樣，但我發現最近秀敏好像也和我做同樣的事，總之很高興遇見她，畢竟遇到同行都會有聊不完的話題。」來生看著鬥雞眼女館員說道。

鬥雞眼女館員有些無措地看著美沙，輕輕點了點頭。來生拿起烤土司大口咬下。

「這也太好吃了吧！之後經過這裡，還可以進來吃妳烤的土司嗎？」

來生擺出誇張的表情，咬著土司，讚不絕口。

「當然囉！隨時歡迎。」美沙笑著回答。

美土緊盯來生，對話再度中斷，四個人圍坐在桌前，一陣沉默，空氣彷彿凝結了。美沙輪流看著每個人的表情，想再找一些新話題，似乎又覺得不妥，把話吞了回去。鬥雞眼女館員自始至終表情如出一轍，而坐在來生對面的美土不曉得在盤算什麼，緊閉雙唇，不停用手指輕敲桌面。最後，美土開口了。

「男女談戀愛難免會有誤會，男生覺得沒什麼的事，對於女生來說很可能是極大的傷害；女生隨口說說的一句話，也可能深深傷了男生的自尊心。總之，我上次那麼說並不是真的要和你分手，只是希望可以給彼此一點時間，仔細思考我們的關係和未來而已。你好歹是個男人，怎麼這麼沉不住氣，還跑來我妹的店裡，到底在幹嘛？不覺得很丟臉嗎？」

來生一臉懵，看著美土，「她在說什麼屁話？」

「我的天啊，原來是姊甩了哥哥啊？這也太扯了吧！」

美沙驚訝地看著來生。來生無辜地搖著頭表示沒這回事。美土繼續說。

「不過，既然都追來這裡了，不如我們出去喝一杯吧，把那些誤會解開，有什麼不滿也都痛快說出來，對我有什麼疑問，讓你一次問個夠。」

「誤會？」來生怒視美土。

「對啊，來生哥哥，出去和我姊喝一杯吧，有什麼不愉快的地方，兩個人好好談一談。」美沙抓著來生的手臂勸說。

美土起身，背起背包，鬥雞眼女子也跟著動作。

「妳在這裡待著就好，來湊什麼熱鬧啊。」

「對啊，那秀敏姊就留下來陪我在這裡做皮卡丘吧！」

美沙的嗓音明顯高亢，不曉得這件事情有什麼好令她如此開心的，鬥雞眼女館員勉爲其難地坐回位子上。

「我們走吧？」美土說。

來生雙手交叉在胸前，仰頭凝望天花板一會兒，長長地嘆了一口氣，才終於起身離開座位。鬥雞眼女館員縮著肩膀坐在位子上，視線低垂。來生看了她一眼，再望向美沙，擠出一抹微笑。

「美味的咖啡和土司，謝謝喔！還有水果也是。」

「不客氣。來生哥哥，下次一定要再來喔！」

「好，下次一定會再來，我也有話要找秀敏談。」

聽完來生的回答，美沙露出了燦爛的笑容。

美土帶來生到市場正中央的一間豬血腸湯飯專賣餐廳，她應該是常客，廚房裡的阿姨一眼就認出她，熱情地招呼安排座位。兩人坐在餐廳角落的位子，美土對著廚房大喊，「阿姨，我要辣炒小腸兩人份，加豬肝、豬血腸，然後兩瓶燒酒、兩個燒酒杯！」

阿姨端出了一個大托盤，托盤裡裝著兩瓶燒酒、兩個燒酒杯，還有用醬油醃漬的洋蔥及生辣椒，一一擺放在桌上。

「怎麼大白天就喝酒？」

「這傢伙一直說他喜歡我，對我死纏爛打，我只好意思意思陪他喝幾杯。」

美土一本正經地吹著牛皮，廚房阿姨偷瞄了來生一眼。

「嘖，這位帥哥最好是會對妳死纏爛打。妳啊，別又像上次那樣哭得死去活來的。」

阿姨轉身回廚房，美土倒了三分之二杯的燒酒，一口喝下。接著，用手抓了一片洋蔥，放入口中豪邁咀嚼。

「妳現在是故意在我面前假裝很強悍嗎？」來生問道。

「我一直都是這樣喝酒，因爲我忙得很，才不像你那麼悠閒，我得工作、讀書、談戀愛，加上人生也滿苦的，所以不喝酒不行。但是實在太忙了，連喝醉的時間都沒有。」

「是啊，一定忙翻了，因爲還得計畫如何殺人。」

美土睨了來生一眼，嗤嗤竊笑。

「對了，爲什麼要在我家馬桶裡裝炸彈？我可是怎麼想都想不明白。」

「要叫你仔細想想自己的人生啊，你太不用腦思考了。」

美土一派輕鬆地回答，又用手拎起一片洋蔥放入口中。她爲兩人分別倒了半杯燒酒。

「難道是爲了幫過世的父母報仇？只要是和謀略有關的人，統統都趕盡殺絕的那種無差別式復仇？」來生問道。

美土雙眼直愣地看著來生，終於忍不住放聲大笑。

「你看，我就說你都不用腦思考吧！拜託你別用老鼠腦一樣的狹隘思維來看事情，麻煩把格局放大一點，比如說世界和平、人類未來啦這類的，要用這種宏觀的角度來思考，知道嗎？」

來生盯著她，暗想：「這女的，到底哪來的自信？」她已經被暗殺目標識破，而且還是被一名殺手識破，等於是在走出這間餐廳之後、回到家之前，很有可能會喪命，但美土自從出了妹妹的手作工坊後，始終氣定神閒。那不是刻意裝出來的，比較像是她的眞面目。一百六十公分左右的身高，加上不到五十公斤的體格，來生對於這名嬌小女子有著如此強烈的自信感到不可思議。

「妳到底是哪來的自信？在我看來，妳現在應該要皮繃緊一點才對吧？」

「幹嘛，難道要亮出你的刀子了？」

美土再次竊笑。別人說話時暗自竊笑這點，似乎是美土和美沙姊妹特有的遺傳基因。

「妳覺得我不敢嗎？」

「你才不是那種會用刀子殺死女人的偉大人物。」

「妳以爲光是在牆上貼幾張我的照片，就對我瞭若指掌嗎？」

「秋放走的那名女子，還記得嗎？體重只有三十八公斤、臉蛋漂亮又楚楚可憐的那個女的。我們的指令明明是叫你折斷她的脖子，但你最後是給她吃藥死的，我實在搞不清楚，殺手們爲什麼都自以爲自己的頭腦比謀略者聰明，法醫都說叫你要折斷她脖子，別給她吃藥了，那都是有原因的啊。」

「妳怎麼知道這件事？」

「在你的公事包裡放巴比妥酸鹽藥瓶的就是在下我本人，後來看那瓶子是空的。」

「那妳幹嘛在公事包裡放不必要的藥物？」來生的臉微微泛紅。

「我只是想看你會怎麼選擇。」美土兩眼注視著來生。

美土拿起酒杯，抿了一小口酒。誠如正安所言，可能是在市場裡工作過的關係，拿起酒杯的那隻手看上去有些粗糙。來生乾掉自己那杯酒，美土看著他，露出一抹淺淺微笑。

「看來你今天是不打算殺我了。只要是執行任務的日子，你就會滴酒不沾。」

「所以妳是我的謀略者？」

「不是，姜智京才是你的謀略者，我是他的助理。」

「我以爲他是漢子的謀略者，不是嗎？」

「不論是狸貓大爺，還是漢子，最終都是同一夥的。雖然彼此看起來爭鋒相對，但其實比誰都需要彼此。他們倆就好比是鱷魚和短翅鴴[1]的關係，只要有一個吃下大獵物，另一個就得負責收拾善後，但是等大選一結束，漢子應該就會開始處理狸貓大爺了，包括你在內。」

餐廳阿姨端著一盤辣炒小腸從廚房走了出來放在桌上，阿姨這次直接當著來生的面仔細端詳他。

「哎呀，這位年輕人眞帥，一臉就寫著『很可靠』三個字，要多吃一點喔！」

阿姨把夾在腋下的一瓶雪碧放在桌上，對來生說道。

1 經常幫鱷魚清理牙齒的一種鳥。

「這是請你喝的，我們美士雖然外表看起來活像隻發情的驢子，但其實相處久了就會發現她很體貼，也很善良，小小年紀吃了不少苦，我們美士還麻煩你多多關照啊。」

來生不知所措地點了點頭。

「阿姨，妳這是在叫誰關照誰呢！都說是他在死纏爛打了！」

美士發著牢騷。

「妳啊，看看妳這副德行，他會追妳才怪。」

阿姨拿拳頭用力敲了美士的頭，再次用「麻煩你了」的表情對來生點頭致意。來生微微起身向阿姨行了個禮。阿姨回廚房後，美士夾了塊小腸放進口中。

「快吃吧，很好吃，那位阿姨雖然嘴巴有點壞，但手藝倒是好得沒話說。」

美士把那盤辣炒小腸輕輕推向來生。來生一臉茫然地望著那盤菜，這根本就是切塊的橡皮水管，用韓式辣椒醬拌炒而成的，還飄著一股豬肉內臟特有的腥味。來生緊皺眉頭，但美士似乎是眞心認爲好吃，不停用筷子夾著盤裡的小腸，一口接一口塞入口中。

「我每次在吃這家辣炒小腸時，都會想著神的內臟——人類從來沒看過也沒人想像過的內臟——隱藏在神聖、崇高、偉大的聖人體內的，那些骯髒、醜惡的東西，宛如躲藏在優雅背後的卑鄙無恥，美麗背後的骯髒齷齪，還有那些我們信以爲眞的事物背後，盤根錯節糾纏在一起的謊言。但是人們往往會極力否認，只要是活著的物體，必然帶有這種內臟的事實。」美士的口氣宛如在對來生傳教。

「欸，醒醒啊，這只不過是個豬內臟。」來生試圖打斷她。

「聽說和人類內臟最相近的就是豬內臟，聖經裡也有記載，神是照著自己的形象造人，所以，這個豬內臟應該也會和神的內臟很像才對。」

美土夾起像神的內臟——豬小腸，呼呼吹涼，放入口中。

「是妳殺死姜智京的？」來生問。

「可能是吧。」美土一派輕鬆地敷衍帶過。

「就憑妳自己？」

「送走一個胖子需要那麼多人幹嘛？又不是多了不起的事。」

美土吞下小腸，拿起酒杯喝了一小口酒。

「妳還真有本事，自己一個人扛上百公斤的男子。」

「畢竟人類早在五千年前就發明了起重機這個東西，六千年前也有了車輪。」

來生取出一根菸，咬在嘴邊點燃。

「妳在狸貓大爺的圖書館裡安插一名鬥雞眼，然後把漢子的謀略者殺害，佯裝成自殺；在我的馬桶裡裝了顆小炸彈……」來生喃喃自語。「妳到底在打什麼如意算盤？難道要和承包商展開對決？」來生語帶玩笑地推測。

「有可能喔！」美土一臉天真浪漫。

「跟誰？漢子？還是狸貓大爺？」

「兩個都。」

來生用極其荒謬的表情看著美土。美土依舊神色自若。來生冷笑了一聲。

「像妳這樣的女人要和狸貓大爺、漢子這種怪物對決？我的天啊，實在太可笑了。」

美土放下筷子，擦了擦嘴角。

「什麼叫像妳這樣的女人？還有，有什麼好可笑的？」

美土正面直視來生。

「漢子和狸貓大爺可不是能被妳從陽台推下去的蠢蛋，不要以為當了幾次謀略者的助理就很熟悉這圈子，妳根本就不是漢子的對手，恐怕還沒正式對決就會先被燒成灰，我勸妳還是到此為止吧。妳要是願意現在收手，我就看在美麗又善良的美沙妹妹份上，絕口不提妳搞出的那些惡作劇，妳在我家馬桶裡裝炸彈的事也一筆勾銷。」

「太晚了，這場對決已經展開，而且我瞭解漢子和狸貓大爺的程度不少於你。」

來生深吸了一口菸，朝空中呑吐出長長白煙。

「妳覺得我找妳找了多久時間？短短一個禮拜我就找到妳了，更別說漢子，他應該更容易找到妳，到時候人肉市場裡那些可怕的傢伙，一定紛紛拿刀來追殺妳，美沙的手作工坊肯定也會面臨危險。給妳一個忠告，千萬別以為那些人也會和我一樣這麼有耐心。」

「才不是你找到我，是我召喚了你。」

來生盯著她，美土並沒有迴避來生的視線，反而與他互望。她表情嚴肅、意志堅決，來生則是把菸頭熄滅，在酒杯裡倒了三分之一的燒酒，一口喝下。空腹喝下的燒酒格外苦澀燒胃，美土看見來生表情猙獰，用食指敲了敲桌上那盤辣炒小腸，來生看了她一眼，拿起筷子夾了塊小腸放進嘴裡。那是來生這輩子吃下的第一口豬小腸，的確如美土所言，看起來不怎麼樣，吃起來意外很不錯。來生再度爲自己斟酒。

「妳這人滿有意思。」

「謝謝喔，我就當作是稱讚了！還有，你也是個滿有意思的人。」

「爲什麼偏偏是我？人肉市場裡明明多的是殺手。」

「因爲你很可愛啊。」

美土逗弄著他。來生滿臉厭惡，但是美土毫不在意，自顧自地倒酒，喝下幾口，拿起筷子夾了一塊小腸來吃。美土細細咀嚼，直到吞進肚子後才又開口說話。

「我需要的是能在狸貓大爺和漢子之間往來自如的人，可以讓他們感到緊張、動搖、糾結、起衝突的那種，你是最佳人選，因爲你是狸貓大爺的兒子，也是漢子的兄弟。」

「我才不是狸貓大爺的兒子，跟漢子那傢伙更不可能是兄弟！」

來生情緒激動地大聲咆哮，引來在廚房切蔥花的阿姨側目。他意識到周遭視線，急忙取出一根菸點燃，美土看著來生的舉動噗哧一笑，搖頭表示無可奈何。她舉起酒杯，喝下幾口燒酒，再夾了一塊小腸放進嘴裡。

「不吃了嗎？這些都要吃完，阿姨才會在這鐵盤裡幫我們拌飯耶。」

來生用看瘋子的表情瞪著美土，「竟然在這節骨眼還能想著拌飯，她到底是從哪個星球掉落的石頭啊！」來生簡直想一拳狠狠砸在她那咀嚼豬小腸的嘴巴上。

「妳怎麼會認爲我一定會幫妳？」

「因爲你得靠攏我才有辦法活命。而我呢，已經幫你準備了一套很棒的計畫。」

「最近還眞熱鬧，我身邊突然多出了這麼多要我投靠他才能活命的傢伙。」

「謀略者都有一份預備名單，他們會事先備齊這些人的相關資料，等良辰吉時一到，就能馬上處理，據我所知，你已經被列在那份預備名單上了。」

「主使者是漢子？」

「應該吧，但也有可能是其他人。」

「那還不錯啊，至少還是在預備名單，即便被放在正式名單上，我也不打算躲在女人的石榴裙下，乞求一線生機。」

美土面帶嘲諷地看著來生。

「現在是想要捍衛男人的顏面是嗎？嘖，果然都是被Y染色體害的，女人有兩個優雅又懂變通的X染色體，所以能互補，但男人的白癡Y染色體裡，只有勃起和勃然大怒兩種功能。」

「我的活路我自己找，用不著妳操心。在我看來妳應該撐不了多久，更別說需要坐在輪椅上的美沙，她用那種身子是打算怎麼逃亡？好好擔心妳自己的將來吧。」

美土緊咬下唇。

「我警告你喔，別再用那骯髒的舌頭不正經地喊我妹的名字。」

美土惡狠狠地瞪著來生，眼神中充滿著濃濃的警告，彷彿要把他千刀萬剮。來生突然想起自己對美沙開玩笑時，美沙拍著自己的肩膀，無邪地笑說「什麼啦～」的表情。來生兩手手心朝上，微微向上抬了一下，向美土表示抱歉。美土拿起酒杯，把杯裡剩餘的燒酒全部喝光。

「爲什麼針對狸貓大爺和漢子？難道是爲了幫父母報仇？還是因爲美沙的腿……」

來生打住了無意間脫口而出的最後那句話，美土再次斟滿酒杯。

「我其實不知道是誰殺了我的父母，當然，一開始的確是爲了那件事踏入這行，但對現在的我來說，究竟是誰害死他們已經不重要了，我也不打算找出把美沙的腿弄成那樣的垃圾，替她復仇。我只知道這些事一定是從事我們這行的人幹的，和我們一樣殺了人後繼續厚著臉皮吃飯、洗熱水澡、蓋舒服的棉被呼呼大睡，和我們一樣骯髒齷齪、醜陋噁心，還整天怨嘆著這個圈子怎麼成了這副德行、日子快要過不下去、自己沒什麼力量所以也改變不了什麼等等，既卑鄙又懦弱。」

「所以妳打算整頓這些承包商，改變這個圈子？」

美土沒有回答，靜靜看著她的酒杯。來生又問。

「所以妳覺得只要殺死狸貓大爺和漢子，就能改變這圈子？那就只是一張輪流換人坐的空椅子，就算空了，也一定有人搶著坐，殺死那些人並不會有任何改變的。」

「是啊，你說的沒錯，區區幾名承包業者死掉，並不會改變什麼，所以我打算乾脆砸毀那張椅子，讓誰都無法再去搶。」

來生傻住了，他看著美土，而她依舊面不改色。

「我以爲妳是個聰明人，現在看來根本就是個瘋子嘛！」

「不然咧，你還當我是正常人啊？不瘋怎麼可能來做這行？」

「所以妳打算單槍匹馬、行俠仗義?眞是笑掉我的大牙,這種老梗連最近上映的動畫片都不演了!」

「你知道這圈子怎麼會變成這副德行嗎?是被狸貓大爺和漢子這種惡人搞的?還是那些委託他們殺人、給他們案子卻躲在權力背後的指使者?都不是。這圈子並不會因爲區區幾名惡人而改變,之所以會是現在這模樣,是因爲我們都太乖,被那些和你一樣自認不論怎麼做也不可能改變世界的消極主義者害的,就會在那裡打嘴砲,說什麼輪流坐的空椅子這種話,自命清高,覺得這樣很帥是嗎?明明在狸貓大爺和漢子底下一聲也不敢吭、聽命行事的人,最終還不是只能操心著自己的未來?就是因爲像你這樣的人,整天假裝自己很懂,不停發著牢騷,抱怨現況,這世界才會變成這樣。你啊,是比漢子還要噁心的人,你把他弄得惡名昭彰,再不停催眠自己比他清高,但最終你還是把該做與不該做的事都做全了,才撒手一攤,說自己也是不得已的。在我看來,漢子比你好些,至少他還承受著大夥兒的指指點點。」

「所以妳說了這麼多,總歸一句話就是:了不起的美土爲了拯救這個圈子,計畫了一起完美的暗殺行動,然後需要一名關鍵人物,那個人就是不才在下我本人?」

美土不發一語地望著來生。來生再次開口。

「如果妳希望現在就得到我的答案,那我會告訴妳,我的答案是『NO』,不論妳在計畫什麼,我一點都不感興趣。就像妳說的,我會一直卑鄙無恥、噁心醜陋地活著,直到某天被人幹掉,但我一點也不覺得委屈或冤枉,反正像我這樣的人一直都活得像條蟲,自然也會像條蟲一樣結束生命。」
來生站了起來。
「妳要是敢再做一次這種事，我絕不饒妳，這是我最後一次警告。」來生對著美土的頭頂說。
美土抬頭望向他，一臉無所謂。
「記得多運動啊，接下來有的是機會要耗體力呢。」
美土喝了口酒，配著小腸。餐廳阿姨用「果然不出我所料」的表情看向美土和來生。
來生盯著美土看了三秒，接著轉向櫃檯去結帳。
「總共多少？」
「辣炒小腸和兩瓶燒酒，總共一萬八千韓圜。」
來生從皮夾裡掏出兩萬韓圜，遞給阿姨。
「怎麼不好好談呢，唉，這丫頭眞是……」
阿姨找了兩千韓圜給來生，滿臉惋惜。
「謝謝阿姨，先走啦！」
來生向阿姨點頭道別，走出店外。或許是因爲大白天喝酒的緣故，日正當中的豔陽灑落在市場街道上，讓他感到一陣暈眩。

9 青蛙，吃，青蛙

正安的屍體是在週末送到圖書館的，漢子的律師代替他來見狸貓大爺，身穿黑西裝的兩名壯漢從後車廂抬出屍體，送往狸貓大爺的書房。律師跟著走了進去，兩名壯漢一走出書房，律師便向狸貓大爺行了九十度鞠躬禮。

「實在很遺憾，聽說是因爲正安踩了不該踩的底線，我們應該先和您商量的，但事發突然，所以……」

狸貓大爺將屍袋拉鍊往下拉，確認是正安的臉沒有錯。死掉的正安臉色鐵青，看似還停留在死前那一刻的恐懼當中。

「不該踩的線……李檢察官，我最近腦袋不太好使，年輕人講話拐彎抹角，我實在聽不明白，能不能說得簡單點？到底是什麼線呢？」

狸貓大爺說話的嗓音像是在哄小孩般不疾不徐，大爺之所以稱他爲檢察官，是因爲在擔任漢子的律師前，他曾是名檢察官。

「正安持有我們的謀略者名單與座標，而且有五名之多，可能是想用那些資料來與別的公司進行交易。您也知道，這在業界是非常敏感的事，所以我們只好……」

律師最後含糊帶過。

「和哪一家公司？」

「聽說是和中國那邊的人，說好以三億韓圜成交。」

狸貓大爺皺了下眉頭。

「正安怎麼可能持有你們的謀略者名單？而且是連我都不知道的名單。你們應該不會把這麼重要的機密文件隨便放在電話簿裡吧，你要我怎麼相信這樣的說詞？」

律師猶豫了一會兒，開口說道。

「我們還在查明事情經過，一旦釐清緣由，漢社長會馬上向您報告的。」

狸貓大爺將屍袋拉鍊拉到最底部，正安的頸部、胸口、腹部，總共七處劃有刀傷。

「是漢子下的指示？」

「漢社長現在人在國外。」

「那是誰下的指示？」

「我當初是叫弟兄們把人好好帶回來，但正安實在太不配合，他們不小心失手……」

「失手……」

狸貓大爺低聲複誦著。律師則是偷偷觀察狸貓大爺的臉色。

「關於這回所犯下的失誤，我們甘願受罰。」

狸貓大爺冷眼相覷。

「甘願受罰？那你願意一命抵一命嗎？」

律師手握拳頭，遮擋在嘴前，乾咳了幾聲，滿臉尷尬。狸貓大爺繼續逼問。

「還是你打算拿走我棋盤上的炮，再還我一個卒？」

來生聽聞狸貓大爺以象棋作爲比喻時，緊咬牙關、不發一語。律師一臉爲難。

「短短兩個月內，我們的謀略者就已經死了三名，雖然還不確定正安和這件事有無關聯，但我們正處於非常敏感的時期，再加上又是選舉期，期盼您多加體諒我們的立場。」律師畢恭畢敬地說道。

狸貓大爺聽聞死了三名謀略者的事情後，歪頭表示不解，他捲起衣袖，伸手去摸正安身上有傷的部位，這明顯是理髮師的手法，由外而內、循序漸進式地砍殺，折磨人至死，訓練官大叔和秋也是這麼死的。

「是理髮師下的手？」狸貓大爺問。

「不，是一個年輕劍客，極道出身的……」

律師急忙辯解。狸貓大爺冷笑一聲，他摸著穿過正安心臟的刀傷，看來就是這一刀害他斃命的。

「這年輕人滿會用刀的嘛，叫什麼名字？」

律師一時語塞，彷彿在思考到底該講出誰的名字。

「他叫達子。」

「幾歲？」

「二十五。」

「確實很年輕。那這件事情就用他的命來抵吧，總不能老是被你們欺負，卻什麼動作都沒有吧？怎能縱容你們如此囂張。」

來生猛地抬頭看向狸貓大爺，狸貓大爺只是面無表情地緊盯著律師。律師思索了一番，最後也只能勉強點頭答應。

「好的，我會再按照您的意思辦，之後會向您報告最新情況。」

「我不需要什麼狗屁報告！你當這裡是什麼機構嗎？」狸貓大爺突然咆哮。

「不好意思。」律師急忙低頭道歉。

「正安的屍體我們會自己看著辦，你可以走了。」

律師再度向狸貓大爺行了鞠躬禮，便匆忙離去。

狸貓大爺這下才面露悲慟，原本站得直挺的身子，瞬間變得軟弱無力，他用手撐扶桌面，看著正安的臉龐好一會兒，手放在正安的額頭上。

「正安怎麼會有漢子的謀略者名單？」狸貓大爺問，他沒看來生，視線依舊停留在正安身上。

「我也不太清楚。」

「沒有什麼可疑的地方嗎？」

「沒有。」

也許是正安找到姜智京的暗室時，偶然發現名單的也不一定。但是謀略者怎麼可能會把附有座標的名單讓正安找到？根本不可能發生。這一定是美土故意設下的陷阱，作爲釣出正安的誘餌，而正安這白癡也恰巧上鉤了，眞是蠢得要命，怎麼會天眞到去轉賣謀略者的名單？太魯莽了。

「現在到底是怎麼一回事？」狸貓大爺問。

「您不知道的事，我也不會知道。」來生回答。

「你沒有另外叫正安做其他事？」

「只有請他幫忙打聽炸彈零件，和謀略者沒有任何關係。」

「已經死了三名謀略者，正安還被這樣血淋淋地抬回來，每個人都神經兮兮，彷彿就要開戰，可我卻在這圖書館裡一無所知，是吧？」

「什麼？」狸貓大爺怒視來生。

狸貓大爺有些歇斯底里，眼球布滿血絲。

「原來您是對這件事情感到憤怒？」來生冷冷地問。

「原來您不是因爲正安的死而感到憤怒的，反倒是因爲自己一無所知，覺得有損自尊，讓您顏面盡失了，所以才惱羞成怒的，是嗎？正安已經死了！您難道沒有看見他已經死了嗎！」

來生兩手捧著躺在屍袋裡正安的臉龐，想要讓狸貓大爺看個清楚。

「都已經到這個節骨眼了，知不知道外頭發生什麼事很重要嗎？就算知道，正安也回不來了！明明一看就知道是理髮師的刀法，您卻叫人家殺死另一個人抵命？幹，那條命能抵這條命嗎？算了，反正像我們這種人對您來說，也只不過是棋盤上的棋子，管他是炮還是車，只要您一直下這盤棋，最終大家就是死路一條。」

狸貓大爺目不轉睛盯著來生，雙手顫抖。來生落下了斗大的淚珠。

「把他搬去地下室吧，順便把那姓白的找來，還要清理收拾屍體。」

狸貓大爺緩下情緒給了指令。

＊

「眞的是正安?!」大鬍子滿臉吃驚地看著來生。

來生什麼話也沒說。

「哎喲，我的天啊，正安！你年紀輕輕的怎麼會變成這個模樣！想當年，你老爸也是我親手火化的，如今連你也被人送到我這裡來，你說人生怎麼能這樣啊！這到底是怎麼回事啊？」

大鬍子一邊摸著正安的臉頰，一邊哭嚷著。來生從口袋裡取出一根菸點燃，狸貓大爺則是坐在車內靜靜等待。大鬍子在地上痛哭許久，終於起身，他拍拍屁股，環顧四周，走到車後座旁，敲了敲狸貓大爺的車窗。車窗搖下。

「大爺，我看天就快亮了，可以開始燒了嗎？」大鬍子用手背擦拭著眼淚問。

狸貓大爺點頭同意。大鬍子從倉庫裡取出推車，看了來生一眼。來生扔掉菸，走到了後車廂。兩人合力抬起正安的屍體，裝進推車。也許「死人比活人還要沉」這句話是對的，正安的屍體格外沉重。

大鬍子把推車停放在焚化爐前，鋪了張涼蓆，搬出小桌子，擺上燭台、香爐、清酒、酒杯。來生愣在原地，看著大鬍子處理一切。大鬍子捻完香後，查看有無遺漏東西，又去找狸貓大爺。

「大爺，都準備好了。」

狸貓大爺沒有任何動作或回應，兩眼無神地望著窗外。十秒鐘後，等待回覆的大鬍子再次開口。

「大爺，那我們就自己進行了。」

狸貓大爺非常輕微地點點頭。大鬍子向狸貓大爺鞠躬後，回焚化爐前。大鬍子重新點了根香，在酒杯裡斟滿酒，放在祭祀桌上，行兩次跪拜禮，轉頭給來生一個眼神。來生上前捻香，舉杯，由大鬍子幫忙斟酒，再放到桌上，同樣行了兩次跪拜禮。大鬍子看著來生呆呆地杵在那裡，拍了拍他的肩，把祭祀桌和涼蓆收起來。來生退到一旁，神情依舊呆滯，一動也不動。大鬍子見狀，只好自己將屍體搬上不鏽鋼托盤，準備關上爐門前，他不死心，又看了來生一眼，見來生面無表情，這才把正安推進焚化爐，關起爐門。

焚化爐裡的火點燃了，大鬍子拿著瓶燒酒走到來生身旁坐下，他喝了一口，把酒瓶遞給來生。來生接過燒酒瓶，也喝了一口，還給大鬍子。大鬍子拎著燒酒瓶，不發一語地望著焚化爐。

人生活得像個影子的正安死了，那個希望自己不要被任何人記住的正安死了，說要活得像氣體般又輕又模糊、沒有愛恨糾結和回憶、宛如透明人的正安死了。到底爲什麼要殺死這種人？就算放過他，他也會活得一點都不起眼。來生腦中突然浮現一個荒謬的畫面——一個沒有影子的男人，站在烈日曝曬的沙漠中一個沙丘制高點上，思考著：「難道從今以後我都沒影子了嗎？」

要是當初來生沒找正安，說不定死的就是來生。要是正安在忙其他事，來生就不會叫他幫忙了。那件事和正安毫無關聯，是來生要自己處理的事，但他還是叫了正安，所以正安死了。他和自己的父親一樣，一輩子活得像個影子，又和父親一樣被送來大鬍子的火葬場火化。來生想著正安的死、想著他的血液和骨頭在高溫火爐裡化成煙霧灰燼，以及骨灰隨風飄散後，就能如他生前所願，不在任何人心中留下記憶。

太陽緩緩升起，大鬍子看了看手錶，四處張望著有無下山的人影，確認無人後，他打開爐門，熱氣都還未完全消退，就急忙用長長的鐵鉤拉出軌道上的托盤。熊熊烈火中燒出來的白骨看起來非常脆弱，感覺輕輕一碰就會粉碎，大鬍子用五金行買來的便宜夾子撿起正安的白骨，他再次確認時間，望向山底，然後把正安的白骨放進鐵臼裡，開始搗碎成粉末。大鬍子的動作明顯匆忙，也許是因爲即將有人出沒的緣故。

不到五分鐘，大鬍子就停止了手邊動作，急忙將骨灰裝進楓樹盒裡，再用布巾包裹。大鬍子一臉遺憾地把骨灰盒遞給來生。

「應該早點來的，本來想把它磨得更細些，可惜時間不夠。」來生接過骨灰盒，從衣服暗袋裡掏出一個信封袋，交給大鬍子。

「算了吧，反正又不是磨得更細就能讓人起死回生。」來生淡淡地說著。

大鬍子收下來生給他的信封袋，眼角微微泛出淚光。

「正安他明明是個不錯的傢伙……」大鬍子語帶哽咽。

「辛苦了，我們該走了。」來生說道。

來生把骨灰盒放在副駕駛座，隨即發動引擎，大鬍子這時跑到後座車窗旁，向狸貓大爺鞠躬道別。

「大爺您慢走啊，節哀順變！」

狸貓大爺看了大鬍子一眼，點頭示意。

返回首爾的路上，來生把車停在一個山坡頂上，拿起放在副駕駛座的骨灰盒；狸貓大爺靜靜看著來生的一舉一動。

「我去撒掉正安的骨灰就回來。」來生並未看著狸貓大爺說話。

走了一段山路後，出現了懸崖峭壁，風挺大的，是個適合撒骨灰的地方。來生戴上白色手套，打開骨灰盒，抓起一把骨灰，還可以感受到剛燒出來的餘溫。來生張開手，從峭壁下方吹上來的一陣風，正好把正安的骨灰捲向空中，來生突然想起正安生前講過的一段玩笑話。

「我覺得大家之所以不記得我，也許是因爲我天生就有著這樣的基因，從我爸那裡遺傳下來的『無存在感』基因，所以我媽不會爲了我爸而傷心，因爲根本沒什麼記憶，也就沒什麼傷心的理由。你不覺得這樣的基因很酷嗎？」

「那種白癡的基因有什麼酷？」來生反問。

「這樣我就可以對同樣的人一騙再騙啊。交往過的對象，過段時間也可以再去重新搭訕，就算又分手，對方也不會因爲我而多難過，反正她大概很難想起我的長相。」正安笑著回答。

撒掉正安骨灰的隔天早晨，來生躺在溫熱的浴缸裡許久。他走出浴室，杵在衣櫥前好一陣子，最後選擇了白襯衫、牛仔褲、黑色皮衣外套。他抹了保養品，將頭髮梳整齊，感受著久違的悠閒寧靜，如偏頭痛般影響著他人生的焦慮感稍微緩和。來生看著鏡子裡的自己，嘴角微微上揚。

「還滿帥的嘛！」來生誇了鏡子裡的自己一句。

他打開抽屜，裡面放著秋的刀子和一把裝有滅音器的俄羅斯製PB-6P9微聲手槍。來生用手指輕彈了下槍把，將視線挪移至窗外，看了一會兒。最後，他決定將槍留在抽屜裡，只拿秋的廚刀放進外套暗袋，準備出門。

來生前往的地方是M牛肉市場，那裡有位神奇的人物叫熙壽大爺，人稱「人肉市場之王」，只要是在人肉市場裡的業者，每個月都會固定繳納一筆錢給熙壽大爺，不論是毒品商、暴力集團、臟器買賣、詐欺犯，還是掮客、贓物販子……無一例外。漢子和狸貓大爺自從在人肉市場裡做生意之後，就每個月按時繳納一筆費用給熙壽大爺。實際上，熙壽大爺每月徵收的也不過就五萬韓圜，更沒有說哪個業者業績好就要多繳些、哪個業者沒賺錢就不用繳。只要繳錢，熙壽大爺就完全不會干涉大夥兒究竟在人肉市場裡做了什麼。但他拿那區區五萬韓圜到底有什麼用呢？難道是要貼補更換人肉市場裡昏暗路燈的費用？無人知曉。

來生推開熙壽大爺的牛肉店大門，一名年近六十的男子和一名看起來只有二十出頭的年輕小伙子正在處理牛內臟，年輕人剛好從紅色塑膠盆裡撈出內臟，長者則是用一把尖端微彎的鋒利小刀割下牛肝和牛肺，並將割下的內臟分別扔進不同的紅色塑膠盆裡。來生站到塑膠盆前，長者停下手邊工作抬頭望向來生。

「我是來見大爺的。」來生禮貌地說。

「你哪來？」長者的臉上布滿皺紋，簡短問道。

「我是從圖書館來的。」

他上下打量來生，然後轉頭對年輕人說。

「把它放去那裡，然後告訴大爺有人找他，圖書館來的。」

年輕人把內臟放進紅色塑膠盆裡，迅速奔往裡面的小房間。長者脫下橡膠手套，走到一旁的平床坐下。他吃下一口豬肉湯飯、喝了一杯燒酒，旁邊的紅色塑膠桶裡飄出陣陣腥味，但他的胃口完全不受影響。其實不只是那個桶子，長者的刀子、手套、身上，以及店裡的一切，全都瀰漫著一股血腥味，他卻不受影響，大口吃著豬肉湯飯。過一會兒，年輕人來喊來生。

「大爺請您進來。」

熙壽大爺坐在客廳裡的桌前閱讀報紙，桌上擺有一杯黑咖啡、喝到剩一半的燒酒瓶、香油沾醬、堆滿菸蒂的菸灰缸，以及看起來像是剛切下來的生牛肝和一把小刀。來生向大爺行鞠躬禮。

「好久不見啊，狸貓大爺別來無恙吧？」熙壽大爺放下報紙。

「是。」來生回答。

「不過，我聽說他最近的日子過得不是很安寧？」

「我看他這兩天都滿好的，不然就是最近對安寧不感興趣吧。」

「原來如此。反正在人肉市場裡的傳聞多數都是毫無根據的，呵呵。」

熙壽大爺拿起桌上的咖啡杯，輕輕啜了一小口。然後選了一根菸灰缸裡抽剩的菸，重新點燃。

「你怎麼會從圖書館跑來這臭熏熏的地方？」

「有件事我想問您。」

「你問吧。」

「我在找一名綽號理髮師的人，您知道他在哪裡嗎？」

熙壽大爺抬眼瞧來生。

「這種事怎麼不去問狸貓大爺，大老遠地跑來我這幹嘛？即便他天天躲在圖書館裡，也沒有什麼事是他不曉得的啊。」

「我就算問他，他也不會願意告訴我。」

「所以現在理髮師已經被列入其他謀略者的名單了嗎？」

「不，是我個人的私事。」

熙壽大爺露出玩味的表情。

「我猜你應該也不會是眞的要去找他理髮……」

「我確實是想要去找他理髮。」

熙壽大爺露齒微笑，小心翼翼地熄滅菸頭，擺放在菸灰缸的一側。明明已經抽到快要見底，卻還是另外留著，可能等一下會再繼續抽。

「你打算怎麼抓他？畢竟我們和那些只會動動筆桿的謀略者並不怎麼對盤，你該不會要用槍或某些設備吧？」

「我用刀。」

熙壽大爺身體往後倚在沙發靠枕上，「來生和理髮師的對決是吧……」他闔上眼睛，默默吐出一句，「你們倆能是對手嗎？」這時，年輕人匆匆忙忙地跑了進來。

「爺爺，國望峰大哥說，要是我們這次再不給他小腸，他就要賴在這裡不走。」

「你就說小腸都沒了，叫他禮拜四再來，到時候會進貨。」

「哎喲，您又不是不知道他的個性，光用說的是打發不了他的。」

熙壽大爺笑了。

「望峰的性格怎麼了？」

「他會直接坐在那骯髒的地上大哭大鬧的！上次就坐在那裡哭了兩小時，害我們什麼事也做不了，哎呀，眞是頭痛死我了！」

年輕人滿臉愁容，熙壽大爺笑著搖搖頭。

「望峰這傢伙也眞是，以前拿刀子的時候，至少還沒這麼誇張，收心之後反成了個頭疼人物。老么，你把要送去給姓金的東西拿一點出來給望峰吧，然後叫他看著辦，就用那些做生意，禮拜四一早再來，到時候就會有好貨進來了。」

「好的。」

年輕人頓時鬆了一口氣，關上房門走出去了。熙壽大爺不知是不是正在回想那個望峰的模樣，再次露出微笑。他在酒杯裡倒滿燒酒，用小刀切下一片生肝，沾了點香油沾醬，一口吞下。

「我現在年紀大了，要是有人拿刀闖進來，還有辦法壓得住他們，但是哭得一把鼻涕一把眼淚的人，眞是拿他們沒轍。唉，所以才說眼淚比刀子更厲害啊。」

熙壽大爺再切了一片生肝，沾上香油，遞到來生面前。來生起初還有些猶豫，最後選擇張口吃下。

「還很新鮮吧？」熙壽大爺問道。

「嗯，好吃，雖然看起來有點恐怖。」

熙壽大爺一臉滿意地看著來生咀嚼生肝，倒了杯燒酒給來生。來生接過那杯酒。

「人生不也是如此？跟些又臭又噁心的東西攪和在一起，就這樣過日子唄。但是一旦吃過、幹過，就會覺得還可以做得下去，偶爾也覺得這樣或許還挺不錯的，是吧？我眞心希望你可以到此爲止，慢走不送了。偶爾來我這裡坐坐，陪我喝杯燒酒就好。」熙壽大爺哄著來生。

「可是我在出門時就已經拔出刀子了。」來生語氣堅定。

「是喔？那沒什麼啊，只要把刀子重新收好，回家，不就得了。」

「訓練官大叔、秋，這次是正安，不知爲何，理髮師總是在挑釁我。」來生微笑。

「死兩個，我還能想辦法忍；但死了三個，那就實在嚥不下這口氣了，感覺下一個目標很可能就是我。相信您應該早有耳聞，我最近的處境滿爲難的，總之，不管如何，橫豎都是死，應該也活不了多久了。」

來生乾掉酒杯裡的酒，熙壽大爺又切了一片生肝給他，來生接過放入口中，拿起酒瓶爲大爺斟酒。

「那你要給我什麼？」

「簡單付現如何？據我所知，在人肉市場裡，只要用錢就能解決所有問題。」

「那就付一張中間的吧。」熙壽大爺回答。

來生從口袋裡掏出皮夾，熙壽大爺擺了擺手。

「錢等之後再跟你拿吧，如果你能活著回來的話。」熙壽大爺說道。

「要是我死了，您不就領不到錢了？」來生笑著問。

「那就當作先預支我死後下地獄的旅費吧。我們的心都要留一點餘裕，人生才不會太過於乏味。」

熙壽大爺看著來生好一會兒，一臉惋惜不捨，強顏歡笑著。他拿起桌上的酒杯，一口氣喝光杯裡的酒，取出紙筆寫下理髮師的地址。來生看完後點點頭，熙壽大爺便把那張紙扔進菸灰缸裡點火，紙張徹底燒成了灰燼。來生起身向熙壽大爺行了個鞠躬禮，便離開了牛肉店。

來生搭乘計程車前往便利商店，美土卻沒在店裡，櫃檯是一位二十出頭的女子。來生走進店內。

「歡迎光臨。」

來生巡視店內一圈，看樣子美土根本沒有來上班。他從冰箱裡取出一罐咖啡，走向巧克力區，掃了一眼架上的巧克力商品，最後拿了兩條Hot Break巧克力棒，走去櫃檯給女店員結帳。

「之前那名女店員不上班了嗎？」來生問。

「你是說美土嗎？對啊，她前幾天剛離職。」女店員答得理所當然，一邊爲來生刷商品條碼。

「原來。」來生點點頭。

來生到店外設有遮陽傘的座位區坐下，打開咖啡，喝了一口，然後點了根菸來抽。

十一月的天空萬里無雲，明明幾小時後很可能就會被理髮師亂刀砍死，來生卻異常平靜，毫不畏懼。那是一個非常悠閒的上午，彷彿只是出來散步般輕鬆自在。來生從口袋裡掏出一條巧克力棒，拆開包裝，一口接一口吃著。明明朋友剛死，巧克力吃起來卻依舊香甜，來生對於這樣的事實感到有些慚愧。

「理髮師，漢子，美土。」來生仰望天空，吃著巧克力棒，喃喃自語。

在來生偷走的筆電硬碟裡，只有一些關於機械裝置的檔案，諸如電梯、感應器、監視器、液晶螢幕、燈光等，簡直就像是偷到一名工程學博士或工程師的筆電，但是仔細窺探那數百個資料夾會發現，裡面巧妙地暗藏著一份殺人計畫，檔案裡存有一名四十五歲禿頭男工程師的照片，他是漢子失去的三名謀略者之一，最後摔死在電梯裡，很可能是被美土處理掉的。

禿頭男站在電梯外，看著報紙等待電梯抵達，他平時大概抽不出時間，所以總是站在電梯門口前閱讀報紙。電梯抵達男子所在的十七樓，液晶螢幕上顯示著數字十七，電梯廂卻根本沒到。「叮」一聲響起，電梯門打開，燈光亮起，男子依舊低頭看著報紙，朝空蕩蕩的電梯走去。於是踩空，墜落。

這是一場非常簡單的暗殺計畫，只要在網路上搜尋關鍵字「電梯事故」，就會出現一個月前的這則新聞——男子因電梯感應器故障而失足墜落事件。根據報導，電梯公司表示設備毫無問題，公寓大廈管理委員會也解釋，電梯都有定期檢查，最近一期的檢查報告均顯示正常，調閱監視器畫面也沒發現任何異狀。死者家屬痛斥，「好好的一個人，竟然就這樣莫名其妙地死了，難道沒有人可以出來負責？」

來生把剩餘的巧克力棒全部塞入嘴裡，起身離開。他走到十字路口，猶豫了一下該去美土家，還是美沙的手作工坊。最後，他朝手作工坊緩緩走去。

所幸美沙並不在店裡，反倒是美土自己坐在角落的搖椅上織著東西。美土瞄了來生一眼，低頭繼續織了幾針，然後站起身，走到他旁邊，把快要織好的藍色毛衣放在來生身上比了比肩線。

「天啊，剛剛好耶，這是爲你織的。」

美土滿意地坐回搖椅，低頭繼續織毛衣。來生不屑地笑了一聲，拉來一張椅子坐到她的對面。

「聽說正安死了？」美土沒有抬頭。

來生皺了下眉頭。

「是啊，多虧妳。」

「所以現在是要來殺我嗎？」美土依舊低頭織毛衣。

來生像是在玩球，用手左右滾動著毛線球。

「還在考慮中，看是要以妳、漢子、理髮師的順序來，還是以理髮師、漢子、妳的順序，一個一個殺掉。」

「那拜託讓我最後一個再死吧，因爲我還有好多事情必須做。我要趁冬天來之前幫你織完這件毛衣，還得把漢子和狸貓大爺這種垃圾給處理掉，另外也有……」美土邊打毛線邊說著。

「妳現在還有閒情逸致和我開玩笑啊？」來生冷冷打斷。

美土停下手邊動作，抬頭認眞看著來生。

「你放心吧，等事情結束，就算你不殺我，我也會自己看著辦。」

「妳打算自殺？」

「嗯。」

來生一臉錯愕。美土則是一副無所謂的樣子。

「難怪現在的妳會如此豁達，因爲一開始就不打算活命了。」

美土笑了，重拾棒針，她打毛線的熟稔技法和手勢，流露出一股心意已決的堅定態度。來生繼續說道。

「妳怎麼不用妳那顆絕頂聰明的腦袋規畫一起暗殺呢？把圈子裡的謀略者和殺手統統趕盡殺絕，徹底淨化這個世界，再和妹妹、鬥雞眼小姐一起逃去國外，從此過著幸福快樂的日子。」

「我也想啊，但是不知不覺間，我也成了怪物，所以……」

美土一臉無奈，把手中的毛線放進膝蓋上的籃子裡，雙手十指交扣，往後伸了一個大懶腰。

「不是有那種悲傷的故事嗎？原本是要去抓怪物的，沒想到最後自己也成了怪物，我看我就是那種悲劇裡的女主角吧。所以能怎麼辦呢？只好等事情處理完，再由我親手把這可憐又可怕的怪物清理乾淨了。嗯……要是你還是覺得難以洩憤的話，由你代勞把我除掉也是沒有問題。」美土說道。

「按照妳的計畫殺人很有趣嗎？」

「不，一點也不有趣。」美土笑得有氣無力。「正安死了，你很難過吧？我們也很難過。之前是如此，現在也是。你我殺死的那些人，他們身邊被遺留下來的人，都和我們一樣難過。」

來生緊盯著她，美土並未迴避來生的目光，與他直面對視。來生撇過頭，皮鞋鞋尖上有著乾掉的血跡，那是在熙壽大爺的牛肉店裡被噴到的。來生站起身。

「那就以理髮師、漢子、妳爲順序吧，妳先認眞打妳的毛線。」來生做了決定。

「你去找理髮師只有死路一條！」美土睜大眼睛。

「我看我過去應該不是個好殺手，竟然沒一個看好我。」來生自嘲。

「我有個計畫，你再等我一下，不論是理髮師、漢子，還是我，都會照你的意思統統被除掉。」美土有些慌亂地制止他。

來生嗤之以鼻。

「我之前沒跟妳說過嗎？打死我不會躲進女人的石榴裙下。倒是有可能因爲其他原因躲進去，但像妳這種骨瘦如柴又心狠手辣的女子，根本不是我的菜。」

來生從口袋裡掏出一條巧克力棒放在桌上。

「然後這是給妳的禮物。」

美土一臉茫然地看著他，來生對美土擠出一抹微笑，緩緩朝店門口走去。

「你這蠢蛋！去找理髮師根本就是去送命！必死無疑！」

來生走出店外時，美土對著他的後腦杓拚了命地吼著。

10 理髮師

「客人，您看起來很貴氣，感覺從小就活在富裕的環境裡。」

理髮師揮動手上的剪刀，說道。

耳邊迴盪著喀嚓喀嚓的剪刀聲，聽起來十分輕快，那是一間久經歲月、洗手台貼有白色磁磚的理髮廳——來生十二、三歲時，每次幫狸貓大爺跑腿，經過學校門口，就會看見一群剛上國中、與來生年紀相仿的學生們，摸著剛被理光的平頭走出店外的那種理髮廳。他還會趁學生們進學校上課的時間，獨自走進空無一人、那宛如黑白照片裡才會出現的理髮廳，理個大平頭回家。

「我覺得您才看起來貴氣。」來生說道。

「蛤？怎麼會，像我們這種人怎麼可能貴氣，只不過是天天用剪刀餬口飯吃而已，但客人您不一樣，感覺以後一定會大紅大紫，我做這行已經三十年了，練就光看後腦杓便能知道每位客人是哪種人的功夫。」

「是嗎？」

來生不可置信地歪了歪頭。

「當然！您以後一定會大紅大紫。」

理髮師笑著回答。

那是一張平凡的面孔，就和到處可見的鄰居大叔一樣，身高約莫一百七十公分，短小乾癟的身型只有在揮動剪刀時，才會使用到最少部分的肌肉，其他地方根本毫無肌肉可言。「他究竟是如何用這種身型將訓練官大叔和秋這種一流殺手殺死的？」來生甚至懷疑自己是不是找錯人了。

理髮師用兩隻手的中指撐在來生的耳朵下，對著前方的鏡子左右轉動來生的頭查看。然後他再度拿起剪刀，將右側的頭髮做了微幅修剪。

「您的額頭比較高，要是劉海剪太短，會有點怪……」理髮師說。

「那就幫我修剪到合適的長度，看起來整齊乾淨就好。」

「整齊乾淨，是吧？」理髮師重複了來生說過的話，「您等一下要去什麼好地方嗎？相親？」

來生聽他這麼說，忍不住笑了。

「不是什麼好地方，是會令我有點不自在的地方。」

理髮師點頭表示瞭解。他用梳子將來生的劉海梳整齊，再用食指與中指夾住劉海，一點一點修剪。他用梳子梳了下劉海，確認是否整齊，最後露出滿意的表情。

「如何？這樣可以嗎？」理髮師問來生。

來生照著鏡子左右確認，看著不同角度的髮型。

「您的手藝果然不錯。」

「哈哈，謝謝誇獎。」

理髮師難掩笑意，他拿了一塊海綿，將來生頭上、披巾上的碎髮拍下，順便將自己肩膀和手臂上沾到的頭髮拍落在地。他在來生的耳朵周遭及後頸部位抹上泡沫，再用刮鬍刀將殘留的毛髮剃乾淨。

「好了！」

理髮師小心翼翼地將來生身上的披巾拆下，引導來生去洗頭。理髮師先打開蓮蓬頭，放進水桶裡，接了一些熱水，熱水半桶滿時，再從甕裡舀了幾瓢冰水摻入，用手再三確認，直到覺得溫度合宜爲止。理髮師將塑膠水瓢遞給了來生，並向他解釋。

「因爲蓮蓬頭有時會突然失控，只出熱水，差點沒燙傷客人。保險起見，我們改用水瓢舀水沖洗。不是太方便，但希望您能將就著使用。」

來生點頭表示同意，他舀了一瓢水，往頭髮上沖。多虧理髮師細心地來回用手測試水溫，來生覺得溫度剛剛好。掉落在洗手台上的頭髮渣渣，乍看有點像古書裡的傍點[1]。來

1 中世韓語（指高麗王朝至朝鮮王朝中期）的聲調標示法，亦稱「四聲點」，於直式書寫時添加在文字左側標示。

生在洗頭髮時，理髮師拿了兩條乾毛巾放在洗手台旁，一邊哼著歌，一邊把地上的頭髮掃乾淨。

來生接了一些冷水在水瓢裡，洗了一把臉，用毛巾擦乾頭髮。他看見鏡子旁的櫃子上堆滿還未拆封的信件，於是假裝擦頭髮，偷偷拿了其中一封信，那是醫院寄來的醫療費用催繳單。

「最近很難找到這種理髮廳呢，看來您這間店一定是生意很不錯！」來生用毛巾擦著耳朵裡的水說道。

「怎麼可能，最近年輕人都去髮廊，找年輕貌美、英俊帥氣的髮型師弄頭髮，才不來我們這種過時的理髮廳呢。不過至少這裡屬於郊區，鄰近軍營，一些下士或將校偶爾會來光顧，住在附近的老人也會來下下象棋、刮個鬍子，還能勉強撐下去。」

理髮師將畚箕裡的頭髮倒進藍色塑膠垃圾桶內。來生坐回位子上，理髮師拿出吹風機幫他吹乾頭髮。

「要不要順便剃個鬍子？」

來生照著鏡子，摸了摸下巴，層架上整齊排列三把銳利的刮鬍刀，反映了理髮師的龜毛性格。

「可惜我今天早上已經剃過鬍子。」來生有些遺憾地說。

理髮師點點頭，遞了把梳子給來生。來生梳整頭髮，來回轉頭，對著鏡子確認。不愧是從事這行三十年的人，理髮師的手藝的確乾淨俐落。

「您是這裡人嗎？」來生問。

「是啊，我在這裡出生的，也是在這裡當的兵。」理髮師回答。

「訓練北派工作員的ＨＩＤ部隊是不是也在這裡呢？」來生摸著劉海問。

原本在摺圍巾的理髮師，動作突然停頓了一下。

「那也是好久以前的事了，我只是平凡的步兵出身，所以不太清楚。」

「您要是一直待在這裡應該會很悶吧。」

來生倒了一些化妝水在手上，往臉上塗抹拍打。化妝水的味道和理髮師臉上散發出來的味道相同。

「的確會有點無聊，但是還可以，因爲我和太太每個月都會到江原道的山裡，幫那邊養老院的老人家義剪，也趁機出去散心透氣。」

「您沒有做其他副業嗎？」

「您是指酒後代駕那種嗎？」

「不，我是指承包業或暗殺業那種。」

理髮師的表情瞬間凝肅。

「這位年輕人也太會開玩笑，像我這種老弱無力的理髮師，怎麼可能去做那種電影裡才會演的可怕事情？」

「我看您依舊身手矯健，身上一點贅肉也沒有。」來生上下打量他。

「呵呵，不是沒有贅肉，是骨瘦如柴吧。」

理髮師急忙把視線轉垂至地板。

「是嗎？」

「是啊。」

「今天這樣剪總共多少呢？」

「七千韓圜。」

「也太便宜。」

「因爲是鄉下嘛。」

來生走到衣架旁，把手伸進皮衣外套內側，暗袋裡秋的那把廚刀感覺格外沉重。理髮師將來生用過的毛巾放進洗衣籃裡，在洗手台上接水洗手。

「還是別拿出那把刀吧，一旦拿出來，你就無法活著走出去了。」理髮師背對著來生洗手。

來生沒有掏出刀子，從衣架上取下皮衣穿好。理髮師拿了一條乾毛巾，擦拭手上的水滴。來生看了理髮師一會兒，走向玄關，將店門反鎖，從皮套裡緩緩抽出秋的廚刀，刀柄處還保留著秋生前綁好的手帕。理髮師把毛巾放在椅子上，對來生搖了搖頭。

「之前好像有和那把刀的主人交手過，你叫什麼名字？」

「來生。」

「那看來是從圖書館來的。」理髮師雙目失焦在虛空中的某個點上，聲音空洞。

理髮師左手扶在剪髮椅上，將目光移回來，注視了來生一會兒。面對刀子的他，臉上仍無任何波瀾，絲毫不見懼色。

「我被列入圖書館的暗殺名單了嗎？」理髮師問。

「沒有什麼名單，這只是我個人的私事。」

「個人私事……」

理髮師再次將視線轉向虛空，停留在空中的某個點上，沉默不語好一會兒。也許是在回想過去的事情，他的瞳孔偶有失焦，腦海中出現的某些影像，讓他微微抬著的臉龐浮現一道模糊不清又略顯孤獨的陰影，一閃即逝。來生暗自盤算著自己與理髮師之間的距離，大約是四公尺左右，只要向前跨出一步，再迅速前移，躍身一跳，就能把刀子刺進理髮師的喉嚨。掛在理髮廳牆壁上的古董鐘正發出滴答滴答的聲響，理髮師沉默許久，來生突然覺得舉在胸前的廚刀越來越沉，他把手放下，理髮師這時終於將視線拉回到來生的臉上。

「難道是爲了前幾天死掉的那名年輕人？」理髮師有點疑惑。

「有可能是因爲他，也有可能不是。」

來生看向手上的廚刀，手帕脫了一條線，他用手指繞了那條線幾圈，再用力扯斷，將它隨手一扔。理髮師仔細觀察著來生的一舉一動。

「坦白說，我也不曉得自己爲什麼要這樣。」來生笑著說。

「那就表示也有可能乖乖回去的意思，是嗎？」理髮師一臉嚴肅。

來生面帶嘲諷地看著他。

「不一定喔，都已經來到這裡了，還有辦法回去嗎？」

「的確，把刀放回套子裡比掏出刀子需要更多勇氣。」

「眞是抱歉，偏偏我是個膽小鬼，沒什麼勇氣。」

理髮師抬起倚在剪髮椅上的左手，欲言又止，最後長長地嘆了口氣。他雙肩垂落，宛如在公園裡曬太陽的老人，看上去十分衰老瘦弱，來生剪下的碎髮還遺留在他的白袍上，更顯烏黑。

「我對那把刀的主人深感抱歉，對前幾天死掉的那位年輕人也是，但這也不是我能決定的事，你我都是殺手，相信你一定能理解我的意思。」

「嗯，我知道你在說什麼。」

「既然你的名單裡沒有我，我的名單裡也沒有你，我們就沒有理由展開對決，你我都只是殺手，聽命行事罷了。」

「是啊，我們都只是殺手而已。」

「你願意把刀子收回去嗎？」

理髮師目不轉睛地盯著來生。

「不。」來生搖頭。

「爲什麼？」

「因爲厭倦了，我對萬事感到厭倦，從刀裡刀外一點一滴蠶食我們的那種厭倦感，你我都是殺手，應該也瞭解我在說什麼吧？」來生照樣造句。

理髮師滿臉惋惜。他看著擺放在層架上的刮鬍刀，那裡有三把鋒利的刮鬍刀整齊排列在毛巾上，但是刮鬍刀並不是他殺死訓練官大叔和秋時使用的凶器。

「你可以等我一下嗎？」理髮師問道。

來生點頭同意。理髮師脫掉外袍，掛在牆壁掛鉤上，走進角落的暗室裡。來生把原本握在右手上的廚刀換到左手，在牛仔褲上抹掉左手手汗。來生看著地板格紋，一陣眼花，再過不久，這地板上就會沾染著某人的血跡。古董鐘發出的滴答聲響突然停止，傳來下午三點鐘的報時。這時，理髮師打開暗室門走回店裡。他手拿一只黑色皮箱，放在層架上，打開後，端詳許久，選了其中一把刀，那是美國瘋狗（Mad Dog）牌SEAL ATAK高級戰術突擊刀，和訓練官大叔用的是同一款，可以刺也可以砍。來生第一次向訓練官大叔學習用刀時，也是用這系列的刀具。出身特種部隊的傭兵大部分都喜歡瘋狗牌的刀子，因爲設計簡單、切削性能優秀，還有儘管在黑暗中也能輕鬆握住的極佳手握感，刀子鋒利又堅固，唯一缺點是單價非常高，加上最近也變得不容易取得。

「是把好刀。」來生稱讚。

「確實比你用的那把廚刀好。」

理髮師對著鏡中的來生說話，神情看起來十分淒涼。他來回看著鏡中的自己與來生，不由自主地短嘆。他闔上皮箱，走到理髮廳中央，站在來生面前。

「幸好我太太不在，她一直以爲我只是個平凡的理髮師。」

理髮師用下巴指向了掛在牆上的古董鐘。

「幸好她到現在都被您蒙在鼓裡。」

「這是值得慶幸的事嗎？」

「與其裝作什麼都不知道，不如眞的不知道，不是嗎？尤其對象若是我們這種人，那就更是了。」

「也是，如果對象是我們這種人，不如不知道眞相比較好。」理髮師低頭重複著來生的論點。兩人已無話可說，來生將刀子反手握住，擺出預備攻擊姿勢，理髮師則是無動於衷地站在原地，只有將雙手交握於身後，刀子也藏在背後，神色自若。來生暗自盤算著與理髮師之間的距離，兩公尺？一．八公尺？感覺只要跨出一步，伸長手，刀尖就會剛好頂到理髮師的喉嚨或胸口。但是理髮師依舊沒有擺出任何姿勢，一動也不動，身上任何一處肌肉都沒有用力，像是在等著來生先發動攻擊，有形卻無力，一定有詐。來生從原本的反手握刀改成正手握刀，緩緩向前走出半步。兩人距離已經拉近到來生一伸手，刀尖就能直接頂到理髮師的脖子，儘管如此，理髮師仍一副無所謂的樣子。古董鐘發出來的指針移動聲顯得格外響亮。理髮師眨了眨眼，這時，來生迅速朝他喉頭出刀，理髮師的肩膀一個向後，閃過攻擊，順勢拿出藏於身後的刀，朝來生手臂劃了一刀，又迅速移動到來生的左側，在腰間補上一刀。來生都還沒來得及徹底向後轉，理髮師已經給了來生大腿一刀，將刀刃由下轉上，下一刀出現在來生的左腋下。

來生朝理髮師大動作揮舞刀子，理髮師輕巧向後退了三步。兩人之間的距離拉開到二．五公尺，理髮師甩了甩沾在刀上的血跡，再度回到一開始的姿勢，雙手負於身後，冷靜地觀察來生，看上去臉不紅氣不喘。

格紋地板上落了幾滴血，從來生手臂流出來的鮮血沿著手背往下滴，秋的手帕逐漸染紅，血還是溫熱的。來生緩緩低頭，腰間與腋下的血已經染上白襯衫，慢慢流到腰帶下方。來生左手伸進皮衣外套裡摸了摸傷口，幸好沒有想像中嚴重，要是沒穿皮衣外套，傷口應該會被那銳利的刀刃劃得更深。

理髮師把刀子藏在身後，一派輕鬆地等待來生，彷彿在說：「我所有弱點都攤在你面前了，快來攻擊我吧。」但那肯定是陷阱。要是先發動攻擊，絕對又會被砍，眞正的重心一定是在別處，可是看不見刀子，根本不曉得下次出刀的方向，若不先出手，他是不會亮出刀子的。從理髮師的表情、眼神、雙腳，讀不出任何訊息，甚至連他確切站的位置都有些飄忽不定。來生現在覺得自己果然毫無勝算，很可能會死在這裡。

來生把刀子換到左手，理髮師歪頭不解。刀子又一次對準理髮師的喉嚨，一步跨出，理髮師不爲所動，來生再走出半步，對方依舊按兵不動，眼神中透露著「快來吧」的期待。來生跨出左腳，同時將握有刀子的左手刺向理髮師的喉嚨，理髮師再度從身後亮出刀子，劃過來生的左手臂；同時間，來生的右手手指冷不防從他手肘下穿出，強而有力地戳刺理髮師的喉嚨。理髮師猛地往後退了幾步，來生迅速換手持刀，直面攻向理髮師的臉部。理髮師急忙把頭向後仰，避開這刀，但來生的目標打一開始就不是臉，而是大腿。來生的廚刀已經深深刺進理髮師的左大腿內側，他將刀刃上轉，往理髮師的腹部劃了一刀。往後退的理髮師用手背拍掉來生的刀子，下一秒出刀狠狠刺進來生的腰間，再抽刀。來生頓時腿軟雙膝下跪，直接跌坐在地。

理髮師退後了幾步，調節呼吸。來生腰間的傷口血流不止，他忽然感到頭昏眼花，趕緊用刀尖支撐地板，努力維持身體平衡。理髮師站在原地，俯瞰著來生的頭頂。

「竟然以左手作爲誘餌，你倒是學得滿快的嘛，比那把刀的主人聰明多了。」理髮師甩著流到手背上的鮮血說。

理髮師的刀尖滴著血，大腿鮮血直流浸溼了長褲，但來生有預感，這已是自己的極限，要刺中理髮師的心臟應該是無望了。他把插在地上的廚刀最爲支點，撐起身體，顫巍巍地站起身來。理髮師搖著頭，來生試著重新握刀，但他的右手已經無法施力。

「做這行的優點是不用消毒刀片。」理髮師說道。

「好難笑的笑話。」來生笑得無力。

「我們是不是不可能就此停手？」理髮師問。

「嗯，畢竟都已經快要見眞章了。」來生說。

來生手握刀子，對著理髮師做無謂的揮舞，理髮師抓住他的右手臂用力扭轉，刀插進了來生的腰部深處。來生跪坐在地，理髮師也跟著跪在來生面前，並將刺進來生腰間的刀拔了出來，把手掌輕放在來生的胸膛。理髮師的視線停留在地板上，低頭調整呼吸。

「抱歉啊，我這糟老頭實在沒臉面對你。」理髮師感嘆。

來生的身體失去重心，一頭栽向理髮師的肩膀。理髮師用肩撐著來生的頭，指尖按壓著來生的肋骨，找到適合刺刀的位置，以刀尖頂著來生的心臟。

這時，一隻滑嫩白皙的手倏地伸出，徒手抓住了理髮師的刀刃，鋒利刀鋒瞬間劃破皮肉，滲出鮮血。理髮師並未轉頭看這隻手的主人，沒有任何動作。

「老公，可以了，我們的寶貝女兒素妍也不會希望你這麼做的。」

來生緩緩抬頭，離開理髮師的肩膀，望向那名正在說話的人。一名五十多歲面貌慈祥的女人，正從背後環抱著理髮師哭泣，她的眼淚無聲無息地流著。

「等送走素妍後，我們也步上她的後塵吧。」她說。

理髮師持刀的那隻手不停顫抖，來生感到一陣天旋地轉，似乎是失血過多所致。那隻緊抓刀刃白皙滑嫩的手依舊流淌著鮮血，理髮師太太無聲的哭泣，宛如穿透門縫的冬風般寒冷刺骨。來生再次把頭垂向理髮師的肩膀，失去了意識。

11 左道門

笑聲正從某處傳來。

繁花錦簇的五月花圃、低空翺翔的群燕，以及不辭辛勞在花朵間採蜜的蜜蜂所發出的嗡嗡聲響。在永無止境的嘰嘰喳喳聲後，傳出了像煙火般瞬間綻放的爆笑聲。「到底什麼事情能讓她們如此開心？」笑聲變得越來越密集，來生都還沒搞清楚她們爲何而笑，就先被那笑聲給逗樂了，半夢半醒間不禁莞爾。

「這裡是什麼地方？」流水聲不停迴盪耳邊。「難道附近有溪流？應該不是，不會有溪流這種東西，這只是普通的水聲，沒來由的流水聲。」來生自從當了殺手後，偶爾就會在睡夢中聽見這種流水聲，每當他聽見時，都會心想：「所謂『死亡』，應該就是安詳地躺在某個可以聽見流水聲的地方；像現在一樣，在全身動彈不得的狀態下，仰躺在冰冷的小石子上，聽著流水聲，度過一段名叫『永恆』的時光。」來生突然感覺自己離死亡很近，他再度沉沉睡去。

來生一步一步走進濃霧彌漫的森林裡，步履蹣跚，像頭背上背著少年的黃牛，每踩一步都會留下深深的腳印。結滿露珠向下垂落的樹葉，冰涼劃過來生臉頰，來生看見森林裡有個修女院門前的垃圾桶——自己出生的垃圾桶，他探頭望向桶內，一臉困惑，裡面有著滿滿的白色滿天星。「我的搖籃，原來還不錯嘛！」來生仰天苦笑，千年銀杏樹的樹葉也跟著來生咯咯大笑。來生望向那棵銀杏樹，它的粗壯樹枝延伸至四周，樹葉茂密繁盛。風一吹，銀杏樹的樹葉就會往同一邊倒，樂得發笑。「到底有什麼好開心的呢？」來生歪頭不解。他用雙手拱在嘴邊，對著銀杏樹上的樹葉大喊，「你們到底在笑什麼？告訴我，讓我也笑一笑吧！」樹葉沒有回答，繼續咯咯笑著。銀杏樹葉的笑聲和工廠女工們的笑聲十分相似，足以讓整條巷子充滿朝氣。四名女工正從林蔭隧道中笑著走來，「哎喲喂呀，太好笑了，這眞的太好笑！」一名身材較圓潤、長相可愛的女工笑到捧腹。來生擋住了女工的去路。

「都快到上班時間了，妳怎麼會在這裡？」來生因久別重逢而興高采烈。

女工們面面相覷。

「請問你是？」

「咦？妳們不記得我是誰嗎？之前在作業三班鍍鉻的啊，每天還騎著一輛前面裝有粉紅色菜籃的腳踏車去上班。」

女工們紛紛搖頭，表示不認識來生，那名身材較爲圓潤、長相可愛的女工也一起搖著頭。女工們打算繞過來生，繼續走她們的路，來生不死心，再度擋在她們面前。女工們滿臉驚訝，紛紛縮起了肩膀。

「麻煩借過！」

身材圓潤、長相可愛的女工第一個勇敢站出來。來生對著她笑，並用手指著她的臉說：「我非常瞭解妳。」

「你怎麼可能瞭解我？」女工睜大眼睛問道。

「妳的左邊屁股上是不是有一個胎記？好像是兔子形狀對吧？右邊的乳頭旁也有兩顆痣，一大一小，像雪人一樣，也像月亮和地球。然後……妳應該會鄙視那種內褲只穿一次就扔的男人吧？會認爲他是自以爲錢太多，所以妳都會穿自己手洗過數百回的內褲，蹲坐在浴室地板上，哼著輕快的歌曲，不停搓洗著內褲。然後呢……還有就是……妳生氣的時候耳朵會先紅？」

被來生氣到怒火中燒的女工，耳垂泛紅。

「哈哈，妳看吧，妳現在耳朵已經紅了。」來生難掩笑意地說著。

女工狠狠甩了來生一巴掌。來生委屈地看著她，女工似乎怒氣未消，再度把手舉高，來生急忙用手遮住臉頰。

「妳眞的不認識我？不記得我了？」來生的聲音有些哽咽。

「不知道，都跟你說不知道了嘛！你這人未免也太奇怪了吧！」女工明顯不悅。

四名女工把來生獨留在森林裡，繼續漫步在樹叢間。來生聽見女工們在遠處竊竊私語，「那個人到底怎麼了？瘋了嗎？」「妳到底哪來的勇氣啊，我都快被他嚇死了。」「是啊，雖然看起來不像是什麼壞人，但好像有點怪里怪氣的，對吧？」接著，發出一陣宛若泡沫湧現般的大笑喧嘩。「她們怎麼會不記得我了？」來生望著她們離去的背影，悵然若失。

來生的耳邊再度傳來流水聲，流過小石子的冰冷淒涼聲。「我死了嗎？」來生在夢裡問道。「你死了，而且早在很久前就已經死了，很久很久以前。」銀杏樹上的樹葉們隨風搖擺，說著。森林裡其他老樹也紛紛點頭。

來生睜開眼睛，第一個映入眼簾的是瘦巴巴的金髮芭比娃娃站在右側胸膛上。美沙正抓著那隻芭比娃娃在玩扮家家酒。另一邊是一隻小熊維尼，心口上還有一隻大麥町狗玩偶，用呆呆的表情面對著來生。美沙手握大麥町狗，一邊搖晃一邊說著，「好無聊喔，無聊死了，嗚嗚，太無聊啦。」大麥町狗搖著尾巴，在來生的肚子上來回跳躍。美沙這次換握住芭比娃娃。

「這位小哥哥是不是身材滿結實的？隱約還帶有一點肌肉？」瘦巴巴的金髮芭比娃娃問道。

「妳這人只要一看見肌肉就會變成花癡，我們現在腳踩的這裡是山坡，山坡上哪有什麼肌肉？」來自沒穿內褲的小熊維尼。

「大肚熊，請你閉嘴，你還是先把內褲穿上再說吧。」芭比娃娃嗆道。

美沙將芭比娃娃移動至來生的腹部，娃娃在來生的肚子上走路跳動時，被理髮師刺傷的傷口都會出現撕裂般的疼痛。

「美沙，那裡會痛。」來生發現自己的聲音氣若游絲。

美沙一臉吃驚地看著來生，隨即露出了燦爛笑容，然後轉頭朝客廳方向大喊。

「姊！來生哥哥醒了！」

美土和鬥雞眼女館員急忙跑了過來，像在查看一口井似地俯瞰著來生。美土的手指在來生眼前，由右往左，再由左往右緩緩移動，來生的眼睛沒有跟著她的手指移動，一臉不耐煩地看著她。美土睜大眼睛注視著來生的瞳孔，然後笑了。

「嗨，科學怪人！」美土向來生打招呼。

來生轉頭環顧四周，這是一間木頭房屋，窗外有棵光禿禿的柿子樹，樹的後方還有一座山。

「這裡是哪裡？」來生問道。

「是我出生的地方。當年我爸把我媽騙來這裡說要摘番茄，之後就把她給撲倒了。不過也因爲這樣，所以才有我的誕生，哈哈！」美土回答。

「姊！」美沙對美土使了個眼色，試圖要制止她輕浮的發言。

「啊，抱歉！我們美沙呢，是爸媽手牽手生出來的愛的結晶，但我呢，的確是我爸單方面把我媽撲倒才有的。之前只要我媽一生氣，就會對我爸說：『都是因爲他那天把我撲倒！我明明在認眞摘番茄的，他就在後面對我毛手毛腳，所以老娘的人生才會變成這樣，美土的人生也是。』每次只要我媽這麼說，老爸就會滿臉通紅、不知所措，哈哈！」美土回想起那段往事，笑得闔不攏嘴。

可惜鬥雞眼女館員和美沙並不捧場，面無表情地看著她。獨自笑了好一會兒的美土終於意識到不對勁，默默收起笑容。

「我在這裡躺多久了？」來生問。

美沙比出五根手指頭，來生看著美沙的手，突然神色凝重。

「你會餓嗎？」美沙問道。

「我餓嗎？」來生一臉困惑。明明是自己的身體，卻沒有任何知覺。

「我不知道。」

「應該會餓才對，你已經五天沒吃東西了。」

「誰說他沒吃東西，他可是吃了不少昂貴的葡萄糖點滴。」鬥雞眼女館員噘嘴說著。

「拜託，那又不是飯！好吧，那美沙要來爲來生哥哥煮一鍋好吃的粥囉！」

美沙推著輪椅往廚房方向去。來生微微撐起頭，看了看自己的身體，手臂、肩膀和腹部都纏繞著一層厚厚的繃帶。

「這是妳幫我綁的？」來生問美土。

「是在朋友的寵物醫院裡綁的，你當時失血過多，差點就沒命了。」美土回答。

鬥雞眼女館員維持著一貫不滿意的表情，她看著來生，但因兩眼瞳孔的方向不一，很難確定是不是在看他，不過可以明顯感受得出來，鬥雞眼女館員確實對來生感到無語。

「下次還是用槍吧，沒那本事卻硬要逞強，搞得這麼勞師動眾的。」

鬥雞眼女館員爲了不讓美沙聽見，俯下身低聲告誡。看來這次的事情的確影響到很多人，她的口氣洩漏出藏不住的憤怒。

「都是因爲你，害我的身分曝光，秀敏也是，被你一個人搞得現在我們三個人都有危險，原本要抓漢子的計畫也亂了套。但無所謂，既然事情變成這樣，不如趕緊上工吧，反正我們一直都是用正面思考的！」

美土看著鬥雞眼女館員說。鬥雞眼女館員則是回了一個微笑給美土。這幾個令人傻眼的女子，每天到底都在想什麼呢？

「那妳們還眞厲害，竟然能把我從理髮師那裡救出來。那我的刀子……有幫我拿回來嗎？」來生問得有些不太好意思。

美土斜眼看著來生，「為什麼會突然想起秋的廚刀呢？」來生也對自己提出的問題感到有些錯愕。

「理髮師會由我來處理，你還有別的事情要做。」美土的語氣堅定。

她說完便轉身往廚房走去，鬥雞眼女館員也跟著進了廚房。廚房裡傳來三名女子的喧嘩聲，大部分都是在分享各自煮粥的方式。不久，美沙端著一碗粥出來，美土和鬥雞眼女館員則穿上大衣準備出門。美土趁鬥雞眼女館員在玄關處穿鞋時，走到來生躺臥的床邊對他耳語。

「最好別用你那豬腦袋動歪腦筋，這樣只會讓事情變得更複雜。你只要吃完粥呼呼大睡就好，一直睡到我叫醒你爲止。」美土在講到「一直」的「一」時，刻意拉了長音。

美土和鬥雞眼女館員出門了。美沙用湯匙舀起一口粥，吹了下，遞給來生。來生受寵若驚地來回看了看美沙與熱粥，美沙將湯匙更靠進，表示可以放心吃，來生緩緩張開嘴巴，呑下美沙餵的那口粥。這是五天以來吃到的第一口熱食，美沙煮的粥眞是無與倫比地美味。來生吃完整碗粥，再次沉沉睡去。

來生的確按照美士所說的，「一直」在睡覺，睡著、作夢，夢醒、吃粥，再繼續昏睡，明明感覺睡了很久，卻還是難敵排山倒海而來的強烈睏意。來生突然意識到，也許美沙煮的粥裡摻了安眠藥也不一定，不然就是沾在水杯、湯匙，也可能撒在花瓶裡的花朵，或是穿過窗戶灑滿室內的和煦陽光有催眠的功效。來生吃完粥倒頭就睡，吃完藥後繼續昏睡，甚至就連在夢裡，他也都在睡覺。

每到傍晚，美士就會回來拆開來生身上的繃帶，爲傷口消毒換藥，然後幫來生打針。美士沒回來的日子，則是由鬥雞眼女館員代替。

「妳幹嘛要來蹚這身混水？」鬥雞眼女館員默默幫來生重新綑綁繃帶時，來生問她。鬥雞眼女館員沒有回應。

「這可不是鬧著玩的，妳很有可能會死。」來生又說。

鬥雞眼女館員用力扯了下繃帶，牢牢打結。來生感覺傷口處快要炸裂，忍不住發出了疼痛的呻吟。

「每個人都和你一樣有自己的苦衷或難言之隱，少在這裡耍帥，用那副高高在上的口吻。」鬥雞眼女館員一邊收拾繃帶剪刀，一邊說。

她說的沒錯，每個人都有自己的故事，狸貓大爺、秋、大鬍子、美士、理髮師，甚至包括漢子也是，一定都有各自的苦衷，那些苦衷激發了憤怒，憎恨彼此，殘害彼此，每個人都認爲自己的苦衷與傷痛才是合理正當的，但事實眞是如此嗎？「呿，你未免也想太多，明明你跟他們沒兩樣。」來生在心裡自嘲著。

來生慢慢甦醒，第一眼都會看見美沙手拿破舊不堪的小熊維尼，在來生的肚子上玩辦家家酒，那模樣像極了用尾巴觸碰來生大腿或背部的閱讀架和檯燈。

「妳應該已經不是玩辦家家酒的年紀了吧？要不要玩點別的？」

「別的？」美沙用手摸著小熊維尼反問。

「比如說養隻貓之類的，養貓會讓人感到幸福。」

美沙歪著頭，兩眼向上，仔細思考來生給她的建議，最終還是搖了搖頭。

「我不喜歡貓狗，因爲牠們都會比我先死掉，我無法和那些會比我先走一步的寵物變得要好，但是小熊玩偶不同，只要我一直幫它們修修補補，它們就可以活得比我久。」美沙再次拿起破舊不堪的小熊維尼。

「妳爲什麼都不問我問題？」

「什麼問題？」

「什麼問題都好。」

「嗯……因爲就算我得到了答案，也不能爲你做什麼，所以面對我幫不上忙的事情，我都會選擇裝作不知道。裝久了，就會眞的什麼事都不知道了。」美沙笑著回答。

破舊的小熊維尼一直在來生的肚子上搖頭晃腦。

「妳有讀過G．Y．小黑寫的《訝異的北極熊》這本書嗎？」來生問道。

「是知名作家嗎？」

「完全不有名，那本書的主角就是一隻對自己竟然是北極熊的事實感到十分訝異的北極熊。」

「這有什麼好訝異的呢？」美沙歪頭表示不解。

「因爲牠一直問自己，到底爲什麼我不是一般的熊，而是北極熊？難道單純因爲自己出生在北極嗎？這本小說裡的北極熊，很討厭自己只是出生在北極而被人叫北極熊，因爲牠明明也可以當隻亞洲黑熊或灰熊，也就是討厭自己不可逆的宿命。那隻北極熊在書中不停思考同樣的問題，『究竟爲什麼我是北極熊？』」

「我看牠根本是隻蠢蛋熊吧？」美沙問道。

「不，區區一隻熊竟然能拋出如此有深度的問題，所以牠算是富含哲理的熊。總之，這隻北極熊後來爲了瞭解自己究竟是什麼熊，決定離開北極。牠攤開地圖，尋找和北極相像的地方，決定前往加利福尼亞。」

「你說熊嗎？」

「對，就是那隻熊。」

美沙一臉困惑，聽得不是很明白。她繼續追問：

「如果要從北極去加利福尼亞，應該需要搭船吧？」

「沒錯，不幸的是北極熊沒有船，所以牠拿了一把鋸子鋸開自己腳下的那塊冰，乘著冰塊展開前往加利福尼亞的航行。潮水和風將北極熊乘坐的冰塊推向汪洋大海，但是隨著距離北極越來越遠，冰山開始逐漸融化，不僅還沒看到加利福尼亞，就連其他陸地也未見著。北極熊眼看自己從故鄉切下來的冰塊只剩一小角了，放眼遠處卻不見任何陸地的蹤影，這時，訝異的北極熊才恍然大悟，『原來是因爲不論我怎麼做都離不開北極，所以我才叫北極熊啊！』故事最後，寫到北極熊因冰塊全部融化而掉入海中，只好重新游回北極，故事就此結束。」

「所以，最後那隻北極熊是掉進海裡死掉了嗎？」

「不知道，小說只說牠游回北極，就結束了。」

「希望那隻北極熊能順利游回北極……」美沙滿臉愁容地擔心著小說裡的北極熊。

「妳不覺得這和我們的處境很像嗎？」

「你說那隻愚蠢的北極熊和我們很像？」

「我們都出生北極，但是都厭惡北極，不論怎麼掙扎也脫離不了北極。」來生解釋。

美沙聚精會神地聽來生說話。

「我覺得北極也沒什麼不好，加利福尼亞很熱耶，而且當加利福尼亞熊不是挺奇怪的嗎？要是我出生在北極，我就會乖乖當隻北極熊。」美沙天眞無邪地笑著。

每到清晨時分，十二月的冬林就會結滿冰霜，樹葉宛如披上了一層白色粉末，候鳥都飛往溫暖的國度避冬，已經很少聽見鳥鳴聲。十二月二日那天，鬥雞眼女館員砍了一些樹枝回來，組成一棵耶誕樹。到了晚間，三名女子一邊嬉鬧、一邊在耶誕樹上掛滿各式各樣的小燈泡、耶誕球、禮物盒、星星、鈴鐺、耶誕老公公和麋鹿、耶誕枴杖、糖果等吊飾。美沙拿了些棉花，層層鋪在耶誕樹上，營造出雪花的感覺。布置耶誕樹期間，三名女子的笑聲從未間斷，看樣子應該是打算在耶誕節來臨前一直做這些事了。然而，女子們的笑聲宛如黑暗中哭嚎的狗兒，不知為何有些不安，彷彿害怕被人發現她們的悲傷，想盡辦法用誇張的歡笑掩飾。

來生的傷口已經癒合得差不多了，他現在可以多少移動身體，也能獨自彎著腰緩緩行走。也許是因為他翹屁股拖著緩慢步伐行走的模樣實在好笑，只要來生走出戶外散步，美沙都會忍不住捧腹大笑。來生在小木屋附近的森林裡散步。「多走動對身體好。」美土看著來生身上的傷口說道。小木屋前的庭院被桃樹、紅松、梅樹、栗子樹環繞，來生想像著，要是當年無人傷亡，這間小木屋的週末應該會洋溢著既幸福又美麗的畫面。

小木屋就位在半山腰上，返家的道路有兩條，一條是家門前的柏油路，另一條則是在小屋後側，車子無法通行的狹窄陡峭山路。來生觀察著小屋後側那條山路，它沒被人工鋪設過，盤根錯節的樹根突出地面，應該很難帶著坐輪椅的美沙走那條路。一旦被殺手發現這棟小木屋，三名女子的性命很可能就會斷送在這裡。外頭一定已開始瘋傳來生與理髮師對戰了一場，然後一名女子帶著來生至此銷聲匿跡的消息，說不定早傳到漢子的耳裡，那些追蹤者很可能已經展開行動。來生暗自盤算著究竟還剩多少時間。

美土和鬥雞眼女館員頻繁外出，每晚都要等到美沙睡著了才會回來，回來後兩人還會坐在小閣樓裡好長一段時間，不知道討論什麼，你一言、我一語地交換彼此的意見，有時甚至到凌晨。但不論是美土，還是鬥雞眼女館員，都像說好似地，對來生隻字不提，不談三人以後要如何生活，也不談如何與漢子和狸貓大爺展開對決。

來生每天都過著看完書就上床睡覺、一有空就遠眺窗外遠山的日子。偶爾注視著天花板上的大梁，會使他想起理髮師的揮刀動作——似有若無、輕盈柔軟又突然由慢轉快的那一連串動作。「要是再次交手，會有勝算嗎？」來生問自己。每當提出這樣的疑問時，就會感覺自己彷彿又站在刀口前，背脊發涼的恐懼感瞬間襲來。應該很難，要是與理髮師再次交手，必死無疑。

來生睜開眼睛時，發現美土站在床邊看著自己。她究竟站了多久，不得而知，但她的表情略顯悲壯。

「幾點了？」來生問道。

「凌晨三點。」

「妳幹嘛站在那裡？」

「我有話要對你說。」

「我比較需要槍和刀，而不是妳的計畫。」來生說道。

「我看你還是省省吧，你現在不是能無理取鬧的時候。」美土反駁。

「難道殺手們哪天突然闖進來，我們要拿鍋碗瓢盆來應戰嗎？」

「只剩二十天就要大選了，漢子根本沒空理我們，而且他也沒理由殺我們，所以我們一定要先發制人。」

「妳的計畫內容到底是什麼？」

「你願意幫我嗎？」美土問得格外認眞。

「這個……我可不敢保證。」

美土注視著來生，沉默了一段時間，最後還是開口了。

「我這裡有姜智京過去的暗殺計畫，都是和過去二十年來無聲無息死掉的那些人有關，漢子的金庫裡有本帳本，裡面記錄著過去所有和政治人物、企業家、圖書館、承包商仲介、殺手進行交易的明細。漢子在這次選舉拿到的那筆大案子，也記錄在帳本裡。據我所知，狸貓大爺也有一本類似的書。」

「書？」

「這本書詳細記錄著過去九十年來，韓國現代史裡出現過的前幾大暗殺事件，前五十年是由之前的圖書館館長撰寫，後面四十年則是由狸貓大爺執筆。」

「狸貓大爺有寫書？我在圖書館待了二十七年都不曉得有這種書，妳在圖書館外倒是消息滿靈通的嘛！」

美土朝鬥雞眼女館員的房間瞄了一眼。

「有這本書，而且我們也知道放在哪裡。」

「妳的意思是，足以撼動韓國現代史、把各界鬧得人仰馬翻的那本書，就放在圖書館二十萬本藏書中？在哪裡？《罪與罰》旁邊？還是《優雅又感傷的日本棒球[1]》隔壁？」來生語帶嘲諷。

「在狸貓大爺的書房下。」美土冷靜地回答。

「地下室？」

美土點點頭。

「那是一本很厚的書，封面用羊皮做的，長得像《聖經》，一眼就能認得。」

「妳怎麼知道有那本書？」

「因爲狸貓大爺總喜歡把女人當傻子，尤其是鬥雞眼。」

來生噗哧笑了，他心裡想著：「過去看起來那麼呆的鬥雞眼女館員，竟然徹底擺了狸貓大爺一道，要是被視自尊如命的大爺知道這件事，他的表情可有看頭了。」

「漢子的帳本則是保管在他密屋裡的一個金庫內，不在公司。世界上只有兩個人可以接觸那個金庫，一個是漢子，一個是他的律師。漢子不吃威脅那套，但他的律師應該會吃，畢竟他還有兩名可愛的女兒，也有妻子，加上他又是個卑鄙、幼稚、吃軟飯的人，只要在展開對話前先捅他個幾刀，相信對話就會變得順利許多。能接觸圖書館地下室的人也

1　原文書名《優雅で感傷的な日本野球》，一九八八年出版。

有兩位，一個是狸貓大爺，另外一個就是你，我需要這兩樣東西，所以要是你能爲我拿到漢子的帳本和狸貓大爺的書，那你的任務就完成，剩下的事我會自己看著辦。要是都能順利拿到，再加上姜智京過去的暗殺計畫，就等於把柄完全掌握在我們手中。」美土說。

來生看著美土好一會兒才說。

「妳覺得這可能嗎？就算妳拿到了那兩樣東西，到時候全國上下所有殺手都會跑來追殺妳。不對，政府機構、軍隊、警察、檢察官，統統都想殺妳滅口，因爲只要是有錢有勢的人，都免不了和謀略者有關係。」

「你不覺得選舉很像是一場有趣的嘉年華嗎？欲望、貪婪、虛榮，統統齊聚一堂，爲了觀望那些虛假，人們的視線也全都聚焦在同一處，那是很適合引爆的時間點，再加上人們也引頸期盼著有事情發生，想看好戲。所以我想到了一個計畫，如何？要幫忙嗎？」

來生陷入沉思。

「看來要是妳成功了，那我認識的人就會全部死光，包括我在內。但是在我背後把我當玩偶操弄的那些謀略者，依舊活得好好的，這是我對這個圈子所瞭解的歷史。」

美土對著來生笑了。

「有可能，但也不一定，畢竟都還沒正式展開對決，不過至少不會以一隻膽小的北極熊死去。」

隔天，初雪乍到，美沙看著白雪皚皚的森林看到忘我。但是對於來生來說，冬天積滿雪的森林反而令人感到孤立無援，好像已經走得很遠了，所以變得更加險峻。來生把褐煤放進暖爐裡，並在暖爐上的熱水壺裡加了些水，雖然腰間的傷口會因拉扯而隱隱作痛，但現在的他已能活動自如了。來生暗自慶幸鬥雞眼女館員和美土不在家，要是她們在的話，三個女人一定會因爲看到初雪，激動地嘰嘰喳喳一整天。

「下雪的世界好美喔，對吧？」美沙望著窗外。

「美嗎？」來生喃喃。

「要是把所有骯髒的東西都蓋在五公分厚的積雪下，那會是美麗的世界嗎？」他像是在問自己。

美沙轉頭看了來生一會兒。

「哥哥，你怎麼凡事都想得那麼負面呢？不就只是個下了雪的世界而已嗎？」美沙笑著說道。

來生聽完美沙這麼說，忍不住笑了出來。

「沒錯，就只是個下了雪的世界而已。」來生再次低語。

「唉，好想出去外面喔。」美沙十指交扣，伸了個懶腰說道。

庭院和森林裡積滿著白雪，來生頭戴帽子走到戶外，用稻草掃帚將地上的積雪掃到一旁。他很喜歡雪花落下服貼在臉上瞬間融化的那種冰涼感，小時候他總是在圖書館庭院裡掃著紛飛散落的櫻花花瓣，當時他的身高還比掃把矮，經常是掃了好長一段時間再回頭看，又是鋪天蓋地凋謝的花瓣。來生不曉得那些花瓣爲何掉落，他對於那份無知感到恐懼，所以只好悶頭掃了一整個下午。來生把庭院和外面車道上的積雪統統掃開，闢出一條路，重返家中。他拿了一條小毛毯，輕放在美沙的膝蓋上。

「戴上帽子吧，這樣我才會帶妳出去。」來生說。

美沙乖乖戴上帽子。來生把美沙抱上輪椅，推到戶外。輪椅的輪子在雪地上滾動著，發出嘎吱嘎吱可笑的聲響。

「你會累嗎？」美沙問。

「不累。」

每當輪椅踩過小石子或雜草根部上下顛簸時，美沙都會咯咯笑著。她伸出手，接了幾片從天而降的雪花，甚至閉起眼睛，仰頭讓雪花直接落在臉上。

「美沙想過什麼樣的生活呢？」來生問。

「我還滿喜歡現在這樣的，要是能一直這樣就好了。」美沙仰頭閉著眼睛回答。

美土直到凌晨才回家，她車子的引擎聲聽來不太正常，噪音很大，估計是因爲沿途行駛在雪地上所導致。儘管照進窗戶裡的車頭燈已熄滅許久，人卻遲遲未走進門。來生從床上坐起來，望向窗外。美土低著頭，雙手緊握方向盤，肩膀不停發抖。半小時後，她才下車進屋。來生躺在床上裝睡，廚房裡傳來冰箱門的開關聲，以及美土一屁股坐在地板上的聲音，接著，好長一段時間都沒再聽見任何聲響。來生在黑暗中凝望著天花板二十分鐘，終於忍不住起身去查看。他打開廚房燈，發現美土正縮在冰箱旁暗自哭泣。來生看了美土一會兒，打開冰箱，取出水壺，倒了一杯白開水自己先喝下，再倒了一杯遞給美土。美土接過了那杯水。

「原來像妳這麼狠毒的女人也會哭？」來生奇道。

美土冷笑一聲，喝了口水。來生坐在餐桌前，美土用衣袖擦拭淚水。

「你怎麼不問，像我這麼狠毒的女人為什麼哭？」美土眼眶依舊泛著淚水，半開玩笑地說。

「我不問這種問題，因為女人哭的理由千百種，比宇宙繁星都還要多。」

美土心想「也是」，點頭默認。

「如果我保你活命，你願意幫我保護我妹妹嗎？只要五年，不，三年就好。」

美土的眼神中充滿著誠懇與迫切。來生歪頭表示不解。

「雖然眞心不希望走到那一步，但我這麼交代也是為了以防萬一。」美土補充。

「那妳咧？」

「我應該活不到那時候了。」

「為什麼妳會死，我卻活著？難道是因為上次妳說自己已經變成怪物什麼的，受不了良心的譴責？我告訴妳，就算死妳一個，這世界也不會有任何改變，所以少在那邊自命清高，想著犧牲小我、完成大我了，妳以為妳是耶穌基督救世主？還是好好陪著妹妹活下去吧。」來生語帶不耐地拒絕了。

「我今天弄死了一個女的，是我親手為她打的針。她從九歲那年起就一直臥病在床，手無縛雞之力，也沒做錯任何事，但今天我還是把她弄死了。」

美土像是喝醉般，講話不太流利。

「那女的是誰？」

「理髮師的女兒。」

來生默默站起來，他想起廚房層架上好像放了一包菸。來生把手伸進層架上的空咖啡罐裡，不停尋找，美土見狀，從口袋裡掏出一根菸給來生。來生接過，這是他這個月來抽的第一根菸，才第二口就感到頭暈。

「幹嘛去找他女兒？」來生問。

「因爲會促使理髮師殺人的是他女兒，不是漢子。」

來生突然感覺左眼刺痛，用手掌揉著眼睛。「我可曾因為基於正義、信念的理由而殺人？答案是：沒有。」來生從不相信這些東西，他總是單純因爲有人對他下指令而殺人，那是因爲有人被列入了暗殺名單，而來生是殺手的緣故。美土是基於什麼原因殺人？來生突然對於人類可以因爲自己的某種信念而殺人，不寒而慄，但是仔細想想，也許那就是謀略者的世界。來生再抽了口菸，開口說道。

「據說人類會隱藏自己的眞正動機過生活，也會不斷創造出各種假動機來自欺欺人，妳現在是不是知道自己眞正的動機是什麼？老實說，妳現在也不知道自己在做什麼，對吧？在我看來，妳和我們並無分別，妳與理髮師一模一樣，與漢子也一模一樣，妳和這領域的所有謀略者都如出一轍，不論是白貓或黑貓，終究還是會做同樣的事情。」

來生走到流理台，將菸頭摁熄在積水中，再把菸蒂丟進垃圾桶。美土依舊蹲坐在地上，一臉茫然。

「我可以幫妳拿到漢子的帳本，但是狸貓大爺的書應該不太可能，我只能爲妳做到這裡。」來生對著美土的頭頂說道。

隔天下午，來生收拾行李，準備出門。美沙從衣櫥裡拿了幾件冬衣，塞進來生的包包裡。那些是她爸爸的衣服，對來生來說都有點過大。

「看來爸爸是個高個子？」

「他不只高，還很帥！」美沙笑得很溫暖。

「我載你去轉運站吧。」美土說道。

看樣子是有話想單獨對來生說。

「不用了，沒關係，我想自己一個人走走。」來生婉拒了美土。

美土小心翼翼地趁美沙不注意，遞了一個信封袋給來生。來生看了一眼，裡面一定是些關於漢子的密屋地址、放有金庫的房間、律師何時會去密屋更新帳本、帳本的細節、避開保全系統進入密屋的方法等資料。來生接過信封袋，放進包包裡。

「希望不會拖太久。」美土說。

「不會的。」來生淡淡地回答。

來生轉頭望向美沙，給了她一個微笑，美沙的表情難掩失落。來生用手拍了拍她的肩膀，轉身離去。他沿著積雪融化後溼答答的路面緩緩走下山，美沙就在他身後不停揮動著那隻骨瘦如柴的手臂。

＊

漢子的密屋位於寧靜的住宅區，是間庭院整潔、屋簷緊鄰隔壁住戶、極其平凡的兩層樓住宅，感覺這棟房子的主人會是個愛家的好爸爸，提著蛋糕站在門口按門鈴，準備幫雙胞胎女兒過生日的那種。來生按照美土指示，從隔壁住戶的屋簷攀爬過去，走進漢子的私宅頂樓陽台。水塔旁的鍋爐房裡有個長寬各三十公分左右的小氣窗，來生試著用手搖晃，因爲是廉價的舊鋁窗，不必打破玻璃，藉著不斷搖晃的動作，便能將整片窗戶輕鬆卸下。

「難道是要我從這裡潛入住宅？這樣也叫計畫？哼！真是。」來生嗤之以鼻。

漢子的律師尚未抵達，來生看了看手錶，已經是傍晚八點鐘。來生倚坐在陽台上的水塔旁，從皮槍套裡掏出PB-6P9微聲手槍，藉著路燈的光線檢查槍枝。他把手槍上的滅音器旋轉摘下，再重新裝上。他卸下彈匣，向後拉滑套，用空槍試射。來生滿意地點點頭，他尤其偏好使用俄羅斯製的手槍，只因爲射擊時較其他槍枝都還要來得安靜，他手上這把，甚至被人戲稱是專門爲滅音器所製造的，等於滅音器才是主角，槍成了配角。來生問自己「最後一次用槍是什麼時候？」結果發現近幾年都沒用過。若是碰上需要近距離射擊目標的情況，專業級的殺手大部分都寧願選擇用刀，槍反而會留下彈丸、彈殼等惱人的痕跡。不過來生心想，都已到這個節骨眼，用槍也無所謂了。

來生伸進口袋要拿菸盒的手頓了一下，最後還是決定掏出一根菸點燃。「反正這也已經無所謂了。」來生跟自己解釋。菸抽到只剩一半時，手機發出了震動聲，美土打來了。

「漢子的律師從辦公室出發了，二十分鐘後抵達。」美土說道。

「妳別在那裡尾隨他了，直接到附近等我吧。」來生對她說。

「拿到帳本後記得告訴他，如果想要回去，就給你七億五千萬，這麼做漢子才不會對你起疑。」

「七億就七億，八億就八億，幹嘛定個七億五千？眞是的。」來生抱怨。

「律師身旁有兩名隨扈，要小心，我會在密屋對面的巷子裡等你。」

美土掛斷電話，來生把菸扔在地上，用腳踩滅菸頭，一如既往將菸蒂撿起來收進口袋，再去將鍋爐房的氣窗拆下，小聲輕放地面，先將頭探進窗戶裡。窗框確實非常狹小，但是感覺只要肩膀稍微轉個角度，就可以順利進入屋內。

二十分鐘過後，漢子的律師抵達了。來生在陽台上觀察樓下動靜。一名身材圓滾的男子急忙從密屋跑出去接應，爲他們打開車門，律師從車後座下車，一名看起來像隨扈的高個兒也跟著下車，他身材精實、長相尖銳，最後將車子引擎熄火、從駕駛座下來的男子，看起來也不像是平凡的司機，總共有身材圓滾的男子一名、隨扈兩名和律師，感覺只要有一個環節出了差錯，事情就會變得很麻煩。

律師走進密屋裡，來生也急忙透過氣窗潛入室內。他將鍋爐房的門拉開一條縫隙，等待律師走上來。一樓傳來男子們交頭接耳的聲音，不久後，律師獨自走上樓，用鑰匙打開其中一間房門走了進去，金庫應該就在那間房裡。來生躡手躡腳地走到二樓走廊，察看著一樓動靜，其餘三名男子正在一樓廚房裡邊吃東西邊聊天。來生來到律師進去的那間房門口，試著轉動門把，門從裡面上鎖了。來生回頭望向一樓，三名男子仍在大聲喧嘩，來生敲敲房門，律師在房間裡面問道：「什麼事？」來生不發一語地站在門外，廚房再度傳來一陣嬉笑聲，來生趁機又敲了一次房門，房內傳出椅子向後退的摩擦聲及律師不耐煩的碎唸。來生左手緊握住纏在手掌上的溼手帕，右手拿起手槍準備。

「到底什麼事？」律師滿臉不耐煩地打開了房門。

來生以迅雷不及掩耳的速度將溼手帕塞進律師口中，一把將他推進房內，朝他大腿開了一槍。律師驚恐錯愕地來回看著來生和鮮血直流的大腿。來生微微轉頭瞥向一樓廚房，男子們依舊在打鬧嬉笑。來生關上房門，並將門鎖上。

「你要是出聲，我就朝你的腦袋開槍，明白嗎？」來生恐嚇他。

律師點頭。來生取出律師嘴裡的手帕，然後再次朝律師的左膝蓋開了一槍，律師痛得慘叫出聲。來生歪頭皺眉。

「你是金魚嗎？我兩秒前才跟你說過，出聲就會朝你腦袋開槍，這麼快就忘啦？」

來生舉起手槍，律師眼眶泛淚，緊摀住嘴巴。

「現在知道不能出聲了吧？」來生再次確認。

律師拚命點頭。來生朝律師的左膝蓋再開了一槍，律師咬著牙，滿臉漲紅，痛到不停在地上打滾。每當他四處滾動身體時，鮮血就會滴在地墊上，不久後，律師似乎對疼痛感有點麻木了，呻吟聲也變得緩和許多。來生看著律師滿意地點點頭。

「那邊應該很痛才對，看來你滿能忍的，也難怪你能考過那麼難的司法考試。」

書房中央放著一組桌椅，來生將椅子拉出來坐下。律師面朝地板，正咬牙強忍著疼痛。來生從口袋裡掏出一根菸點上。

「那個膝蓋應該沒救了，膝蓋關節的結構複雜，只要斷掉就很難再接回。但是單腳瘸和雙腳瘸的人生應該還是不太一樣，簡單來說就是枴杖人生和輪椅人生的差異。」

來生朝空中吐煙。

「如何？是不是想保住你的右膝蓋？」來生詢問。

律師點頭。

「我需要漢子的帳本，我知道就放在這間房裡，也知道你可以打開金庫，所以別想糊弄我，打開吧。你要是敢拖時間，我就讓你一輩子坐輪椅，要是打不開金庫，那我就一槍斃了你。」

律師望向來生。

「為什麼需要帳本？」

「我打算退休了，但沒人給我退休金啊。」

「那邊黑色包包裡有大概三億韓圜的現鈔，你都拿去吧。」

書桌下有個帶輪黑色大包包，來生嘴裡叼著菸，走到書桌下，打開包包，裡面有著滿滿的現鈔和支票。

「三億？」來生問道。

律師點點頭。

「竟然有三億，你們果然周轉得滿好，是因爲要大選的關係嗎？總之，先謝了。」

來生提著包包走到律師身旁，俯瞰著他。律師抬起頭，來生朝律師的右大腿又開了一槍，律師忍不住喊出聲。

「接下來我就會朝你右膝蓋開槍了，所以最好乖乖回答我的問題，漢子的帳本到底在哪裡？」

「反正帳本給了你，我也不可能活命。」律師痛到臉部猙獰。

「我不是很喜歡你們這群人，看起來太乾淨了，如意算盤也打得很快，說話有條有理，但又油腔滑調的，實在太油條了。來，接下來要打算怎麼逃出這房間？我看你今天才眞需要像提著正安屍體大言不慚地走進圖書館那天一樣，講話有條不紊，不然就在這裡等我把子彈射完，各個關節輪一遍，再來思考要死在我手裡，還是漢子手裡也可以。不過可能要想快點，因爲我可沒時間在這裡跟你耗。」

來生再次舉槍。

「金庫在書桌下面。」律師急得脫口而出。

來生抓住律師的後衣領，把他拖到書桌底下。律師猶豫了一下，來生用槍口頂著律師的頭部，他趕緊掀開書桌底下的地毯，從口袋裡掏出遙控器，按下密碼。地板被緩緩打開，出現金庫，律師再輸入了一次密碼，將金庫打開。金庫裡存放著各式各樣的帳本和CD，來生把所有東西統統掃進他帶來的包包裡，律師不知所措地看著來生的一舉一動。

「你回去告訴漢子，我只要錢，無記名債券二十億，現金十億，現金幫我分拆成各五億，裝進兩只皮箱裡帶來。」

律師這下才露出鬆了一口氣的表情，點頭承諾。就在此時，房門外傳來急促的拍打聲，來生看向律師，律師則是滿臉驚恐。

「你是不是有按什麼按鈕？」來生質問。

「打開金庫時要先解除防盜系統，但我剛剛太慌張，不小心忘了解除……」

律師狡辯不斷，來生把裝有帳本的包包拉鍊拉上之後，怒視著律師。律師全身發抖，來生朝律師的右膝蓋開了一槍，這次律師沒再強忍疼痛，放聲慘叫。

隨著敲門聲越漸急促，終於有人試圖用腳踹開房門。來生緊貼在門旁，他屏住氣，微微轉開房門，使勁踹著房門的男子突然一個用力過猛，撲進房內，是剛才負責開車的男子。來生朝男子大腿各開一槍，接著朝站在走廊上的高瘦男子也開了一槍，男子身手矯健，旋即伏地躲過子彈，他一把抓起來生的衣領，狠狠來了一記過肩摔，他的技術熟稔又俐落。來生被翻拋在地的同時，槍枝也從身上掉了出來，瘦高男子快速抄起掉落在地的手槍。來生用手扶住自己的肩膀，從地上緩緩爬起。瘦高男子把槍口對著來生，持槍的姿勢看起來一點也不馬虎。來生從肩膀上的皮套裡掏出廚刀，那是他在來這間密屋的路上臨時去百貨公司買的，男子看見來生手握廚刀後面帶嘲諷地笑了。

「白癡嗎？我都拿槍了。」瘦高男說。

「剛好子彈都被我用完了，因爲你們家主子實在太不聽話。」

男子將槍口對著天花板，扣下扳機，只聽到手槍發出「噠」一聲，沒有任何子彈射出。男子將手槍扔在地板上，他的西裝暗袋裡藏有槍，看起來似乎是一把瓦斯槍，他從腰間抽出一把刀，那是在特種部隊裡使用的軍刀。

「我們之前有見過？」來生問。

「在秋被送去火葬的那天見過。」

來生恍然大悟，原來他就是那天和漢子一起到大鬍子火葬場的那名高個兒。

「我看你不像殺手，難道是軍人？」

「確實當了滿久的軍人。」

「那怎麼不繼續當軍人就好，守衛國家和老百姓，多榮耀。」

「因爲光靠榮耀無法塡飽肚子。」瘦高男用刀尖指著來生的臉。

來生放下刀子，緩緩走向男子，步伐宛如散步般輕鬆自然。男子右手持刀，朝來生的臉部戳刺，來生把頭微微往左側偏，成功避開了攻擊，順勢朝男子的右肩到腋下用力砍下去。男子手一鬆，刀子滑落地面，來生從男子的側邊脫身，往他腰間刺了進去。男子跪坐在地，低著頭，沒發出任何疼痛的呻吟。來生拔出刀子，撿起掉落在地的手槍放回槍套，掏出手帕，將刀刃上的血跡擦拭乾淨。他重回房間，律師倒臥在自己的血泊當中不停掙扎，一隻手握著手機，正在與某人通話。

「是圖書館來的，我們的帳本已經被他拿走了。是、是，現在就在旁邊，我中彈了所以……不，我是說中『彈』。」

來生一臉荒謬地看著律師。律師偷瞄了來生一眼，緩緩放下手機。

「還真是一條忠心耿耿的狗啊……」

來生把裝有帳本的包包背在肩上，拿起桌上那袋有三億韓元的黑色包包，走去一樓。身材圓滾的男子正握著球棒站在一樓，手不停發抖，和他那碩大豐腴的體型成強烈對比，顯得滑稽。來生仔細一看，發現他是之前去漢子辦公室時守在門口的警衛——鑫鑫腸。來生給了他一抹微笑，抬頭看向男子高舉的球棒。

「你打算用這個打我嗎？」

鑫鑫腸滿臉驚恐，也無意識地跟著抬頭看向自己手握的球棒。來生噗哧笑了出來。

「怎麼能用那種東西打人呢！」來生搖著頭說。

鑫鑫腸嚇得花容失色，一屁股跌坐在地。

來生打開玄關門走出去，一走出巷口，就看見美土的車子在一旁待命。來生敲了敲車窗，車窗搖下，來生把裝有帳本的包包交給她。

「我還完人情債了！」來生說道。

美土拉開包包拉鍊，拿出一本帳本，查看了一下內容。來生再舉起另一個從律師那裡搶來的黑色包包對美土說：

「妳要是願意就此收手，和美沙兩個人離開韓國的話，我就把這袋錢統統給妳，聽說裡面有三億。」

「現在是在誘惑我嗎？」

「算是吧。」

「上車。」美土說道。

來生搖頭婉拒。美土注視著他。

「快走吧，漢子的人就快到了。」

美土一臉無奈地發動了引擎。

「再見啦，多保重，然後要記得，這世上只有我美土會救你！」美土笑著與他道別。

來生默默站在原地，看著美土的車駛離巷子，一股難以言喻的空虛和寂寞襲來，他從口袋裡掏出一根菸點燃。明明只是待在森林裡休養了一個月，竟然就對都市的燈火感到頭暈陌生。漢子即將動員所有追蹤者和殺手，撒下天羅地網追捕來生，但來生突然不曉得自己究竟該何去何從。

他走在大街上，那袋現鈔沉甸甸的，包包底部的小輪子在柏油路上滾動，發出惱人的喀啦聲。來生突然想起一則採訪德國流浪漢的新聞，該名骨瘦如柴的流浪漢雙手緊握毒品，接受訪問時表示：「要是連這些毒品都沒了，我的人生就等於失去了一切。」當時記者追問：「那你的家人和朋友呢？」流浪漢露出了落寞的神情，望著記者：「那些早在很久以前就失去啦，包括希望啊、愛啊什麼的也是。」

「那些早在很久以前就失去啦。」來生重複著德國流浪漢的回答，暗自心想：「幸好我還有錢。」來生反問自己：「這眞的是値得慶幸的事嗎？」內心裡的另一個面孔出來回應他：「是啊，當然是！」

來生有著塞滿三億韓圜的包包，應該可以躲去某個地方生活，雖然不是很充裕，但也不致於不夠，能辦個假護照，從仁川或釜山偷渡到地球另一端的墨西哥沙漠附近，大口大口灌著龍舌蘭酒，默默度過餘生。在無人認識他的遙遠國度，拋下過去種種，重新學習當地語言，替自己取一個新名字，和異國女子相戀結婚，生個寶寶，做著體力活，展開全新的人生。

「眞的可以嗎？」來生對著天空無力發問。他抬起頭，都市絢麗的燈火像一把又一把的刀劍，朝瞳孔刺去，來生感到雙眼疼痛，瞬間被強烈的疲憊感籠罩，雙腿無力。他對於手上拖著的那袋黑色包包，以及掛在肩膀上的刀槍都感到非常沉重，但眞正令他喘不過氣來的或許不是這些東西。來生攔了一輛計程車。頭髮有些斑白的司機看著他，似乎是在等待來生開口說目的地，來生要求司機開往首爾火車站。

來生下車後馬上走進車站內，仰頭看著售票處上方顯示的無數個城市名稱，然而，他站在那裡看了將近一小時，始終無法決定自己該去哪裡。不只難以決定去處，就連自己爲什麼會站在車站大廳裡也百思不得其解。來生重新走出車站，乘客們因火車誤點而倉促下車，加快腳步湧出車站，趕著時間前往各自要去的地方。廣場上不停傳來耶誕節的歌曲。來生走到地下街，把黑色包包寄放在置物櫃裡。

地下街角落有幾名喝醉酒的流浪漢在飆著髒話、互相推擠拉扯，一旁還有幾名流浪漢用紙箱當作擋風板，躺在地上呼呼大睡，其他幾名則是一邊喝著燒酒、一邊把沒煮過的乾泡麵壓碎，撒上泡麵裡附的調味粉，當作下酒菜配著吃。來生在鋪著紙箱、躺在地上睡覺的流浪漢那區，找了個位子席地而坐。其中一名流浪漢偷瞄了來生一眼，起身大搖大擺地走到來生旁邊，在紙杯裡倒了滿滿的燒酒，遞給他。來生看了下流浪漢的臉，他一身酒氣，明顯已經喝得有點茫了，勉強撐著厚重的眼皮，一臉寫著「人生怎麼這副德性」，手上的紙杯還在等著來生接過去。來生接過紙杯，喝下那杯燒酒，將紙杯還給流浪漢，流浪漢再度向來生遞出酒杯，感覺像是在問：「要不要再來一杯？」來生揮手婉拒，於是流浪漢又擺出「人生怎麼這副德性」的表情，踉踉蹌蹌地坐回自己的位子。空腹喝下的酒瞬間蔓延至全身，感覺身體一陣暖和。他蜷著身子，躺在某人鋪設的紙箱上，地下道入口處吹來陣陣冷風，不知從何處傳來的救世軍鐘聲，聽來朦朧不清。幾名穿著端莊的女子不曉得在開心什麼，嘻嘻哈哈地從來生身旁經過。女子們的笑聲聽起來十分悅耳，「原來女孩子的笑聲都一樣，不論是這幾個女孩，還是美土她們，我看非洲的女生應該也會是那種笑聲。」來生把膝蓋縮到胸前，臉埋在腋下，暗自笑著。他藏身在其他流浪漢之間，度過了那一晚。

來生搭乘早上第一班火車前往的目的地是理髮師的住所——D鎮。抵達後，來生試圖轉動理髮廳大門的門把，原以爲應該會是大門深鎖，沒想到竟然開了。來生走進理髮廳，裡面昏暗無光，理髮師獨自一人坐在那裡。來生走到他身旁緩緩坐下，理髮師透過前方的鏡子看著來生，面無表情，不帶有任何情緒，看上去就是一名面容憔悴、黯然失色的老理髮師。

「幸好沒傷得太嚴重。」理髮師用低沉的嗓音說道。

來生點頭，他看見層架上放著一個被白布包裹的骨灰盒。

「是您女兒嗎？」來生看著骨灰盒問。

「是我太太，昨天幫她辦了告別式。」理髮師顯得很平靜。

來生點頭，兩人沉默不語一陣，各自坐在椅子上。理髮師的視線停留在交疊於膝上的雙手，來生則是觀看著鏡中的自己。來生從口袋裡掏出香菸遞向理髮師，示意他來一根，理髮師接過香菸，來生先爲他點菸，再幫自己點。

「我可以問你爲什麼來這裡嗎？我看應該不只是爲了幫朋友報仇。」

來生深吸一口菸。

「要是女兒沒生病，您是否就不會踏入這行了？」

來生用提問代替回答。理髮師也吸一口菸，朝空中緩緩吐出。

「這個嘛……有點難說。」理髮師口吻平淡。「如果是你，還會走這行嗎？」理髮師轉頭望向來生問。

「二十二歲那年，我犯下了一個大失誤，當時年紀太輕、經驗不足，加上膽子又小，但在這圈子，這些都不成理由，您也知道，犯下失誤的殺手是必須被除掉的，不然就要有人當代罪羔羊，像這次就有個名叫達子的年輕人代替您死掉一樣。」

理髮師的嘴唇微微顫抖。

「當時就是訓練官大叔代替我死的，他明明比我帥一百萬倍。那您知道我當時在幹嘛嗎？我在逃亡，而且還逃到了一間工廠裡。」

來生自嘲。

「從那之後，我的人生就是一連串的逃亡，包括我所犯下的失誤、訓練官大叔的死、可以過著平凡踏實人生的機會、離開心愛的女子，我一直在逃亡。訓練官大叔生前對我說過一句話：『一旦選擇蒙蔽雙眼，從此以後就會一直閉著眼睛。』是我選擇閉上了雙眼，因爲我總是害怕著某天要和訓練官大叔及秋都沒能戰勝的你交手，從那一刻起，我覺得我人生的某個東西被熄滅了。」

「所以這是你來找我的理由嗎？」理髮師淡淡地問道。

來生點頭。理髮師把頭向後仰，靠在剪髮椅的頭靠上，看著天花板好長一段時間，夾在理髮師指間的香菸不停燃燒，掉著菸灰。

「是上次來救你的那名女子害死我女兒的嗎？」理髮師問道。

「她是醫生出身，您女兒應該走得不會太痛才是。」來生沒有直接回答問題。

理髮師把菸戳滅在菸灰缸裡，起身。

「你等我一下。」

理髮師走進房內，拿出他的皮箱。他打開皮箱，取出秋的廚刀，遞給來生。來生接過刀子，刀刃已被磨過，理髮師跟上次一樣，掏出了美國瘋狗刀。

「你之前有過無酬殺人的經驗嗎？」理髮師問。

「沒有，從來都沒有。前幾天砍了幾個人，但應該不致於喪命。」來生回答。

「那你應該是我殺死的最後一位殺手，也是我沒收錢就處理的第一位殺手。」

來生脫下外套和肩掛式槍套，掛在衣帽架上。理髮師看著槍套裡的手槍，用兩根手指輕撫著他的刀尖。來生站在理髮廳正中央，理髮師緩緩走到來生面前。來生舉起刀子，用刀尖對著他的臉，理髮師點了個頭，瞬時朝來生的臉部刺去，來生微微轉動頭部閃過。理髮師再度刺向來生的頸部，來生用刀擋住了這次攻擊，順勢輕輕劃了理髮師的手臂一刀。兩人準備重回原位時，理髮師將刀刃轉向左邊，劃過來生的右臉頰。兩人都退後了一步，理髮師的手臂滲出血液，來生用左手抹過右臉頰，手上沾染了血跡。

「進步滿多的嘛。」理髮師甩著手臂上滲出的鮮血說道。

「我每天都躺在床上想像和你交手的畫面，已經在腦中演練過數千次了。」

「躺在床上……」理髮師笑著重複。

來生重新擺好姿勢，理髮師像上次一樣把刀子藏在身後，神情自若地站在原地。古董鐘再度傳來秒針走動的聲音，來生的皮鞋鞋底在理髮廳的地板上吱吱作響，他耳邊突然傳來流水聲，流過石子路的孤寂流水聲，感覺就算真的躺在那條小溪旁，也已經無所謂了。理髮師緩緩晃動著身體，像樹枝被風吹一樣，左右搖晃，彷彿在催促來生快點進攻。來生朝理髮師的喉嚨用力伸出刀子，理髮師急忙向後退，並迅速用左手背拍開來生的刀刃，右手持刀刺進朝來生腰間。來生一把抓住理髮師的右手，將刀子往腰間更深的地方捅進去，理髮師被他突如其來的舉動嚇到，錯愕地看著來生。來生趁機舉起廚刀，猛地朝理髮師的頸部揮去。理髮師一臉震驚，一動也不動地站在原地。來生把身體靠在一旁的剪髮椅上，理髮師緩緩抬起手，摸了一下自己的頸部，這時，他的頸部噴出了紅色鮮血，理髮師轉頭看向太太的骨灰盒，又望向來生，擠出一抹微笑，然後低頭跪倒在地。

來生坐在剪髮椅上，身體垮在椅背上，強烈的疼痛感這時才襲捲而來。他低頭望向插在腰間上的刀，順著刀刃滲出的鮮血染紅來生的襯衫，要是拔出刀子應該會流更多血。來生從口袋裡拿了一根菸出來，咬在嘴邊點燃，嘆氣似地對著鏡子吐煙。鏡子裡映照著依舊低頭跪坐在地的理髮師，那模樣看上去像是在懺悔過去犯下的種種罪惡。掛在牆壁上的古董鐘指著八點四十分。來生把菸抽到剩下半根，從口袋裡掏出了手機，撥打電話。電話響到第十聲，大鬍子才終於用半睡半醒的聲音接起電話。

「早上八點……這對我來說可是深夜凌晨的時間啊，拜託。」大鬍子咕噥著。

「可能要麻煩你來一趟，在D鎮郵局對面的理髮廳。這個小鎮不大，應該很好找，有一具屍體和一個骨灰盒，等屍體燒完之後，幫我把兩人的骨灰合在一起，拿去撒掉，有勞你了，幫我多費點心思處理。」來生交代。

「是誰啊？」大鬍子的聲音明顯還未睡醒。

「理髮師。」

電話那頭的大鬍子吞了口口水。

「你會在那裡嗎？」大鬍子問道。

「我不會在。我會把門鎖上，所以你得自己想辦法打開。」

來生掛上電話，看著鏡中的自己。右臉頰上被劃到的那道傷痕在滴血，來生用手掌將血擦去。「到底哪裡變得不一樣了？」來生問鏡子裡的那張面孔。那張面孔嘲笑著來生，頻頻搖頭。來生苦笑，往空中吞雲吐霧。他站起來，腰間爆出的血液沿著刀背流了下來，滴在地板上。來生把菸戳滅在菸灰缸裡，從層架上拿了兩條毛巾，到洗手台沾溼，大略擦去身上的血漬，再把乾毛巾塞進襯衫裡，遮住傷口。來生痛到面部扭曲，抬頭仰望天花板，長嘆了一口氣。他又坐回剪髮椅上，從錢包裡取出漢子的名片，撥打電話。鈴聲響了兩次，漢子接起電話。

「律師告訴你，我要三十億了沒？鈔票可要數仔細一點！」來生說道。

漢子在電話另一頭沉默了許久，最後才終於開口。

「你有看過貪吃的大蟒蛇把整隻鱷魚吞進肚子裡嗎？最後因爲消化不良，導致肚腸破裂身亡。」漢子壓低嗓音，聽得出來他在極力壓抑內心怒火。

「我消不消化用不著你擔心，給你三天時間，三天後要是不給錢，我就把這些帳本賤賣到其他地方。你還是乖乖去籌錢吧，別在那裡動歪腦筋瞎忙了，好好記住我說的話！」

來生結束通話，地面上積滿理髮師的血，往洗手台方向流去。來生走向衣帽架，把槍套掛回肩上，穿起外套，但那件外套藏不住插在腰間的那把刀，他看見衣帽架上有一件理髮師的羽絨外套，看起來有點舊了，來生猶豫了一會兒，決定改穿那件羽絨外套。

來生把理髮廳的門反鎖，走了出來，他走了五步之後轉頭看向身後的地面，確認有無血跡。他用力按著腰上的毛巾，準備緩緩走出D鎮，然而，還沒脫離D鎮，來生就已經感到一陣頭暈目眩。他每跨出一步，都會牽動到腰間傷口，再加上為了咬牙忍住疼痛而繃緊身體，沿著刀刃流下的血就會滴入路肩的泥土裡。來生急忙用鞋底摩擦地面，試圖湮滅泥土上的血跡，但他心知肚明，要是再這樣下去肯定撐不了多久。他停下腳步，環顧四周，D鎮最邊緣有一棟兩層樓高的老舊建築，那是間醫院，來生決定更改路線，前往醫院。

醫院又小又舊，也許是因為一大清早，又或是因為小鎮不大的關係，醫院裡一名患者都沒有。護士好像暫時離開了崗位，半敞開的診間裡，有著一名看上去年約七十歲白髮蒼蒼的老醫師，正在打著網路花牌，嘴裡還唸唸有詞：「這個白癡，怎麼會想要吃那張牌？就是因為吃了那張牌所以才會輸啊。」來生掏出手槍，走進診間。

「你幫我把血止住，我就離開，只要保證不報警，我就不會讓這裡的任何人受傷。」來生壓低嗓音說著。

老醫師把老花眼鏡架在鼻頭上，雙眼打量了來生一番。來生把身上的外套微微敞開，露出了腰間上的傷口。老醫師站起來，緩步走向來生，他看了來生身上的羽絨外套一眼，輕輕把外套掀開，查看傷口。

「脫下外套去那裡等我。」

老醫師用下巴指向診間角落的一張床，來生脫下理髮師的舊外套，掛在衣帽架上。

「那個也要脫掉。」

老醫師看著來生肩膀上的槍套說。來生把槍套也脫下掛好。老醫師拿了一些注射針管、藥瓶、剪刀、消毒藥水、紗布、繃帶等治療工具，擺放在托盤上，戴上手術手套。那些東西看起來有些簡陋，不太像是能治療來生這種被刀子深深刺傷的傷口。但來生別無選擇，只好躺到那張小床上。

「你打算一直舉著那把槍嗎？」老醫師用剪刀剪開來生的襯衫時問。

來生把槍放下，老醫師在紗布上沾了點酒精，擦拭著傷口部位，然後把注射針頭插進藥瓶裡。

「我不需要打麻醉。」

「那應該會很痛喔。」老醫師說道。

老醫師沒有理會來生說的話，依然按著針管，吸取些許藥水，準備在來生的傷口部位進行注射。來生舉起手槍，槍口對準老醫師。

「我說過不能打麻醉了，止痛藥也不行。」來生態度強硬地警告著。

老醫師看了來生一眼，默默說道。

「這是抗生素。」

來生一臉尷尬地放下了手槍。老醫師替來生注射了藥水，接下來將近兩分鐘的時間，他沒做任何治療，只是不停注視著來生。來生發現苗頭不對，驚問。

「那不是抗生素吧？」

「嗯……我好像不小心拿錯藥瓶了。」老醫師表情淡定地開著玩笑。

那一瞬間，來生覺得這位老醫師說話的口吻像極了狸貓大爺。他無奈地苦笑，然後沉沉睡去。

十二月的陽光灑進病房，剛好映照在來生的臉上，來生被耀眼的陽光驚醒，點滴正以緩慢的速度滴著。他使盡全力從床上爬起，襯衫和褲子早已不知去向，身上穿的是醜死人的藍色條紋病患服，腹部被層層繃帶纏繞，腰間處還有紅色血印。來生拔掉點滴針頭，穿上衣帽架上的羽絨外套。他打開病房的門走出去，門診注射室裡傳來護士與老奶奶的笑聲。老醫師依舊在診間打著網路花牌。來生走進診間，原本注視著電腦螢幕的老醫師偷瞄了他一眼。

「醒啦？」老醫師說。

來生點頭向老醫師致謝。

「怎麼沒報警？」來生有些好奇地問。

「報警幹嘛呢？只是給自己添麻煩罷了，我都已經這把年紀了，何必自找麻煩。你要走啦？」

來生點點頭。

「這次的傷口包紮，健保不給付喔！」

來生笑了，他覺得老醫師是個幽默風趣的老人。

「總之非常感謝，下次如果有機會，一定會報答您的救命之恩，但說眞的，我自己也不敢保證是否會有這個機會。」

老醫師從桌子底下拿出一個購物袋遞給來生，裡面裝有來生的手槍、刀子、槍套及理髮師的瘋狗刀。

「我認識那件外套的主人，他是我的常客。」老醫師眼神指向來生的羽絨外套。

來生正準備要伸手接過購物袋，卻被這番話給打住了。

「您和他很要好嗎？」來生問。

「也還好，像我這種高知識分子怎麼可能和你們那種人走很近，只是偶爾去理個頭髮、一起下圍棋罷了。總之，我看你身上的刀傷，他應該也沒想要置你於死地。」

老醫師說道。

來生愣了一會兒，若有所思地點了點頭。老醫師重新坐回椅子上，一副已經沒他的事了，再度凝視著電腦螢幕。來生再次向老醫師道別，走出診間。護士在櫃檯前對著老奶奶做解釋，老奶奶離開醫院後，來生掏出了錢包。

「這麼快就要辦理出院？」護士跟他確認。

來生點頭。護士爲了結算費用，在電腦前敲打鍵盤。來生從錢包裡掏出十張十萬韓圜的支票放在櫃檯上。護士停下動作，看向那些支票。

「這些費用是包含了住院費、患者服，還有從妳腦中抹去今天有看到我的記憶，應該夠了吧？」來生說。

護士一臉錯愕地看著他。來生從錢包裡再掏出五張十萬韓圜的支票，放於櫃台上，走出醫院。

抵達首爾車站時已是傍晚時分，來生打開置物櫃，望著那袋裝有現鈔的包包好一陣子。「要是現在拿著這袋錢遠走高飛，有沒有可能免於一死？」來生腦中浮現了那些從未去過的地方——印度、巴西、墨西哥、巴紐、委內瑞拉、菲律賓、紐西蘭、捷克……「聽說委內瑞拉有很多美女呢。」來生喃喃低語著毫無根據的傳聞。現在應該是來生可以捲款潛逃的最後機會，三天過後，人肉市場裡的所有殺手和追蹤者一定會群起而攻。

地下街一隅傳來了咆哮聲，來生轉頭望向聲音源，兩名流浪漢正你推我擠地爭吵著，旁邊還有上次在紙杯裡倒酒給來生、一臉寫著「人生怎麼這副德行」的男子，在同樣的位子上喝著酒，他全身上下的家當看起來只有那身層層包裹的骯髒衣物，像是純粹為了禦寒而隨便抓起來穿在身上的，還有那幾片為了阻隔地板與涼風而鋪設的紙箱，以及一瓶沒任何酒餚可配的燒酒。糟糕的人生嗎？也許是吧，但是不知為何，從那名男子的臉上可以看見一種平靜，一種放下一切、看破紅塵的氣定神閒。

來生打開包包，拿出十疊百張萬元面額的鈔票放進購物袋，拉上包包拉鏈，再把包包放進一旁的長期置物櫃裡，上鎖。他手持置物櫃鑰匙，準備走出地下街，一臉寫著「人生怎麼這副德行」的男子目不轉睛地盯著他。

「年輕人，行行好，施捨個一千塊吧，讓我去買碗杯麵來吃。」男子苦苦哀求。

來生仔細端詳著男子的臉龐，對方似乎早已忘記來生。

「不給就滾蛋啦，少在那裡瞧不起人，還一直盯著人家看。靠夭哦，我們才不是什麼乞丐！」

這傢伙實在好笑，上一秒還在行乞，下一秒卻說自己不是乞丐，這是什麼意思？其實應該沒任何意思，就像他得過且過的人生一樣，那些話也毫無邏輯可言，單純想到什麼講什麼。

「怎樣？怎樣啦？他媽的，有什麼好看的？幹嘛不說話？幹嘛瞧不起人？不爽嗎？不爽就來打我啊，來啊！」

男子作勢要打架，不停激怒著來生。來生轉開視線，用鞋子來回摩擦著黏在地上的口香糖。男子嘴裡唸唸有詞：「眞他媽的狗眼看人低。」他在紙杯裡倒滿燒酒，氣得一口喝下。來生從購物袋裡拿出五疊百張萬元面額的鈔票，扔在他面前。男子瞧見白花花的鈔票，目瞪口呆地看向來生。

「用那些錢重新開始吧，別再喝酒了，免得冷死在這裡。」來生說道。

男子遲遲沒敢去觸碰那疊鈔票，睜大雙眼，似乎對於天上掉下來的鉅款感到不可置信。這名男子眞的能重新開始嗎？應該不可能。他只會拿著那筆錢過一段醉生夢死、不用煩惱酒錢的日子，然後花光這筆錢，重回原點，最後以酒醉的狀態凍死在街邊——在那冰冷、寒酸、發臭又熟悉的那個位子上。來生轉身準備離開，男子在他身後頻頻道謝，「謝謝大爺，謝謝您，像您這樣的人，死後一定會上天堂的。」

來生走上首爾車站廣場，抽了一根菸，吸入喉嚨裡的菸就像瓷器碎片一樣鋒利，也許是止痛藥的藥效已過，腰傷隱隱作痛。十二月的冷風刺骨，吹得來生的傷口更加痠痛。來生用左手緊緊按住腰間，蹲坐在廣場角落，調整著呼吸。路人紛紛對來生投予異樣的眼光，救世軍正在廣場中央搖鈴，呼喚大家發揮愛心捐出善款。來生用菸蒂在地上畫著「來生」兩個字，又寫了「委內瑞拉」四個字，他突然好奇委內瑞拉位於地球上的哪個位置，於是轉動著腦海中的地球儀，尋找委內瑞拉，最後他無奈地笑了，自嘲像個瘋子，把菸蒂往地上扔。他起身走去計程車停靠點，坐上了排在最前面的那輛計程車。

來生打開圖書館大門，發現裡面像被炸彈轟炸過一樣，亂七八糟。圖書館裡數千本書散落地上，有幾排書架甚至傾斜倒塌，圖書館員工座位上的紙箱和抽屜也都被人翻箱倒櫃。來生穿過圖書館中央，往狸貓大爺的書房走去。書架後方通往地下室的門是敞開的，狸貓大爺正在將掉落地上的百科全書撿起來放回書架，他發現來生走進書房，便目不轉睛地看著來生。

「這是漢子弄的嗎？」來生問。

「不然？難道是被山豬突襲嗎？」狸貓大爺故作鎮定地回答。

如果是被山豬突襲還好些，過去九十年來，沒有一個人敢來圖書館裡鬧事撒野，這裡是全國最高權力的侍女、所有重大暗殺事件的幕後者，也是承包商、謀略者、殺手們的殿堂。漢子可能是一時心急，也可能是連做表面功夫都嫌麻煩，懶得再對圖書館和狸貓大爺保持尊敬。

「漢子什麼時候來的？」

「昨天晚上。不知道我們家來生到底做了什麼了不起的事，可以讓漢子整個人喪心病狂，一下威脅，一下拜託，一下又恐嚇。」狸貓大爺語帶諷刺地說著。

來生默默撿起地上的百科全書。

「你來這裡幹嘛呢？漢子的人應該都磨刀霍霍，布下天羅地網要追捕你吧？」乍聽之下像是在嘲諷來生，但實際上狸貓大爺的口吻充滿擔心。

「我想要在臨走前，先來向您道別。」

「臨走前？還是臨終前？」

來生沒有回答這個問題，默默將手上那本百科全書按照順序放回書架。狸貓大爺走到沙發椅坐下，點了一根菸，對來生招了招手，示意他也過來坐。來生坐到狸貓大爺對面。

「是因爲那個女的嗎？」

「哪個傢伙說的？漢子？」來生情緒激動地說著。

「是正安在死掉的前幾天告訴我的，他說你被一個可怕的女人纏上。」

「不是的，正安那傢伙愛亂說話，都是他自己搞不清楚狀況胡說八道的。」來生有些驚慌，不知所云地辯解。

「我還眞想念他那喜歡胡說八道的嘴巴，沒了他，我根本不曉得外頭發生什麼事。」

狸貓大爺吐了一口長煙，苦笑。

來生看見狸貓大爺身後的書桌上放有一只槍盒，盒子裡應該是裝著和古董沒兩樣的史密斯威森◯．三八口徑左輪手槍，來生小時候還拿那把手槍出來玩過，被狸貓大爺逮個正著，狠狠修理了一頓，自此之後就再也沒看過那只槍盒。原本像霧般朦朧的那些歲月，瞬間變得極其眞實，具體地浮現於來生腦海，宛如觸動到詭雷的引爆機關，背脊發涼，一股悽慘的感覺直穿心臟，彷彿自己成了條背鰭斷裂的魚，已經游得太遠，無法重新掉頭回家。狸貓大爺讀懂了來生的眼神，於是開口。

「大家都認爲像我這種惡人，死後一定會下地獄，但其實惡人不會下地獄，因爲這裡就是地獄，在暗不見光、伸手不見五指的黑暗裡過日子，無時無刻都是地獄。整日擔心著自己何時會變成別人的暗殺目標、何時殺手會突然找上門，活在這樣的恐懼當中，卻渾然不知自己已經身處地獄，還不停瞎忙著。這跟地獄有什麼差別？」

狸貓大爺又吐了一口長煙，來生低頭思索，兩人維持了一段時間的靜默。狸貓大爺把手上那根菸熄了，再從菸盒裡拿出一根來抽。

「你是要來拿那本書的吧？」狸貓大爺主動開口。

「不是的。」來生急忙否認。

狸貓大爺一臉不在乎，心不在焉地點了點頭。

「跟我來吧。」

狸貓大爺起身走出書房。來生也沒想太多，默默跟上。狸貓大爺走到西側書櫃中間，停下腳步，從架上取出一本書，那面書櫃平凡無奇，只是狗兒們的圖書館裡無數個書櫃之一，那本書就放在任何人都能看到、十歲小朋友也能隨手取得的位置。不同於美土所言，沒有用羊皮當書衣，看起來也不像聖經，那只是一本和整間圖書館裡的書沒兩樣的書。狸貓大爺拿著書，環顧圖書館四周。

「這個世界有因爲書而變得更幸福嗎？坦白說我不知道，因爲眞正有道理的東西都在書本以外。」

狸貓大爺把書給了來生。來生滿臉錯愕地看著狸貓大爺。

「您是要我怎麼做呢？」

「你自己看著辦吧，給那女的也可以，燒掉也罷，拿去賣錢或自己繼續寫下去都行，反正那就是一本書。」

那本書看起來很沉重，狸貓大爺拿書的手顫顫巍巍，來生還是沒接過那本書，他有些猶豫不決。

「我一直都很好奇一件事，大爺您爲我取名『來生』，是不是因爲看我這輩子沒機會了，所以下輩子再來好好做人的意思？」來生問。

狸貓大爺放聲大笑。

「我實在沒想到你的名字裡竟然藏有如此絕妙的含義。」

狸貓大爺臉上的笑意還未褪去，他把書遞到來生的下巴處，來生手有些抖，接過了那本書。

「別回來了，逃亡也需要很大的勇氣，我這輩子都沒能逃離這座人間煉獄。對於我這個瘸子來說，當時懵懂無知地踏進圖書館當館員的時期，簡直就是天堂，但我心知肚明，你和我不一樣。」

語畢，狸貓大爺一跛一跛地走過書櫃，回到書房，將門關上。來生看著緊閉的房門許久，總是關著的那扇門，今天看起來更加深沉。來生四處張望，小心翼翼地離開圖書館。他一直有種不祥的預感，感覺狸貓大爺的書房裡隨時會傳出槍響。

*

返回森林的路上恰巧碰上了下雪，森林裡的小徑被鵝毛般的厚雪覆蓋得像棉花糖，鼓鼓的。來生在溼滑的雪地裡行走，稍微一個踉蹌，腰間上的刀傷就會錐心刺痛。他看了下手錶，已經是凌晨三點鐘，更深夜的黑暗森林，反而凸顯出雪地的白，倒映在雪地上的樹影，則像是某人留下的血跡。

來生抵達庭院門口，反而裹足不前。他抽著菸，在房子周遭徘徊。小木屋裡唯有美土的小閣樓燈還亮著，燈火宛如故鄉的燈塔，看上去十分溫暖。明明來生沒有敲門，門卻像是等待已久般打開，美土手握門把，探頭出來看著來生。來生把菸熄了，走進屋內。美土不發一語地關上大門。

客廳窗戶旁，來生原本睡的那張床已被美沙占用，她身穿大象圖案的睡衣，不曉得是那件睡衣本就比較寬鬆，還是美沙消瘦了許多，她緊緊抱著那隻破舊不堪的小熊玩偶，睡得正香甜。

「那張床本來是美沙在睡的嗎？」來生問。

「沒有啦，那本來就是給客人睡的，但你離開的那天起，美沙就一直睡在那裡。」美土解釋。

來生看著床上熟睡的美沙，她閉著雙眼、臉色蒼白，臉頰上還能隱約看見幾條血絲。來生忍不住伸手輕輕觸碰了下美沙的額頭，也許是因爲他的手太冰涼，美沙換了個姿勢，繼續熟睡。

「幹嘛亂摸我妹啊？」爲了不吵醒美沙，美土的聲音壓得很低。

「因爲太漂亮。」

美土笑著點頭，一副「那當然囉」的表情。

「那我應該也長得不錯囉？畢竟我和美沙是親姊妹啊！」

來生一臉無語。

「妳的房間都沒掛鏡子嗎？」來生調侃著她。

美土厚著臉皮傻笑，用手指向小閣樓。

「先上去吧，我拿點喝的就去找你。」

來生輕手輕腳地走上木製樓梯，小閣樓裡的桌上有兩疊厚厚的資料，桌底下也有幾箱文件。來生抽出幾張資料翻閱，美土拿了杯剛沏好的柿葉茶走了進來

「這些都是什麼？和漢子作戰的準備資料嗎？」來生問。

「漢子？」美土笑了。「漢子由你來對付就夠了，我要來對付更厲害的傢伙。」

「妳不是想殺死漢子？」

「我不會像你一樣用刀子殺他。」

「不然？」

「我要把他送進監牢裡吃牢飯。」

來生一臉失望地看著她。

「好天眞的想法，妳該不會還期待法律可以替妳制裁漢子吧？」

「完全沒這想法。」

「不然？」

「我會讓他們不得不審判，畢竟是大選期間，應該很難把消息壓下，而且我掌握有金錢和帳本，還有很多雙眼睛在看，一旦事情爆發就會紙包不住火。我會一直把他們逼入死角，一點一點、循序漸進式地，最後再給他致命一擊。」美土用眼睛來回掃瞄著書桌上堆積如山的文件。

「那妳要如何把他送進監牢？」

「當然是盡可能高調再高調，讓他在眾目睽睽下被押進監牢裡是最好不過的，要是能有一堆記者和攝影機在現場擠得水洩不通，並由電視台實況轉播到全國各地，那就更完美了。」美土開著玩笑。

「妳還眞是癡心妄想，像漢子那樣的老狐狸，最好是會乖乖就擒。」

「我會讓他不得不出面的，反正沒了帳本也就等於必死無疑了，更何況他現在根本沒空動歪腦筋，即使是有九條尾巴的狐狸也得出洞面對。」

「那妳呢？妳和漢子進行交易後，又打算如何全身而退？到時候漢子的人一定會將妳逼入絕境，那些人可都是受過專業訓練，面對他們和妳在書桌上動動筆、計畫暗殺行動是截然不同的。」

「我不會全身而退。」美土說得輕描淡寫。

「不會全身而退？」來生有些不解。

美土把椅子拉出來坐下。

「不入虎穴，焉得虎子。我會和漢子一起捲入事件當中，裝滿現金的一只皮箱、漢子的帳本、姜智京的暗殺計畫資料、韓國最大暗殺承包商，及曾經是韓國最頂尖謀略者——姜智京的助理，正在接受檢調單位調查，不覺得到時候會有很多人要繃緊神經嗎？」

美土一臉等著看好戲的表情，笑道。到底有什麼好笑的呢？

「看來妳是打算死在牢裡。」

「但我不打算那麼輕易死掉。」

「妳怎麼不在外面放煙霧彈就好，那可是妳的專長啊。」

「那是抓兔子時使用的方法。」

「妳如果也一起進去坐牢，那剩下的事誰來做？」

「秀敏會負責調節資訊，適時爆料，那種事情秀敏比我還擅長，她本來就是整理資料出身的。」

「原來，她確實在整理方面滿有一套的，妳們還眞是絕配，一個蠢，一個呆。但是在我看來，妳們應該連一隻兔子都很難抓到。」

「要是我被關，秀敏會視情況適當地放出消息，一點一點放，讓相關人士們提心吊膽。可能會向報社、電視台爆料，也可能是在網路上曝光，或者直接發電子郵件給數百、數千名人士，一旦電子郵件被點開，就會再自動發送給那些人的聯絡人，那麼過不了幾天，就會有數千萬或上億人收到那些資料。」

「妳覺得這種病毒式傳播能保護得了妳嗎？」

「至少能保命一段時間，畢竟他們還得查出宿主是誰。」

美土收起笑臉。來生把身體向後傾，拿了一根菸來抽。

「那我白白跟他喊三十億了，反正最後都會到檢察官那裡。」

「三十億？」

「對啊，不然七億五千分攤下來是能塞得了誰的牙縫？」

「所以你跟漢子要了三十億？」

美土神情激動地怒視來生。來生略顯尷尬地點點頭。過了一會兒，美土的表情才稍稍變得緩和。

「你當初眞有打算要和我們分攤？」美土問。

來生一臉「這不是應該的嗎？」的表情，點頭示意。

「難得你那死腦筋，竟然會想到要和我們分攤。」美土笑話他。

美土喝了一口柿葉茶，伸手去拿了來生的菸盒，抽出一根菸咬在嘴邊，接著從堆積如山的文件中隨意拿起一份資料，再度放下。

「我把這裡所有文件一個不漏地掃描完畢，存成了電子檔，這些資料足以說明這個圈子究竟是如何運作、有多少不爲人知的幕後黑手在操控，當然，也是在和卑鄙、醜陋的過去抗爭。眞的死了好多人，卻沒有人知道這些死亡背後的內幕，周遭人士、家人，甚至死者本人都無從知曉。所以在我看來，光是把這些資料公諸於世，就已經成功一半了，因爲就算哪天我死了，這些資料還是會傳播千里，讓成千上萬的人看到。在那當中一定又會有人願意勇敢站出來對抗。」

「妳覺得還會有像妳這樣的瘋女人啊？」

美土沒有回應，反而陷入沉思，她猶豫了好久，最終開口問道。

「你有帶書來嗎？」

「沒。」來生簡短回答。

「是沒去找，還是沒找著？」

「沒在地下室裡，我看狸貓大爺死前應該很難找到，死後也是。也許打從一開始就沒有妳說的那本書也不一定。」

美土滿臉失望，但也無可奈何，她走向書桌，打開抽屜，拿出一個信封袋給來生。

「這是什麼？」

「之前答應過你的，讓你活命的計畫。既然都已經跟我走到這個地步了，你要是還厚著臉皮活著的話，豈不是太不像話，只好先死一回，再讓你起死回生。」

「妳什麼時候弄的？」

「從一開始，在我選定你的時候就有了。」

那是和謀略者送到圖書館的信封袋一模一樣的袋子，來生從信封袋裡拿出文件，大略掃過一輪，那是份假車禍計畫。

「你只要乖乖按照上面的指示行動就可以了，少在那邊自作聰明，上面寫的事情一件都不能漏掉，把汽車動點手腳，放具屍體在裡面佯裝是你就好。你應該知道去哪裡弄來一具屍體吧？」

「老掉牙的計畫。」

「好的計畫往往是最平凡的計畫。特殊事件會安排特殊人力去處理，平凡的事則由平凡人來做。」

「能騙得了那群人嗎？」來生問道。

「看來你還眞想活下去啊！」美土嘲笑著來生。

「因爲沒有非死不可的理由啊。」來生顯得有些不好意思。「那妳呢？」來生又問。

「我怎樣？」

「有一定要死嗎？」

「要是我不做這件事，就沒有活下去的理由。」

「那妳妹怎麼辦？」

美土猶豫了一會兒，開口說道。

「我和理髮師不同，他可以拿女兒來當藉口，但對於我這種人來說，美沙不能成為我做這些事情的藉口。這世界之所以會這麼亂七八糟，並不是因為人類太惡劣，而是因為每個人都有著看似合理的故事與藉口。我不是一個會利用美沙來矇騙、合理化自己所作所為的人，我沒那麼愚鈍。簡單來說，我沒辦法自欺欺人地過日子，打從骨子裡的細胞就和你不一樣。」

「老子活到現在還眞沒見過像妳這樣的人，像爬蟲類一樣冷冰冰的，你們之所以孤傲冰冷，是因為憎恨自己，而不是討厭這圈子，這種人最終還是不可能與人眞心相待，因為你們就連如何與自己眞心相處都不曉得，狸貓大爺就是最典型的例子。」

美土陷入短暫沉默，最後點頭表示同意。

「去睡吧，美沙的床是空的，可以去睡她的床。」

撇過頭去的美土看起來非常疲累。

「等我被抓進去關後，你要是活了下來，願意幫我保護我妹嗎？只要到她安全為止，五年就好，不，三年也可以。」從位子上起身的美土說道。

「妳是腦袋有問題嗎？竟然把天使般的妹妹交給我這種殺手照顧。」

「因為我觀察你很久了，你應該是我在這世上第二瞭解的人，僅次於我妹，而且最重要的是美沙也喜歡你。」

來生沒說任何話。美土等了好一會兒，遲遲沒有得到來生的答覆，最後只好回房休息。來生隨意翻了翻美土給他的資料，然後不耐煩地重新塞回了信封袋裡。他走下樓，進到美沙的房間，躺在美沙的床上。枕頭、棉被、床套上統統都有著美沙的氣味，像是在太陽底下曬過的床單，充滿著溫暖舒適的陽光味。來生閉上眼睛，很快就進入夢鄉——那是他已經很久沒有體驗到的香甜睡眠。

來生在睡夢中感受到一股溫熱的觸感，睜開眼睛，看見美沙的臉龐。

「抱歉把你吵醒了。」

「沒關係，難得睡了一晚好覺，現在幾點了？」

「下午兩點，我就要準備出發了。」

「去哪裡？」

「日本，那裡有我的遠親，一名老奶奶，經營溫泉會館。」

來生從床上坐起來，隔著窗戶看見美土正在把美沙的行李都搬到車上。鬥雞眼女館員進來喊人。

「美沙，該出發去機場囉！」

「之後哥哥也要和美土姊、秀敏姊一起來找我喔！一言爲定！」美沙懇求似地說。

來生當下還沒反應過來，就已經先點頭。美沙見了，露出燦爛的笑容。鬥雞眼女館員再次查看手錶，美沙向來生揮手道別，推著輪椅出門。來生跟在美沙身後走了出去。她的行李看起來非常多，一點也不像是要去旅行的人。美土把美沙抱上車，將輪椅摺疊好收進車內。美沙搖下車窗看著鬥雞眼女館員和來生。

「秀敏姊，記得一定要帶來生哥哥來找我喔！」美沙邊揮手邊說著。

鬥雞眼女館員對美沙揮手，來生也無意識地跟著揮手。美土對鬥雞眼女館員使了個眼色，隨即看向來生。

「你今天會待在這裡嗎？」美土問。

「會。」來生點頭回答。

美土坐上車，往機場出發。美沙的手在車窗外一直揮動著，直到車子消失在盡頭。車子沿著山路開下去後，小木屋只剩下來生和鬥雞眼女館員兩人，氣氛格外尷尬。

「所以現在只剩下妳和美土死掉的事了，是嗎？」

鬥雞眼女館員面無表情地望著美土與美沙離去的山路。

「我敢打包票，妳們的計畫不會成功，美土和妳都會喪命。」

鬥雞眼女館員轉頭怒視著來生說道。

「與其整天行屍走肉，不如死了一了百了。反正我也已經過膩了這種日子。」

＊

手錶上顯示著凌晨五點鐘，來生從位子上起身，換了件衣服，到洗手間裡梳洗。鏡子裡的他臉色有些黯沉，來生猜想，那層籠罩在臉上的陰影應該是恐懼。他用毛巾把臉擦乾，走回房間，將自己的物品全部收好放在桌上，然後往美土的房間走去。他站在房門口調整了一下呼吸，悄悄打開房門。美土滿臉倦容，似乎是因為連日來不眠不休地準備計畫所致。來生打開裝有哥羅芳[2]的藥瓶，沾了點在毛巾上，摀住美土的口鼻，她瞬間驚醒，睜大眼睛看著來生，瞳孔裡流露出的不是恐懼、不是驚訝，而是幻滅。沒過多久，她便失去了意識。

來生拿出放在美土床底下的兩個包包，一個裝有漢子的帳本，另一個是事先準備好要防範漢子用的槍枝、炸彈和其他必需品。來生大略掃視了一下，隨即拉好拉鏈帶上，走回自己的房間，將桌上屬於他的物品統統拿走。最後，來生瞄了鬥雞眼女館員的房門一眼，離開小屋。

來生一抵達首爾，便打了通電話給漢子。

「錢都準備好了嗎？」來生問。

「準備好了，接下來你打算幹嘛？」漢子的口氣明顯不耐。

「出國吧，除了出國，我也沒別的方法了。」

「那你可得小心點啊，我敢保證，你一定消化不了那些錢。」

漢子怒火中燒地說著。

「我會再打給你的，乖乖等著吧。奉勸你最好別動歪腦筋，做一些無謂的事情，否則在我發現的那一瞬間，會讓你踩空墜落的。」

來生掛上電話，將手機直接關機。

他搭乘計程車到G-World下車，那裡有飯店、購物中心、主題樂園，環繞在一個中央廣場的四周。來生望向購物中心，有兩部透明電梯正沿著大樓外牆上下十一層樓，購物中心七樓與飯店七樓有天橋連通。來生走進透明電梯後，把每一層樓的按鍵全按了，一起搭乘的中年女子滿臉不悅地瞪著他。

「不好意思，因爲要做電梯基本檢修。」來生解釋。

中年女子發現原來是自己誤會了，用抱歉的表情點了點頭。電梯抵達每一層樓，來生都會走出去巡視周遭，再重回電梯，繼續前往下一個樓層。來生來回搭乘兩部電梯約一小時，重回一樓，走到了中央廣場。他坐在廣場長椅上，拿出一根菸來抽。成群的鴿子在廣場上漫天飛舞，撿食掉落在地的麵包碎屑和餅乾屑。「這些臭鴿子明明有翅膀，為什麼不會想要離開這惱人的城市呢？」

來生抽完那根菸後，走進購物中心裡的一間高級男士西裝店，買了一套西裝和襯衫，女店員將來生原本的衣物裝進購物袋裡，交給來生。

2 三氯甲烷（chloroform）俗稱氯仿，又稱哥羅芳。氯仿在常溫下為無色、有氣味的液體，曾作為麻醉藥被廣為使用，也可用於鎮定劑。因其能與多數有機液體混溶且易揮發，而成為常用溶劑。

「幫我直接丟掉吧。」來生無所謂地說。

他再走到對面的皮鞋店，挑了雙喜歡的皮鞋，同樣將舊皮鞋直接扔在店裡。最後又買了內褲、襪子各一件，搭乘透明電梯上到購物中心七樓，緩緩走向連通天橋。他往返天橋三回，才上到飯店頂樓的景觀餐廳。一名年約五十出頭、沉著穩重的男服務員走上前，向他介紹今天的主餐，乾式熟成韓牛沙朗牛排。

「乾式熟成？這我第一次聽說，是什麼意思？」來生笑問。

服務員解釋了溼式熟成與乾式熟成的差異。來生趁他解說期間，仔細觀察著飯店對面的購物中心。

「您決定好了嗎？」服務員詢問。

「好吧，就照您推薦的來一份。」來生回答。

服務員推薦的那頓牛排十分美味，據說美國死刑犯在槍決前最常吃的最後一餐正是牛排，隱藏在火食面紗下的生食欲望，強烈的肉食性；咀嚼著其他哺乳類的肉塊時，在口中噴濺出的血腥味，就如同在告別式裡倖存下來的人分食著肉塊一樣，那是倖存者的特權，也是證據——想要活下去的強烈欲望。來生就像個死刑犯般在享用人生的最後一餐，細嚼慢嚥地吃完了那客牛排。他注視著和主餐一同送上的紅酒，喃喃自語：「我工作天不喝酒的說⋯⋯」他拿起紅酒，輕啜一小口，暗想：「肉與血，人們之所以喜歡吃牛排，也許是因為在那身乾淨俐落的西裝裡，隱藏著不為人知的食人本能。」

用餐完畢，來生下到飯店大廳，向櫃檯訂了間位於七樓、可以俯瞰中央廣場的客房，進房後，來生洗了非常久的澡，吹乾頭髮、梳整，臉上抹上化妝水和乳液。來生看著鏡子裡的自己，右臉頰上被理髮師劃的那刀，還留有明顯疤痕。

「嘖，臉上多了一道疤，看起來更性感了。」來生對著鏡子讚嘆不已。

來生換了新內褲，穿上襯衫和西裝，戴上肩掛式槍套，右邊放了一把裝有滅音器的PB-6P9微聲手槍，左邊放了秋的廚刀。來生從皮箱裡拿出一支〇．三八口徑的左輪手槍插在後腰，在西裝右側口袋放了三個PB-6P9彈匣，左輪手槍子彈三十顆放進左側口袋。一切準備就緒，來生呆坐在床上，望著西側的天空，等待太陽落下。

夜幕低垂，購物中心的透明電梯燈火通明，來生準備行動。他打了通電話給漢子。

「G-world購物中心，一號出口，自己來。」

說完，來生關閉手機電源。漢子三十分鐘內便出現在一號出口，乍看之下的確只有他一人。他手拿兩只裝有十億現鈔的大行李箱，還有一只小皮箱，裝著無記名債券。來生拿出望遠鏡，觀察廣場東西兩側、購物中心入口，及各層樓的逃生梯。來生再度撥打電話。

「到購物中心七樓電梯前。」

漢子拖著兩個大行李箱搭上電梯，抵達七樓，出了電梯。來生下了新的指示。

「到十一樓逃生梯。」來生掛斷電話。

漢子抵達十一樓逃生梯前站好，來生又說。

「到三樓電梯前。」

「到六樓背包店前。」

……

……

……

「到一樓便利商店前。」

「你他媽的，現在是在訓練小狗嗎？」地點更改了十次後，漢子忍不住破口大罵。

「看來是一隻超乎預期，乖巧而聽話的小狗。先在二號電梯裡待著吧，休息一會兒，辛苦了。」來生鼓勵他。

來生的電話甫掛斷，漢子便拖著兩大行李箱和一只小皮箱從便利商店重新走到透明電梯處。只要漢子更改位置，來生就會透過望遠鏡觀察購物中心入口處、電梯、逃生梯這幾處，來生數了一下漢子帶來的殺手，約莫有十七人，四棟購物中心入口處分別有兩名殺手在守著，左側與右側逃生梯分別有兩名，一樓電梯口一名，十一樓電梯口一名，天橋上兩名，廣場中央還有一名負責總指揮的傢伙。來生估計停車場和陽台上應該會有幾名留守，購物中心外的街道上也一定有車輛隨時待命。來生收拾好皮箱，戴上墨鏡，走出客房。從飯店通往購物中心商場的天橋底端，站著兩名身穿西裝的壯漢，正在逐一檢視經過的路人。來生準備與兩名壯漢擦肩而過時，他們向來生招手。

「喂，戴太陽眼鏡的先生！」

來生從槍套裡取出裝有滅音器的手槍，朝兩人大腿處各開一槍，兩名男子瞬間倒地，來生又朝其中一名身材較魁梧的男子大腿再補兩槍，給了另一名的大腿再一槍，退出彈匣，丟在地上，換上新的彈匣。來生向前走幾步，背後傳來了路人們的尖叫聲。來生快步走到二號透明電梯前，將兩部電梯統統按了往下的按鈕，原本停在九樓的電梯下到七樓的那幾秒，恍如隔世。

電梯門打開，漢子就隱身在電梯裡的人群中，來生從腰後方掏出左輪手槍，朝電梯天花板開了兩槍，電梯裡的民眾被突如其來的槍響嚇得四處奔逃，漢子一臉吃驚地看著來生。來生朝漢子的右膝蓋處開了兩槍，漢子發出一聲慘叫，跌坐在電梯角落。電梯裡的人早已落荒而逃，唯獨剩下一名胖胖的中年男子，正抱著頭縮在角落渾身顫抖。來生按下緊急鈕，讓電梯停駛，然後拍了拍中年男子的肩膀。

「大叔？所有人都跑了，你要繼續待在這裡嗎？」

中年男子偷瞄了來生一眼，趕緊奪門而出，漢子趁機要從他的西裝外套暗袋裡掏出槍，來生見狀立刻舉起手槍，朝漢子的右手臂和右肩各開一槍，他直接奪走漢子的槍，放進自己的皮箱裡，然後退出左輪手槍的彈殼，並從口袋裡拿出新子彈迅速裝填。來生從美土的皮箱裡取出炸彈和膠帶，貼在他們身處的二號電梯門口，在汽油彈上點火，靜靜等待一號電梯從下面升上來。當一號電梯門打開，來生朝天花板開槍，支開所有人，朝電梯內丟擲了一瓶汽油彈和一小桶油性稀釋液，汽油彈瞬間爆炸，電梯起火燃燒。來生回到二號電梯，將電梯門關上，漢子不停發出痛苦的呻吟，咬牙問來生：「你到底在幹嘛？」

來生又朝漢子的大腿再開了一槍。

「接下來你只要說一句話，我就會開一槍。」

一旁的一號電梯已被熊熊烈火包圍成一團火球，升到八樓便停住了。來生拿出一根菸點燃，注視著隔壁正在燃燒的電梯。民眾紛紛聚集到廣場上。

「這還不到我想像中的那麼備受關注耶。」來生嘀咕著。

來生打開了漢子拖來的其中一個行李箱，裡面裝滿萬元紙鈔，來生對著電梯玻璃連開四槍後，用槍柄擊碎玻璃，抓了幾把紙鈔拋向空中，白花花的鈔票像雪片般從天而降，在廣場上散落一地，來生一臉滿意地繼續大把大把抓起鈔票，朝電梯外撒。漢子用看瘋子的眼神看著來生。隨後，廣場上聚集了數十輛警車和消防車，當中不乏正在忙著撿地上鈔票的民眾，廣場瞬間變得一團亂。來生從皮箱裡掏出汽油彈和稀釋液，對著電梯裡的監視器搖晃了一下，隨即將汽油彈點燃，放在電梯正中間。漢子滿臉驚恐，張口要說話，來生用槍口指著他的臉，緩緩搖搖頭以示警告，漢子急忙閉上嘴。

來生拿出手機打給美土，美土接起了電話。

「很可惜不能看見妳改變的世界了，其實我也從來沒相信過妳能辦到……我把鑰匙和書都放在第二格書櫃上，記得幫我向美沙說聲抱歉，我沒辦法和妳們一起去找她了。」

不等美土回話，來生已經掛斷了電話，拔出手機SIM卡，用打火機點燃燒燬丟出電梯。來生再次點菸，朝空中吐了一口長煙，聚集在廣場上的民眾都抬頭看著來生。「這些人究竟是來湊熱鬧，還是在等待更多鈔票？是想看我死掉？抑或是等著看我把誰殺了？」來生心中冒出許多疑問。一名警察手持大聲公在廣場上對來生喊話，但是因爲聚集了太多人，圍觀民眾議論紛紛，淹沒了警察的聲音，壓根聽不清他在說什麼。來生猜測應該是在問他到底想要什麼？「我想要什麼？」來生問自己。

已經有好長一段時間沒問自己眞正想要什麼了，爲什麼會這樣呢，問這種問題又不花一毛錢，也許是覺得問了也是白問吧。畢竟殺手的人生渺渺忽忽，實在不適合落腳於某處。每天把充滿毒物的香菸吸進肺部深處再吐出，望著那些飄盪在空中的無力與厭倦，又因爲害怕面對它們，急忙再深吸一口菸，那樣的人生是苟且的，從不問自己眞正喜愛什麼的人生都是苟且的。

來生的腦中浮現了一棟天花板很高的房子，要是能住在那種房子裡，就能放一座像《傑克與豌豆》一樣高的貓跳台，看著閱讀架和檯燈像松鼠般快樂自在地跑跳。要是能和訓練官大叔在女子高中校門口前擺個攤位，專賣披薩和義大利麵應該也很不錯。要是能痛快地給那鎮日埋首閱讀百科全書的狸貓大爺狠狠一拳，順便把那該死的狗兒們的圖書館也砸爛再離開，應該會更完美。訓練官大叔很會煮飯，女高中生又總是充滿歡笑，笑聲宛如黃鸝鳥般清亮。要是擺攤一段時日碰上該區小混混跑來找碴，盤問是誰允許在那裡做生意，應該也會向他們卑躬屈膝，央求他們網開一面，然後被他們毒打一頓，最後再用腫脹瘀青的臉看著彼此傻笑。

來生想起過去在工廠上班時，每天騎的那輛裝有粉紅菜籃的腳踏車，要是菜籃不是粉紅色，是地中海藍的話應該會更好。但如今回想起來，來生又覺得其實粉紅色菜籃也沒什麼不好，畢竟女工非常喜歡那個菜籃，要是那時能在菜籃裡堆放生鮮蔬果爬上山坡，或是騎去河邊，應該會更好。感受著河邊微風徐徐，聞著女工身上散發出的香氣——像是曬了一整個下午的床單上，那溫暖的陽光味。要是當初有認眞向工廠三班的作業班長學習技術，領到車床技師執照，整天切割鐵塊，做出漂亮的機械零件，幸運地與女工生個可愛的女兒，用長滿繭的手摸著嬰兒的小腳丫，人生應該會無比美好——好到讓人悸動，覺得沒有比這更好的人生。

「請你冷靜，先把槍放下，你要什麼我們都願意配合。」

手持大聲公的警察走到電梯下方朝來生喊話，來生一臉不屑地冷笑：「現在才願意配合。」來生朝電梯下方停放的車輛連開兩槍，大聲公警察急忙蹲下，退到車輛外圍。周遭的警察和民眾也鳥獸散，從圍成圓形變成橢圓形。來生從包包裡取出一瓶汽油彈，往下方車輛丟擲，車子瞬間起火。對面飯店有漢子安排的狙擊手，頂樓一名，房間內一名，天橋上一名，肉眼能見的是這三名，但在其他地方一定還藏有狙擊手。廣場外圍開始湧入電視台轉播車，攝影師紛紛架起器材和腳架，他們爲了捕捉來生的畫面，衝破人群，擠到最前方。被槍聲嚇到後退的警察，依舊不死心地拿著大聲公對來生喊話。來生從皮箱裡找出炸彈，用左手拿著，像是在打招呼似地，對著廣場上的群眾大幅度揮舞。

漢子突然笑了，來生轉頭，笑聲沒有停止。來生歪頭不解，舉起左輪手槍，朝漢子的左大腿開了一槍，廣場上的民眾聽到槍響，開始鬧鬨哄。漢子發出疼痛的呻吟，但沒過多久便止住，開口說道：

「看來你是想和秋一樣啊，但是像我們這種人，能像他嗎？」

「我們？」

來生依舊用槍口指向漢子，認眞地看著他。漢子用手背擦了擦嘴角流出的鮮血。

「你知道爲什麼你那麼討厭我嗎？那是因爲你和我很像，像到和雙胞胎沒兩樣，你生氣是因爲你和自己最憎恨的樣子十分相似。但是能怎麼辦呢？我們本來就是這種人。」

漢子明知自己說話就會挨子彈，還是毫不畏懼，繼續搬弄口舌。他表情明顯因中彈而痛苦不堪，卻依舊保有他那特有的譏諷。

「你怎麼會認爲我像你這種人？」

「因爲人類最終都會越來越像自己厭惡的那種人，就好比兒子終究會像爸爸一樣。」也許是感到呼吸困難，漢子挪動了一下身體，用力深呼吸，把口中的血吐在地上。「不過，我比較好奇的是，我們倆誰比較像狸貓大爺。是你，還是我？」漢子依舊忍不住笑意，不停竊笑。

「漢子和我，到底誰更像狸貓大爺？」飯店頂樓的狙擊手正用來福槍上的瞄準鏡對準來生，過去來生總是用十字線對著某人扣下扳機，如今那個死亡十字線應該是正對自己的臉或胸口。來生不禁想問那名狙擊手：「瞄準鏡裡的我，究竟是什麼表情？」來生突然想起在庭院裡對著花朵一一搭話、澆水的老人，也想起老狗Santa在庭院裡追逐洩了氣的足球，那是一個幾近完美、風和日麗的秋日早晨，映入來生瞄準鏡裡的老人笑容燦爛。沒有冰箱，沒有鹽巴，沒有訪客，在那座深山裡孤獨終老的老人，死前最後一刻竟然是燦爛地笑著，彷彿終於可以脫下河回面具，發自內心眞誠燦笑。

來生放下對著漢子的槍。

「那你看我現在的表情怎麼樣？」

漢子的笑聲停了下來，一臉困惑。

「什麼意思？」

「要是能展開新生活，從明天起，我應該會過著很棒的人生。」

「你怎麼會有這麼荒唐的想法？」

來生沒有回答漢子的問題，漢子不解地皺緊眉頭。來生遙望飯店頂樓正用槍瞄準自己的狙擊手，狙擊手的臉從瞄準鏡移開，看了來生一會兒，再將眼睛重新湊到了瞄準鏡上。手持大聲公的警察依舊不死心地喊著，電視台攝影機爲了捕捉到更清晰的畫面，正忙著移動攝影機的位置。來生仰望天空，城市裡絢爛的燈火交織，夜晚的天空漆黑灰濛，宛如通往另一個世界的黑暗洞口，也像能呑噬一切的血盆大口。來生看著夜空好一會兒，然後點了點頭，像是在說「夠了、可以了」。漢子半躺在電梯角落，喘著氣，不安地看著來生。來生往漢子那裡走了一步，然後舉起槍口，對準他的臉部。

「我是覺得自己終於從地獄裡逃了出來，你呢？」

漢子兩眼失焦對著槍口，來生微微轉頭看向廣場，又馬上回過頭來看著漢子，槍口抵著漢子的額頭，感受到漢子的橫膈膜快速上下移動了一下，漢子緩緩閉上眼。

就在這時，「砰！」一聲槍響傳來，來生低頭看向自己的胸口，那裡破了一個洞，他用手摸了一下那個洞，血是黑的，子彈應該貫穿肝臟，來生準備轉頭追尋射出子彈的方向時，第二發子彈射穿了他的肺部。來生一個踉蹌，身體向後，手撐著電梯內的把手。被子彈貫穿的洞口血流如注，雙腳發抖，來生明顯感受到自己體內有許多東西正在急速流失，究竟是什麼呢？水和血嗎？還是大小便那類的髒東西？或是把自己當宿主生存的無數隻寄生蟲？來生心想，現在從身體裡流淌而出的，說不定是自己的靈魂，裡面還包括過去擁有的記憶、悲傷、憤怒、灰心，以及溫暖、疼痛、鼻酸、溼潤等所有感知。但畢竟是活了一輩子又臭又長又沉重的靈魂和肉身，排出一些東西也沒什麼不好的。等血流乾，肉體也被生物分解後，來生的白骨應該會像死在沙漠裡的駱駝一樣，被太陽和風曬乾風化，變得輕盈無比，這未嘗不是件好事——變得極其渺小輕盈，隨風飄流。

耳邊傳來了流水聲，從小石子上流淌而過的冰冷聲音，在來生的記憶裡總是孤寂的那股流水聲。可如今聽來，那個地方好像也不差，在那口井裡化作石頭、青苔，或者是閃過水滴、翩翩飛舞的蝴蝶。

來生雙膝跪地，露出一貫的招牌表情，仰頭苦笑。

後記

在森林中

一年中，有幾個月我會離開和太太一起住的房子，來到這座森林寫作。我還是不太能在有太太和貓咪的空間裡寫小說，不曉得是不是因為那樣的空間太令人放鬆的關係，我會聽不見世上所有的雜音，只顧著在她身邊絮絮叨叨、打情罵俏。「你根本就是個孩子。」太太經常這樣形容我。因此，我像個孩子賭氣似地，跑來這座有水鹿、松鼠棲息的清幽森林。

每當夜幕降臨，皎潔月光灑落窗前，我就會打開檯燈，坐在書桌前開始寫小說。過不久便走出戶外，獨自漫步在樹影婆娑的樹林間。我很喜歡森林裡的樹木，因為它們不會輕易對任何悲傷給予安慰，只會默默陪伴。它們豎立在各自的位置上，以各自的樣貌，成為這片森林裡的一員。他們總是對汲汲營營、身心俱疲的我耳提面命：不一定要成為誰或變成什麼樣子，只要按照既有模樣，好好待在這座森林裡即可。神的旨意是生物多樣性，所以一點也不需要按照世俗標準，望著同樣目標、說著和大家口徑一致的言論，只要和我們一樣，好好站在原地即可。

光是一起杵在那裡，我就成了幽美森林的一員。我在這座森林裡沉思、散步、仰望夜空、回想塵封已久的回憶，包括那些離去與留下的人，燦爛美好的時光、百感交集的日子，然後暗自流淚。螢火蟲宛如充滿好奇心的眼眸，在黑暗中不停閃爍。每次只要在這迷人的森林裡哭泣，就會覺得自己蛻變成一個很不錯的人，就好比森林接納我成爲他們的一員，會讓我感受到終於可以原諒自己、重新愛自己、對自己釋懷，該放下、該把握的事物也會瞬間變得明朗，並對過去那些自欺欺人與自我否定進行懺悔，讓我得以重新看待過去那些有誤會或討厭的人——這是件很幸運的事，至少在生命結束前，有機會能重新看待那些人。

我已不再相信這世界上有絕對的善惡之分、有明確的正義與眞相；我也不再相信用單色創造出來的世界、二分法、像刀刃般鋒利的批判，以及那些斷章取義的至理名言。我對那些試圖將某人導向罪大惡極之人的口號提防戒備，我所見過的每一個人，在內心裡都藏有多如繁星的面孔，所以我不相信這世界上有分辨善惡的石蕊試紙。

人類宛如宇宙，是一種既神祕又複雜的生物。過去我所認識的每一個人皆如此，未來遇到的人也一定會是這般神祕。但不可諱言的是，年輕時的我，總是妄下斷語、批判他人、生氣憤怒、厭惡世界，還認爲自己才是正確的，所以差一點點，我就要與人類的這份複雜、神祕擦身而過。

令人驚豔的是，這座森林裡的樹木都不會對任何人事物妄下定論，也不會有所排斥，更不會強迫任何人要按照它們的意思扭曲或變形，它們深知如何讓每一個極其複雜的事物齊聚一堂、和平共處，它們從未親切地爲人敞開大門，因爲它們從未關過那扇門，這片森林之所以光明正大地保持緘默，也是因爲如此。

夜晚再度降臨，我把筆電接上充電線，然後一如既往地行走在森林裡。每當夜裡獨自一人漫步在這片寂靜森林，就會意識到自己是一個非常容易感到孤單的人，所以要藉由這股孤單的力量去愛人；意識到原來我也有愛人、對某人朝思暮想的能力，這些也許是我僅有的能力——而寫小說，似乎也只需要有這些能力就夠了。小說是對於人類的理解——這是我過去的體悟，至今依舊認同這樣的說法，並且深信愛是理解人類的最佳方式，不是對著世界冷嘲熱諷，也不是創造出充滿實驗性、標新立異的作品，而是喜愛他人的力量本身就是一種文學，這是我現在才悟出的道理。這都要歸功於森林給我的這份啓示，何其有幸。然後也很慶幸，原來自己依舊有著愛人的能力。

這樣就夠了。我得繼續沿著這條森林小徑漫步，變得更加孤獨才行。

【Echo】MO0065

謀略者
설계자들

作　　者❖金彥洙（김언수）
譯　　者❖尹嘉玄
美術設計❖許晉維
內頁排版❖HAMI
總　編　輯❖郭寶秀
責任編輯❖遲懷廷
協力編輯❖林俶萍
行　　銷❖許芷瑀

發　行　人❖涂玉雲
出　　版❖馬可孛羅文化
10483臺北市中山區民生東路二段141號5樓
電話：(886)2-25007696
發　　行❖英屬蓋曼群島商家庭傳媒股份有限公司城邦分公司
10483臺北市中山區民生東路二段141號11樓
客服服務專線：(886)2-25007718；25007719
24小時傳眞專線：(886)2-25001990；25001991
服務時間：週一至週五9:00～12:00；13:00～17:00
劃撥帳號：19863813　戶名：書虫股份有限公司
讀者服務信箱：service@readingclub.com.tw
香港發行所❖城邦（香港）出版集團有限公司
香港灣仔駱克道193號東超商業中心1樓
電話：(852)25086231　傳眞：(852)25789337
E-mail：hkcite@biznetvigator.com
馬新發行所❖城邦（馬新）出版集團
Cite (M) Sdn. Bhd.(458372U)
41, Jalan Radin Anum, Bandar Baru Seri Petaling,
57000 Kuala Lumpur, Malaysia
電話：(603)90578822　傳眞：(603)90576622
E-mail：services@cite.com.my
輸出印刷❖前進彩藝有限公司
初版一刷❖2020年1月
定　　價❖380元

國家圖書館出版品預行編目(CIP)資料

謀略者 / 金彥洙（김언수）著；尹嘉玄譯. -- 初版. -- 臺北市：馬可孛羅文化出版：家庭傳媒城邦分公司發行, 2020.1
面；　公分. --（Echo；MO0065）
譯自：설계자들
ISBN 978-957-8759-99-2（平裝）
862.57　　108019500

ISBN：978-957-8759-99-2（平裝）

城邦讀書花園
www.cite.com.tw